한 길 사람 속

박완서
산문집
8

한 길 사람 속

문학동네

차례

1부 한 길 사람 속

2부 작고 예쁜 길

3부 하늘에서와 같이

4부 시인의 묘지

일러두기

* 이 책은 1995년 출간된 『한 길 사람 속』(작가정신)을 재편집한 것입니다.
* 『표준국어대사전』 및 『고려대한국어대사전』을 기준으로 한글 맞춤법을 통일했으나, 많은 부분에서 저자의 표현을 최대한 살렸습니다.

1부

한 길 사람 속

한 길 사람 속

남을 비난하거나 소외시킬 때 쓰는 말로 그 사람은 속 다르고 겉 다르다는 말이 있다.

못 듣는 데서나 할 소리지 만약 듣는 데서 직접적으로 그런 소리를 했다가는 뺨 맞기 알맞는 모욕적인 소리이다. 그럼 그렇게 말할 수 있는 사람은 속과 겉이 다르지 않은가? 좋은 의미로 쓰는 외유내강이라는 소리만 해도 결국은 겉 다르고 속 다르다는 얘기다. 그러나 외유내강이 욕이 되지 않는 것은 속과 겉의 다름이 강하고 부드러움에 있는 것이지, 선과 악에 있지 않기 때문일 것이다. 결국 속 다르고 겉 다르다는 말은 위선자라는 소리고 위악적인 사람에게도 거의 쓰지 않는다. 겉이란 밖으로 드러나는 언행을 말하고 속은 남이 쉽게 알 수 없는 마음을 말하는데 과연 속과 겉이 같은 사람이 있을 수 있을까. 이중성이야말로 가장 인간적인 인간만의 속성이 아닐까. 속도 한 겹만 있는 게 아니라, 자신도 헤아릴 수 없는 수많은 겹을 가지고 있다. 오죽해야 예로부터 열 길 물 속은 알아도 한 길 사람 속은 모른다고 일컬어져왔을까. 아무도 인간이란 심연의 바닥을 본 사람은 없다.

속 다르고 겉 다르다는 말보다도 더 지독한 말로 인면수심이란 말이 있다. 멀쩡하게 인두겁을 쓰고 속으로는 짐승 같은 생각을 가지고 있다는 뜻인데 짐승이 들으면 모욕감을 느낄 것이다. 짐승이 무슨 수로 인간이 수시로 품는 악하고 독하고 교활한 마음을 흉내라도 낼 것인가. 인간의 인간다움은 나쁜 마음을 품지 않는 데 있는 게 아니라 수시로 동하는 나쁜 마음을 반성하고 다스리고 승화시킬 수 있는 능력에 있는 것이고, 그리하여 마침내는 샘물처럼 곱고 착한 마음만 우러나기를 바라는, 소망과 이상을 갖는 데 있을 것이다. 인간에게만 있는 종교가 공통적으로 설하는 게 사랑인 것만 봐도 인간에겐 사랑과 반대되는 정서가 훨씬 더 강하다는 증거이다.

사회적으로 존경받는 교수가 역시 사회적으로 나무랄 데 없는 인생을 산 부친을 살해한 사건은 당시의 충격에 비해서는 우리 마음에서 너무 쉽게 흐지부지 돼가는 것 같다. 나 역시 그 사건은 떠올리는 것조차 혐오스러워 안 생각하기로 했지만 그때 지겨웠던 느낌은 아직도 지워지지 않고 남아 있다. 사건 자체보다도 사건을 보는 각계각층의 의견인데 하나마나한 소리를 또 하는구나 싶어 울컥 짜증스러웠다. 저명인사뿐 아니라 카메라에 붙들린 보통 사람들조차도 입을 맞춘 것처럼 똑같은 소리만 했다. "어떻게 그런 일이 있을 수가 있느냐?" 아니면 "그건 절대로 있을 수 없는 일이다" 라는 식의 강한 부정의 소리였다. 그 일은 가상이 아니라 이미 일어난 일이다. 아무리 있을 수 없는 일이라고 해봤댔자 지워질 수 있는 일이 아니다. 실은 나한테 누가 갑작스럽게 마이크를 들이댄다고 해도 그 정도의 말주변밖에 없을 것 같아서 더욱 그 말이 지겨웠는지도 모른다. 이미 일어났을 뿐 아니라 처음 일어난 일도 아니고 실은 종종 있어왔다면 그건 결코 있을 수 없는 일이 아니다. 우리가 살인 중에도 존속이나 동기간 등 피붙이 간의 살상을 특히 치를 떨고 혐오하는 것은 절대로 그러면 안 되는 일이건만 충분히 그럴 수도 있는 일이기 때문일 것이다. 인류 최초의 살인도 형제간에서 일어났다.

물론 인덕과 재력을 갖춘 나무랄 데 없는 부모 밑에서 훌륭한 교육을 받고 자라서 거기 상응하는 성공까지 한 아들이 그런 짓을 한 예는 처음일지도 모른다. 그 사건의 견딜 수 없는 혐오스러움은 정신 질환이나, 불우한 환경, 무지몽매 따위, 단골로 둘러댈 수 있는 만만한 핑계가 없다는 데 있었다. 우리 사회는 중산층 의식이 가장 광범위한 사회라고 한다. 못살고 소외된 계층에서 그런 일이 생긴 건 나와는 상관없는 일이라고 여길 수 있지만 밥술이나 먹는 반듯한 가정에서 일어난 일에는 자기도 모르게 동류의식을 갖게 된다. 엄연히 일어난 일을 있을 수 없는 일로 처리하려는 우리의 강한 부정은 황폐한 정신의 돌이킬 수 없는 파탄의 조짐을 내 안에, 내 가족 안에서만은 덮어두려는 절박한 위기의식의 발로일지도 모른다. 있을 수 없다는 사고방식이 나쁜 또하나의 이유는 범죄자의 심리와의 유사성 때문이다. 범죄자 또한 내가, 나무랄 데 없는 가정에서 훌륭한 교육을 받고 자라 현재 존경과 사랑을 한몸에 지닌 교수인 내가 그 있을 수도 없는 일을 저질렀다고는 감히 누구도 상상하지 못하리라는, 완전범죄의 꿈을 꾸게 했을 터이니까.

전문가의 진단 또한 이구동성으로 금전만능의 풍조를 표적으로 삼았고, 그가 열심히 연구하고 모방했다는 서양 범죄가 백발백중 돈 때문이니 아마도 맞는 말일 것이다. 그러나 모든 범죄의 원인을 다 돈으로 돌리는 것이야말로 극단적인 금전만능의 사고일지도 모른다. 돈이면 다 될 것 같은 세상에도 돈으로 안 되는 것이 허다하게 남아 있는 것처럼 돈이 전부인 것 같은 범죄의 원인 중 돈으로 설명할 수 없는 부분이 더 많다는 것을 외면해서는 안 될 줄 안다. 살인은 살의의 절정이요 폭발점이다. 그리고 살의는 증오의 연장선상에 있다. 우리는 스스로 가볍다고 느끼는 예사로운 증오 끝에도 그 사람만 없었으면 하고, 증오의 대상이 사라진 후의 상쾌감을 속으로 즐기는 수가 종종 있다. 없기를 바라는 것은 살의와 다를 것이 없다. 육친간에도 증오가 없으란 법이 없다. 다만 내 식구끼리는 서로 사랑하지 않으면 안 된다는 지상의 명제 때문에 살의까지 발전하는 경우는 극히 드물다. 그러나 죄의식 때문에 억압돼 있을 뿐 미움이 있는 이상 살의가 아주 없는 것은 아닐 것이다. 외면하거나 억압하는 것보다는 해소하거나 발산하는 것이 바람직하기는 부정적인 정서일수록 더하다. 친구 간에도 그게 잘 되는 친구가 있고 도무지 안 되는 친구가 있는 것처럼 가족간에도 서로 의식하거나 격식 차리지 않고 그게 잘 되는 집안이 있는가 하면 하도 완벽하여 그럴 필요도 없는 것처럼 느끼는 사이에 부정적인 정서를 키우면서 사는 집안도 있다. 사회적으로 존경받는 부모가 무조건적인 사랑을 갈망하는 의존적인 자녀에겐 피도 눈물도 없는 위선자로 보일 수도 있다. 가깝기 때문에 남한테 보이는 게 안 보이기도 하고 남이 못 보는 게 보이기도 하는 게 식구끼리이다.

벌써 몇 년 전에 들은 얘긴데도 좀처럼 잊혀지지 않는 얘기가 하나 있다. 집안에서 홀시아버지를 극진히 모시고 교회를 통한 자원봉사에도 헌신적인 며느리가 있었다. 그 여자가 봉사를 나가는 곳은 양로원이었는데, 그 여자는 특히 노인네들을 목욕시키고 벗어놓은 옷을 세탁하는 가장 궂은 일에 힘을 아끼지 않을 뿐 아니라, 그 손길이 정성스럽고 부드러워서 노인들이 좋아하고 그 여자와 한 팀이 된 자매님들의 신뢰와 존경을 한몸에 모았다. 그런데 이상한 소문이 돌기 시작했다. 밖에서 그렇게 남의 노인한테 지극정성인 이가 집에서 빨래를 할 때는 시아버지 옷만은 마치 더러운 오물처럼 따로 집게로 집어서 세탁기에 넣는 것을 누가 봤다는 것이었다. 구질구질한 시아버지도 아니고 학식과 인격을 겸비한 노신사여서 며느리도 겉으로는 거기 합당한 공경을 깍듯이 하고 있어 효부인 줄 알았더니 어쩜 그럴 수가 있느냐고 그야말로 인면수심이 탄로난 것처럼 너도나도 진저리를 쳤다. 자원봉사가 가증스러운 가짜의 판결을 받은 것은 두말할 것도 없다. 그러나 마음을 조금만 너그럽게 먹는다면 시아버지의 속옷도 만지기 싫은 야박한 마음이나, 불우한 노인의 빨래를 해주고 목욕을 시키는 데 기쁨과 보람을 느끼는 박애 정신이나 다 꾸밈

없는 그 여자의 진실이라고 생각할 수도 있을 것이다. 시아버지를 속으로 싫어하면서도 겉으로 공경할 수밖에 없는 억압된 심성이 그분의 옷을 집게로 집는 행동으로 나타난 것과 마찬가지로 자신의 이중성에 대한 죄의식이 자원봉사라는 속죄 행위로 나타난 게 아닐까. 죄의식을 은폐하거나 억누르지 않고 그런 방법으로 해소하는 그 여자가 현명한 것이지 아무도 욕할 권리는 없다. 세상에는 가족한테도 무관심하고 박애 정신도 없는 사람도 얼마든지 있다. 식구끼리 죽이고 싶도록, 또는 그의 거라면 옷조차도 만지기 싫을 정도로 서로 미워하는 경우는 드물다고 해도, 서로 주고받는 억압과 갈등이 조금도 없는 가정이 어디 있겠는가. 각기 제 나름의 방법으로 그때그때 갈등을 삭이면서 살게 돼 있을 뿐이다. 미운 정 고운 정이라는 말도 있듯이 정에 그런 양면성이 없다면 그건 정도 아니다.

내가 그 정도라도 그 여자를 편들 수 있었던 것은 실은 나 자신의 유사한 경험과 무관하지 않다. 나도 시어머니를 모시고 살았는데 나무랄 데 없이 좋은 분이셨고, 나 또한 정성껏 그분을 모셔서 친척 간에 사이좋은 고부간으로 알려졌다. 그러나 나에게는 아무도 모르는 비밀이 하나 있었는데 그건 시어머니의 몸을 만지는 일이 죽기보다 싫은 거였다. 고부간에 몸을 만질 일이 뭐 있을까 싶지만 손가락 하나라도 다친 데가 있으면 그게 유난히 잘 걸치적대듯 그게 병적으로 싫으니까 그럴 일도 의외로 자주 왔다. 여름에 등물을 해달라는 것, 여기저기 긁어달라는 것, 허리나 다리를 주물러달라는 것도 싫었지만 등에 종기가 난 것을 하루 몇 번씩 보이고 싶어하시는 것은 참기가 고통스러울 지경이었다. 아마 안 보는 데서 찡그리고 눈을 흘기고 했을 것이다. 겉으로는 여간 깔끔한 분이 아니었는데 그런 면이 있었고, 나 또한 상냥하고 공손한 척했지만 그렇게 차가운 데가 있었다. 그분은 말년에 노망이 심하셔서 내가 온몸을 주무르지 않으면 도저히 돌볼 수가 없는 지경에까지 이르렀다. 나는 그때 비로소 친척이나 식구들한테 그분 흉도 실컷 보고 그분한테 직접 하고 싶은 소리를 마음껏 했다. 그럴 수 있게 되고부터 그분을 만지는 일이 조금도 싫지가 않았다. 사랑이라고까지는 할 수 없어도 인간에 대한 연민이 그분을 돌보는 내 손길을 부드럽게 했다. 아마도 임의로 할 수 없었던 지난날의 차가운 마음을 속죄하고 싶기도 했을 것이다. 그분 밑에서 이십육 년간 시집살이를 했는데 그분이 노망든 마지막 육 년간이 가장 화해로운 동안이었다.

앞서 말한 며느리도 훗날 시아버지가 현재보다 덜 점잖고 경제력도 떨어져 별수없이 의존적이 된다면 그의 옷을 집게로 집는 일도 저절로 치유될 것 같다. 여성에 한한 얘기지만 같은 가족이라도 친정보다는 시집 식구와의 갈등이 더 심각하다. 시집 중에도 재산도 웬만큼 축적하고, 사회적 지위도 확실하여 어디 내놓아도 꿀릴 것 없는 소위 명문가에서 며느리에게 가하는 압박과 긴장은 그 강도가 평범한 시집보다 훨씬 더하여 그야말로 설상가상이 된다. 당당함은 교만과 횡포가 될 수 있고, 자신만만한 긍지는 무리한 길들이기로 나타날 수 있기 때문이다. 인간성 속에는 길들여질 수 있는 부분도 있지만, 길들여지느니 망가지려는 부분도 있고, 평생 불변하는 부분도 있다. 사람에 따라서는 자신 속에 길들여질 수 없는 부분을 가장 소중하게 아낄 수도 있다. 아랫사람이니까 내 마음에 맞게 길들여야 한다는 생각처럼 위험한 윗사람의 교만은 없을 것이다. 그럴 때 그 윗사람이 피붙이이건 의리의 관계건 아랫사람에겐 언제고 벗어나기를 꿈꾸는 악몽에 불과한 존재가 될 수밖에 없다.

꿀릴 것 없이 잘난 부모가 평범한 부모보다 자식에게 더욱 더 스트레스가 되는 것은 선택해서 가족이 된 시집의 경우나 선택의 여지 없이 태어난 가족이나 거의 마찬가지인 것 같다. 명문가일수록 명망이나 재력을 자식 대에도 유지하고 더욱 발전시키고 싶은 욕심이 강할 수밖에 없고 그 욕심이 바로 자식을 바로 그런 인재로 키우려는 길들이기로 나타나기 때문이다. 자식이 부모의 요구 조건에 못 미칠 때 순종적인 자식일수록 자신을 꾸미게 된다. 가정이 이 세상에서 가장 마음 놓이는 곳이 되려면 우선 자신을 꾸밀 필요가 없어야 된다. 학교나 사회에서 개인에게 강요하는 요구 조건이 날로 가혹해질수록 그걸 해소할 수 있는 장소가 필요하다. 가정은 그럴 수 있는 유일한 장소다. 교훈, 사훈, 기타 수많은 구호에 시달리다가 들어온 집안에 가훈까지 걸려 있을 필요는 없을 것이다. 우리 가정에서 있어야 할 것은 정수리를 내리누르는 구호가 아니라 소박하고 따뜻하고 검소한 분위기이다. 부모가 가정에서까지 사회적 지위로 당당하려 들게 아니라 이웃에 대한 베풂과 배려로 존경받을 수 있다면 더욱 좋을 것이다.

쓰레기 더미를 바라보면서

우리집 부엌 창으로는 유난히 쓰레기통이 잘 내다보인다. 살고 있는 층의 위치 때문이기도 하겠지만 자꾸만 신경이 써져서 더 잘 눈에 들어오는지도 모르겠다.

그렇다고 유별난 쓰레기통은 아니고 아파트 단지 어디에서나 볼 수 있는, 트레일러가 싣고 가게 돼 있는 육중한 대형 쓰레기통이다. 분리수거를 의무화하고부터 집집마다 딸린 쓰레기 투하구를 봉쇄하고 새로 설치한 이 트레일러형 쓰레기통이 꾸역꾸역 넘쳐나는 것을 내다볼 때마다 막연한 불안감에 사로잡히게 된다. 그렇다고 그게 어디론지 실려가 빈 통이 돼서 돌아온다고 마음이 개운해지는 것도 아니다. 도리어 막연하던 불안감이 좀더 확실해진다. 이 거대한 아파트의 숲에서 동마다 허구한 날 배출하는 그 엄청난 쓰레기를 받아들일 데가 이 땅 어디메에 아직도 남아 있는 것일까? 남아 있다고 해도 어느 날 문득 포화 상태가 되어 쓰레기를 거부할 날이 곧 닥칠 것 같고, 그렇게 되면 우리가 배출한 쓰레기의 높이가 고층 아파트의 높이를 쉽사리 앞지를 것 같다.

그건 생각만 해도 백주의 악몽이다. 어쩌자고 그렇게 많이 사들이고 많이 먹고 많이 버리는 것일까? 나는 마치 우리 아파트의 시어머니라도 된 것처럼 들며 나며 뭔가 한 보따리씩 사들이지 않으면 휙휙 쓰레기를 던지는 주부들을 보며 혀를 찬다. 그러나 내 딴엔 내가 남보다 적은 쓰레기를 배출한다고 느끼는 것도 식구가 없기 때문이고, 부피로는 얼마 안 되지만 내 쓰레기는 거의가 비닐 종류이다. 장바구니를 가지고 다니는 것이 옳은 일이라는 것을 알면서도 나중에 쓰레기 봉지로 이용하려고 비닐백을 받게 된다. 그뿐 아니라 조금씩 사는 과일이나 야채가 다 스티로폼과 비닐로 미리 포장돼 있고, 쌓아놓은 데서 덜어서 살 경우에도 저울에다 달아 가격표를 붙이는 과정에서 비닐 포장은 저절로 이루어진다. 이렇게 해서 생긴 잘다란 비닐봉지들은 과일 껍질이나 야채를 다듬을 때 생긴 쓰레기와 설거지 찌꺼기를 담는 데 유용하게 쓴다. 그런 것들은 많이 생겨나는 것도 아니면서 그냥 버려두면 냄새가 나는 것들이라 제때제때 비닐봉지에 담아서 봉해두게 된다. 둔다는 것은 보관한다는 뜻이 아니다. 우리집에서 배출하는 음식물 찌꺼기는 아주 적기 때문에 큰 비닐봉지를 채우려면 거의 보름은 걸린다. 그동안을 냄새가 덜 나게 하려니 큰 비닐봉지 속을 작은 비닐봉지로 가득 채우는 결과가 된 것이다. 남보다 양을 좀 줄였다고 위안을 삼으려는 건 아니다. 위안은커녕 먹는 것만은 어떻게든지 안 버리려고 손님이 남긴 음식까지 내 뱃속에다 꾸역꾸역 처넣으면서 자신이 쓰레기통화化돼가는 걸 보는 것처럼 비참해질 적도 있다. 딸들한테 그런 얘기를 하면 노이로제 환자 취급을 한다.

트레일러 쓰레기통 바로 옆에는 재활용할 수 있는 폐품을 버릴 수 있는 통이 따로 마련돼 있지만 전혀 그 구실을 못한다. 진짜 쓰레기통에 비해 터무니없이 작아서, 아파트에서 배출하는 막대한 빈병과 폐휴지를 담는 구실보다는 거기가 재활용품을 버릴 수 있는 장소라는 표지판 구실을 겨우 해내고 있을 뿐이다. 내용물보다는 포장이 몇 배 더 큰 세상인 것을, 그것을 전혀 감안 안 한 설계 미스 때문에 그 통은 그 위에 함부로 버려진 폐품 더미에 묻혀서 아예 보이지도 않는다. 특히 명절이라도 지나고 나면 갈비 상자, 과일 상자를 비롯한 온갖 선물 세트 상자와 술병, 청량음료 병들로 트레일러보다 훨씬 더 거대한 산더미를 이룬다. 나의 노이로제는 트레일러보다도 그 재활용할 수 있는 쓰레기 더미에서 비롯되고 있는지도 모르겠다. 나도 거기다 톡톡히 큰 몫을 보태고 있기 때문이다.

나에게는 많은 우편물이 온다. 내가 우편물을 한아름 안고 들어오는 것을 보고 잘 모르는 이웃은 팬레터를 그렇게 많이 받느냐고 부러워하기도 하지만 나는 팬레터라는 것을 한 달에 한 통도 받을까 말까이다. 거의가 다 사보를 비롯한 홍보용 책자들이나 내가 구독 신청을 한 일이 없는 잡지들이다. 그런 것들을 싼 봉투는 하나같이 지질이 얼마나 좋은지 찢으려도 잘 찢어지지도 않는 것들뿐이다. 책도 많이 오는 편이지만 그것도 출판사에서 홍보용으로 보내주는 것일 뿐 아는 저자의 서명이 들어 있는 반가운 신간을 받는 일은 어쩌다가 있는 일이다. 필요한 책이나 읽고 싶은 책은 거의 다 사보지, 거저로 생긴 책에서 문학적 지적 욕구를 충족시키는 경우는 거의 없다. 사보나 판촉물 책자까지 껴둘 공간이 없어 버리게 되지만, 버리기 전에 대강이라도 한 번씩 훑어보는 것은 내용보다는 종이에 대한 외경 때문이고 우체부에 대한 미안감 때문이다.

왜 그렇게 기업마다 회사마다 단체마다 호화판 사보를 만드는 것일까? 만들었으면 자기네 사원끼리 돌려보지 왜 그렇게 뿌려대는 것일까. 특히 적지 않은 환경 단체들까지 대동

소이한 잡지나 신문을 만들어서 뿌려대는 것은 이해가 잘 안 되고 신뢰감도 떨어진다. 환경문제처럼 큰 목소리보다는 작더라도 구체적인 실천이 시급한 분야도 없으련만, 비슷하고 지당한 목소리로 제각기 다투어 귀한 종이만 낭비하고 있다는 인상이나 풍길 게 뭐란 말인가.

한 보따리 안고 들어온 우편물 중에서 겨우 신용카드 청구서 두어 장 건지고, 몽땅 버려야 할 쓰레기로 분류해야 할 때면 팔에서 힘이 쭉 빠진다. 특히 열흘이나 보름 정도의 여행에서 돌아와 산적한 우편물을 정리하는 것은 중노동에 해당한다. 거기다 돈 내고 구독하는 세 개의 신문과 월간지 계간지의 부피까지 가세를 하면 인쇄물 홍수에 전율하게 된다. 우리 아파트 내에서 우리가 가장 다량의 종이 쓰레기를 배출할 거라는 가책 때문에 나는 종이를 될 수 있는 대로 차곡차곡 모아 부피를 줄인다. 인쇄물은 그게 쉽지만 과일이나 과자 상자를 평면도로 분해하는 것은 여간 힘들고 손 가는 일이 아니다. 여북해야 손님이 딸기나 케이크 상자를 들고 들어오면 그걸 먹게 돼서 좋다는 생각보다는 배보다 배꼽이 훨씬 더 클 것이 분명한 저 튼튼한 상자를 어떻게 판판하게 펴고 접어 부피를 줄일 것인가 그 걱정부터 하게 된다. 유럽에선 생일 케이크도 케이크 둘레를 한 바퀴 좁다란 마분지 한 겹으로 두르고, 포장지에 싸주던데, 생일에 떡 대신 케이크 사는 것은 양풍을 본뜨면서 그런 건 왜 흉내를 안 내는지.

재작년에 영국에서 석달가량 머물면서 가장 신기하게 여겼던 건 내가 머물렀던 중하류쯤 되는 주택가의 집집마다 현관문에 'No Free Newspaper'라는 동판이 붙어 있는 거였다. 우리나라의 무슨무슨 신문 사절과 비슷한 것이나 신청하지 않은 모든 인쇄물을 망라하고 있었고, 우편함과 함께 튼튼한 동판으로 고정돼 있었다. 더 신기한 건 그렇게 함으로써 신청하지 않은 인쇄물은 단 한 번도 안 들어온다는 거였다. 나는 그게 그 나라에서 가장 부러웠지만 혼자서는 흉내낼 수 없는 일이다. 그렇다고 나에게 사보를 비롯한 홍보용 책자를 보내주는 분들에게 일일이 편지를 써서 사절을 할 용기는 더군다나 없다. 거저 주는 건 받아두는 게 무난하다는 우리의 문화랄까 관습으로부터 자유로워진다는 건 쉬운 노릇이 아니다.

우리 사회의 전반적인 종이의 과소비가 너무한다 싶은 정도를 지나 공포감으로까지 다가온 것은 지난해 에티오피아 난민촌을 돌아보고 나서부터일 것이다. 삼사십 년 전까지만 해도 숲의 나라로 일컬어지던 에티오피아가 이십 년 가까운 내란과 가뭄으로 황폐화된 모습은 차마 눈뜨고 볼 수가 없었다. 전쟁으로 인한 굶주림은 우리도 겪은 바이나 그래도 우리는 그때 땅이 살아 있어서 희망이 있었다. 살아 있는 땅이란 강이 흐르고 흙에 물기가 있어 풀과 나무가 자라는 땅이다. 땅이 녹색을 잃고 죽어갈 때 거기 몸 붙이고 사는 사람의 고초는 이루 말할 수가 없다. 풍요를 구가하는 줄만 알았던 우리 지구상에 이런 데가 있었다니, 이건 도대체 누구의 죄입니까?라는 탄식이 저절로 나왔다. 어린것들이 그들의 죗값으로 굶주리고 죽어갈 리는 없지 않은가. 저절로 우리의 과소비에 인도적인 죄의식을 느껴야 했고, 특히 나무를 베어내야만 생산이 가능한 종이를 선진국에서 너무 흥청망청 쓰는 게 지구의 기후변화와 관계가 있을 거란 막연한 근심이 적나라하게 현실화된 것을 본 것처럼 무서웠다. 내 생애에 잊을 수 없는 충격적인 여행이었다.

그래도 종이 쓰레기를 내놓을 때는 그것들이 어디 가서 재활용이 되겠거니 하는 믿음과 희망을 갖게 된다. 그래서 비닐 한 장이라도 섞일세라 정성을 다해 차곡차곡 모으게 된다. 그러나 그것들이 눈앞에 산더미처럼 쌓여 추적추적 비라도 맞고 있는 걸 보면 그렇게 슬플 수가 없다. 재활용이 되는 거라면 저렇게 구박을 받을 리가 없을 것 같다. 때로는 비에 젖은 폐지들이 내가 펴낸 책처럼 보일 적도 있다. 내가 종이 쓰레기에 화도 잘 내지만 모으기도 지성껏 하는 것은, 어쩌면 나 역시 활자 공해에 이바지한 바가 적지 아니했다는 자격지심일지도 모르겠다. 그렇지 않고서야 종이가 비에 젖는 게 그렇게 숨가쁘도록 슬플 리가 없다. 재활용이 제대로 될까가 의심스러운 또하나의 이유는 폐지는 그렇게 많이 나오건만 재생지를 만나기는 쉽지가 않다는 데도 있다.

내 친구 하나는 외국으로 출장을 가면서 처음으로 명함을 맞춰야 할 필요성을 느꼈다고 한다. 평소 찢으려도 찢어지지도 않게 코팅까지 한 명함을 혐오스러워한 그는 재생지로 소박하게 명함을 박으리라 마음먹었지만 보통 명함 집에선 그런 걸 취급하고 있지 않더라는 것이었다. 여기 저기 수소문해서 그런 데를 찾느라 온종일이 걸렸다고 한다. 싸게 박으려고가 아니라 단지 재생지를 써주려고 온종일 수고를 한 그가 아름답다. 인쇄물 중에도 그런 아름다운 걸 만나고 싶지만 내가 아는 것으로는 환경 잡지인 『녹색평론』이 유일한 것이다.

틈만 나면 쓰레기를 만들거나 눈앞에 보이는 쓰레기 더미에 신경을 쓰다보니 첩첩한 아파트 단지가 거대한 쓰레기 더미가 되어 육박해오는 듯한 무서움증이 느닷없이 엄습해올 적이 있다. 아파트는 인구가 열 겹 스무 겹으로 포개져서 밀집해 있으면서 자체 내에선 우거지 한 줄기도 생산은 못하고 왕성하게 먹고 쓰고 싸기만 하니 무진장한 쓰레기 생산장이라고 해도 과언이 아니다. 그런 생각을 하면 공포스러울 뿐 아니라 우리를 먹여 살릴 만한 살아 있는 땅이 아직도 남아 있기나 한 것일까, 하는 궁금증에 사로잡히게 된다. 그건 단순한 궁금증만이 아니라 일종의 그리움이기도 하다.

그런 것들이 쌓여 우울증이 되면 나는 잠시 아파트 단지를 떠나본다. 어린 날 고향을 찾듯이 위로받고 싶은 마음과 설레는 마음이 반반씩인 게 여행 떠날 때의 심정이다. 그러나 어디에도 고향은 없다. 내 고향이 갈 수 없는 고장이 된 지가 반세기가 넘건만 나는 아직도 도시만 떠나면 내 고향의 이미지를 간절하게 더듬는 버릇이 있다. 동산과 시냇물과 들판과 텃밭과 농가와 농부와 황소가 아무렇지도 않게 조화된 풍경이 우리에게 끼치는 완벽한 평화와 안식을 해치는 것을, 70년대까지만 해도 울긋불긋한 슬레이트 지붕이라고 생각했었다. 그러나 시골이라고 편하게 살지 말란 법이 어디 있나 하고 양보하는 마음으로 곧 그것을 받아들이고 나니 이번엔 여기저기서 펄럭이는 비닐 조각이 싫었다. 그것도 비좁은 땅이 도시의 왕성한 식욕을 채우려니 그럴 수밖에 없는 쪽으로 돌릴 수가 있었다. 그러나 찻길이 닿는 곳이면 아무리 산골이라도 한우 고깃집, 토종닭 집, 오리 고깃집, 멧돼지 고깃집 간판이 있는 것은 정말 싫다. 그런 데 들어가서 토종닭다리를 아귀아귀

먹으면서도 싫다고 하니 무슨 고약한 심보인지 모르겠다. 잠시라도 놓여나고 싶었던 게 단지 아파트 단지만이 아니라, 도시적인 왕성한 식욕과 쓰레기 생산력도 함께라고 생각했건만 그것조차 거짓이었다는 자기혐오 때문인지 모르겠다.

지난가을 시골을 정처 없이 떠돌아다녀보고는 새로운 발견을 또하나 하게 되었는데 아파트나 공장이 안 보이는 시골은 거의 없다는 것이다. 설사 아파트가 없는 마을이라 해도 동구 밖이나 뒷동산의 능선 너머로라도 아파트의 회색빛 모서리가 보였다. 시골 사람들이라고 아파트에 살지 말란 법 있나, 하고 눙치려고 해도 내가 기를 쓰고 도망친 것으로부터 덜미를 잡힌 것처럼 진저리가 쳐졌다. 같이 간 사람에게 저놈의 아파트 좀 안 봤으면 좋겠다고 했더니, 그는 우리가 차를 타고 다니고 있다는 걸 잊지 말라고 했다. 뼈 아픈 소리였다. 자기는 온갖 문명의 편의를 누리면서 조금이라도 덜 문명화된 것의 불편을 눈요기나 위안거리로 삼으려 든 것처럼 돼버렸으니 말이다. 낮이 뜨거운 김에 그럼 걸어다니겠다고 날쳤더니, 몇 십리 걷기로 작심했다면야 아파트도 공장도 식당도 비닐하우스도 안 보이는 마을을 찾기는 어렵지 않겠지만 거기엔 아마 농사짓는 사람도 남아 있지 않을 거라고 운전대 잡은 동행은 말했다. 그는 아마 비웃고 있었을 것이다. 그래, 관광 식당이 농가보다 더 많든, 아파트나 공장 건물이 시골의 부드러운 스카이라인을 직선으로 가르든 말든 농사짓는 사람이 아직도 이 땅에 남아 있다는 것만 고마워해야 하지 않을까?

아니, 그건 고마움 이상의 그 무엇이다.

이 땅은 도처에 산이 많지만 산기슭이나 산과 산 사이에는 어김없이 평야가 펼쳐져 있게 마련이다. 첩첩산중 산모롱이를 돌다가도 홀연히 나타난 마을과 만나게 된다. 농사꾼의 손길이 간 논과 푸성귀가 자라는 텃밭과 인기척 있는 집이 나오면 그렇게 기쁠 수가 없다. 그리고 만약 이 땅에서 저런 시골마저 사라지는 날이 온다면, 그때까지 사는 일도 나에게 없기를 조금도 거짓 없이 바라게 된다. 그건 어쩌면 바람이 아니라 그렇게 되면 안 사는 게 아니라 못 살게 되리라는 예감인지도 모르겠다. 농사꾼이 농사짓는 데 들이는 시간과 노고를 도시나 공장에서 들인다면 농가 소득의 몇 배도 올릴 수 있다는 것은 우리 모두의 상식이다. 소득이 적은 대신 존경이라도 받느냐 하면 그건 더군다나 아니다. 자본주의사회에서 존경받는 척도는 권력 아니면 돈이지 그 밖엔 어림도 없는 얘기다. 농사꾼이라고 왜 그걸 모르겠는가. 그럼에도 불구하고 아직도 농사꾼이 남아 있다는 것은 땅이 땅 구실을 못하는 걸, 즉 생명력을 잃어버리는 걸 차마 못 보겠는 땅과의 어쩔 수 없는 사랑 때문이리라. 우리들의 밥상엔 그들의 사랑이 올라앉아 있다. 만일 그들이 땅 사랑에 지쳐서 그만두어버려도 우리가 한국 사람이라는 자부심을 가질 수 있을까. 그들이 농사를 안 지어도 우리가 물건만 만들어 열심히 팔면 굶어 죽진 않는다는 것은 확실하다. 그러나 아무리 돈 주고 사다 먹어도 우리의 밥줄을 좌지우지할 수 있는 나라에게 우리가 기죽고 눈치보지 않을 수가 있을까. 사람 죽이는 무기를 대주는 나라한테도 기죽는 생각을 하면 생명선을 쥔 나라한테는 구더기처럼 기라고 한들 기지 않고는 못 배길 것이다. 그렇게 생각할 때 우리의 농사꾼들은 우리 밥상만 관장하고 있는 게 아니라 우리의 자부심의 근거까지 돼주고 있는 것이다.

나는 이 땅에서 농사의 맥이 끊어지지 않고 이어지고 있다는 것만 고마워서 농약을 얼마나 많이 치고 어떻게 재배했나에는 거의 신경을 안 쓰고 살았다. 혹시 자기 농장을 가지고 있다거나, 유기농법으로 농사를 짓는 농가와 특별한 관계를 맺고 그런 것만 먹고 산다는 집을 보면 아니꼽게 여기기까지 했다. 그들이 하는 짓이 아파트 모서리나 관광 식당 간판이 안 보이는 순전한 시골을 찾아 헤매는 내 모습과 별로 다르지 않아 보여 더 역겨웠는지도 모르겠다. 그래서 그런 사람을 보면 나는 보통 사람들이 먹는 대로 먹다 죽을 거라고 비꼬면서, 은근히 잘난 척을 해왔다.

그러나 해도 참 너무한다 싶게 이웃나라 먼 나라의 농산물이 쏟아져들어오면서 사정은 달라졌다. 비싼 것이 우리 것이려니 하고 안심하던 것은 벌써 옛날이야기이다. 겉모습은 비슷한데 가격 차이가 두 배 세 배 아니, 열 배도 차이가 난다면 그 차액을 챙기려 들지 않을 장사꾼이 어디 있겠는가. 눈뜨고 그걸 속아 산다는 것은 장사꾼만 이롭게 하는 것이고 그만큼 농사꾼을 손해나게 하는 짓이라는 것을 아무리 굼뜨고 아둔해도 안 알아차릴 수가 없었다. 결국 장사꾼과 한통속이 되느냐, 이 땅에 얼마 안 남은 진짜 농사꾼들과 공동체를 이루느냐 기로에 선 꼴이 되었고, 전에 비웃던 친구를 통해 한살림 공동체의 회원이 되었다. 며칠 전엔 생산자와 소비자가 만나는 장터가 있어서 거기 나가 한마디 연설도 하고 생산자들과 막걸리를 마시며 격의 없는 대화도 나누었다. 사회자는 자꾸 생산자라고 했지만 나는 그리움과 존경을 다해 농사꾼이라고 불렀다. 참으로 뜻깊은 자리였고 기쁜 자리였다. 역시 뭐니뭐니해도 사람이 제일이었다. 내가 도시를 훌쩍 떠나 찾아 헤매던 게 내 고향을 닮은 시골 모습인 줄 알았는데 그게 아니라 농사꾼다운 농사꾼이었다는 걸 알 것 같았다. 농사꾼 앞에서 조그맣고 겸손해지는 느낌이 그렇게 좋을 수가 없었다. 마침

주일이라 성당도 안 가고 거기를 간 건데 조금도 마음에 꺼림칙하지 않았다. 오히려 주님이 오셨더라도 아파트 단지 내의 호화 성당에 계시지 않고 그 자리의 얼굴이 새까만 농사꾼들 사이에 섞여 계실 것 같았다. 그들의 하소연을 통해 땅 힘을 살리는 유기농법의 어려움에 공감할수록 우리 공동체 식구들만 너무 좋은 것을 먹고 사는 것 같아 미안하기도 하고 땅을 살리는 데 동참하고 있는 게 자랑스럽기도 했다. 내가 가입한 게 한살림이라 그걸 예로 들었을 뿐 그와 유사한 공동체는 그 밖에도 많이 있는 줄 안다. 드문드문이나마 그런 곳이 생겨나는 게 우루과이라운드의 거센 바람 속에서도 우리 농촌이 아주 죽지는 않으리라는 희망이 돼주고 있기는 하나 전체 인구와 국토 면적에 비해서는 그야말로 새발의 피다. 다만 힘찬 어떤 가능성을 제시한 걸로 그들이 소중한 것이다. 이 소중한 가능성을 살리고 확산시키는 데 교회라는 막강한 공동체가 뭔가 해야 하지 않을까. 내 탓이요 하는 것과 같은 자기위안적인 구호 말고 구체적인 행동 방향 제시와 솔선수범으로 말이다. 환경오염의 주범을 땅을 정복하고 번성하라는 기독교 문화로 보는 시각도 만만치 않은 이 때, 하느님의 참뜻은 땅을 가꾸고 지킴으로써 더불어 번성하는 것이라는 걸 교회가 앞장서서 보여줬으면 싶다.

귀하고 그리운 ~다운 이

성철 큰스님이 입적하시고 다비식이 있기까지 이레 동안, 그리고 그후 사리를 수습하기까지 거의 모든 신문마다 큰스님의 생전의 가르침과 인품이나 일화, 조문객이 운집한 해인사 주변 상황을 싣지 않은 날이 없었다. 머나먼 길을 마다 않고 다만 기리고 슬퍼하는 마음에서 우러나 운집한 조문객의 수효에 있어서나, 중생들의 마음속에 남긴 빈 자리의 크기에 있어서나, 어떤 지도자나 저명인사의 국장이나 사회장도 그만 못하지 않았나 싶다.

나는 가톨릭 신자이지만 그건 내가 나이들어 선택한 종교고, 어려서부터 내 심성이나 태도에 영향을 미친 가정교육은 유교나 불교적인 게 혼합된 것이었다. 쉽게 풀어 쓴 불교 경전이나 스님들이 쓴 글을 읽고 마음속 깊이 느끼고 위안을 받은 적도 적지 않다. 그러나 성철 스님의 가르침을 글이나 말씀으로 접할 기회는 한 번도 없었다. 멀리서나마 뵌 적도 없고 뵙고 싶다는 엄두를 내본 적은 더군다나 없다. 그 어른이 어쩌다 속세에 내리시는 법어도 너무 어려워 나 같은 사람에겐 그야말로 쇠귀에 경 읽기였다. 오랫동안 만인에 회자된 산은 산이요, 물은 물이라는 법어도 당시에는 너무 쉬워서 오히려 난해한 것 같은 묘한 느낌까지 받았었다. 당시의 시대가 시대니만큼 그 어른 정도의 거인이라면 간악한 지도층과 소심하고 비열한 대중이 함께 정신이 번쩍 들고 간담이 서늘해질 추상 같은 일갈을 내리실 수도 있으리라는 갈망 때문이었다. 그러나 만일 그때 그 어른이 대중의 마음에 쏙 드는 법어를 내리셨다면 아마 그분은 당장 인기인이 되셨으리라. 그리고 우린 인기인을 얻은 대신 큰어른을 잃었을 테고. 인기인은 쌔고쌨지만 큰어른다운 큰어른을 모시긴 쉽지 않다. 모든 사람의 입맛에 맞는 말엔 선동성이 있게 마련이다. 우리는 '산은 산이요, 물은 물이라'가 너무 쉬워서 실망한 게 아니라 선동성이 없어서 실망했는지도 모른다. 너무 쉬운 걸 도리어 어렵고 심오하게 느끼고 싶어하다가 결국은 각자 자기 나름으로 풀이할 수밖에 없었다. 한 시대의 혼돈을 비춰보기도 했고, 진실에 입다물어야 하는 자신의 왜소함을 돌이켜보기도 했지만 그게 그 법어의 참뜻에 어느 만큼 다가간 것인지 알 길은 없다.

이렇듯 그 어른은 말씀으로 대중을 깨우치기에는 매우 인색한 분이 아니었던가 싶다. 그런데도 그 어른이 얼마나 광범위하게 대중들의 마음속에 자리잡고 있었나가 입적 후에 여실히 드러났다. 다만 계심으로 큰 산 같은 영향력을 미칠 수 있는 힘은 어디서 왔을까. 수도자다운 수도자, 지도자다운 지도자, 스승다운 스승, 그 밖의 모든 분야에 있어서의 '다운' 이의 희소성과 '다운' 이를 모시고 싶은 대중들의 갈망이 합쳐서 그런 힘을 만들어낸 게 아니었을까. 그 어른의 다비식은 지면이나 화면으로 보는 것만으로도 충분히 감동스러웠다.

육신의 덧없음과 소유의 어리석음을 설하지 않는 종교는 없다. 그러나 인간은 죽는 날까지 일신의 영화와 소유에 집착하기 마련이고, 성직자라 해도 그런 인간적인 한계에서 자유로운 분은 흔치 않다. 성철 큰스님은 드물게 그런 세속적인 물욕과 영예욕에서 자유로운 삶을 몸소 실천하셨기 때문에 그분의 육신이 적멸하는 자리 또한 아름답고 감동적인 깨우침의 장이 되지 않았나 싶다.

사리 신앙에 대해서 잘 모르기 때문이겠지만 나는 성철 스님의 유골에서 사리가 안 나와도 그만이라고 생각했다. 누더기 가사, 검정 고무신, 소박한 필기도구 등 최소한의 소유만으로도 충분히 큰스님다웠기 때문이다. 그러나 다비의 재가 식자마자 문도 스님들이 정성들여 습골을 하며 사리를 찾는다는 소식을 듣고는 사리가 나왔으면 싶었다. 완전한 적멸은 너무 허전하지 않은가. 스님이 마지막으로 그렇게 장엄하게 육신의 허망함을 보여주셨음에도 불구하고, 중생은 중생대로 역시 가시적인 성인의 증표를 갖고 싶은 걸 어쩌랴. 과연 많은 사리가 나왔다니 기뻤지만, '큰스님이 살아 계셨다면 습골하고 사리 숫자를 발표하는 짓을 크게 야단치시고 사리를 뒷산에다 버렸을 것이다'라는 어떤 스님의 전언은 또 얼마나 유쾌한가.

그 말씀은 생전의 큰스님을 친히 모셔본 스님의 말씀이라, 거칠 것 없이 자유로운 거인의 면모가 약여하나, 큰스님과 일면식도 없는 나 같은 사람의 속물스러운 상상력에 의하면 그 많은 사리를 모래알처럼 바라보시며 '나는 나요. 사리는 사리라'라고 하시지 않았을까.

올 추석이 아름다웠던 까닭

전 국토의 주차장화, 전 국토의 묘지화란 말이 추석 명절처럼 실감날 때도 없을 것이다. 그 느낌은 거의 공포감에 가깝다. 도시 생활을 오래한 사람치고 조상의 묘를 한 군데 모신 이는 거의 없다. 물려받은 선산이 있는 행복한 후손도 국토 개발 등으로 언제까지나 선산을 유지할 수 있을 것 같지 않은 예감 때문에, 또는 원거리 성묘의 불편 등을 이유로 증조나 고조의 묘가 있는 선산을 놔두고 조부모나 부모의 묘는 근교의 공원묘지에 모신 경우가 허다하다. 공원묘지도 단시일 내에 그 수용 능력이 한계에 다다르기 때문에 조부모와 부모의 묘가 각각인 경우 또한 적지 않다. 생존해 계신 부모가 기다리는 고향이 없는 후손도 이렇게 바쁜데 부모나 큰댁

이 고향을 지키고 있으면 연휴 나흘도 모자라 그전, 전전 일요일까지 포함을 시켜 머리를 잘 굴려 적절히 안배하지 않으면 낭패를 보게 된다. 각자 신발 한 켤레 꿰차는 것만치나 쉽게 집집마다 한두 대씩 보유한 차들이 지척을 천리로 만들어버리기 때문이다. 휴일이 차라리 하루나 이틀이었으면 의무를 소홀히 할 수 있는 핑계라도 되련만 하는 생각까지 들 지경이다. 특히 주부들은 시댁에 대한 의무와 병행할 수 없는 친정에 대한 애정 때문에 갈등을 겪으랴, 물가고에 시달리랴, 성묘 갈 때마다 음식 장만하고, 추석날은 추석날대로 차례를 지내야 하는 몇 중의 명절을 쇠랴, 지칠 대로 지치기 마련이다. '한가위엔 가난한 집 며느리 뱃덧이 난다'는 속담도 있듯이 추수의 기쁨을 우선 조상에 고하고 나서 이웃과 나누며 즐기던 유연하고 풍요한 명절 풍경은 간 데 없고 전쟁을 방불케 치열한 귀향과 성묘의 다툼과, 상인들이 만들어낸 거짓 풍요가 있을 뿐이다. 이런 사정이 해마다 더 나빠지는 걸 보면서 아무리 미풍양속이라 해도 농경사회에서 유효하던 게 아무런 수정 없이 산업사회에서도 통용되기엔 무리가 많다는 생각을 안 할 수가 없다.

그런 중에도 이번 추석에는 딴 해에는 볼 수 없었던 희망적 변화를 볼 수가 있었는데 그건 버스 전용차선제였다. 텔레비전 화면으로 본 그 광경은 아름답고 감동적이기조차 했다. 그러나 같은 날, 같은 화면으로 우리는 지존파의 이를 가는 모습과 그들이 하늘 무서운 짓을 저지른 아지트를 보지 않으면 안 되었다. 전혀 원한 관계가 없는 이를 단지 그랜저를 탔다는 이유로, 또는 연습 삼아 죽인 것도 끔찍한 일이었지만 그 시체 처리 방법에 이르러서는 할말을 잃게 된다. 그후 하루도 지존파의 얼굴을 보고 듣지 않은 날이 없으니 만나는 사람끼리도 자연히 그 일을 화제 삼게 된다. 처음에는 추석 음식을 다 토할 뻔했다는 비위 약한 사람도 있더니만 날이 갈수록 엽기적인 연속극 얘기를 할 때처럼 흥미 위주로 돼가는 것 같다. 그렇다고 사설 화장장을 보고 토할 뻔한 약한 비위가 곧 도덕적인 순결을 의미하는 건 아닐 것이다. 부의 축적 과정이 의심스러운 부유층이나, 도대체 부를 축적하고 말고 할 새가 있을 것 같지 않은 새파란 젊은이의 헤픈 씀씀이를 보면서 저 꼴만 안 보았으면 한결 살맛이 나련만 하는 생각을 안 해본 사람이 누가 있을까. 부를 죄악시 말아야 한다는 소리엔 동의하지만 그건 정당한 부에 한한 얘기다. 또 아무리 노력해서 번 돈이라 해도 사치와 유흥으로 부를 과시한다든가 자식 사랑을 돈으로 처바르는 짓은 그 사회적인 해악을 생각해서라도 죄악시해야 된다. 지존파들은 소위 야타족이니 오렌지족이니 하는 씀씀이 헤픈 족속들을 이를 갈고 미워하는 것 같지만 실은 선망했기 때문에 닮아보려고 그런 짓을 한 것이지 결코 죄악시한 것은 아닐 것이다. 그러나 그들이 단지 그랜저를 탔다는 이유로 부자로 지목한 이들은 서민층 아니면 건실한 중산층이었다. 여기서 우리는 매스컴이나 코미디가 경박하고 무책임하고 과장되게 남용하는 야타족이니 오렌지족이니 하는 유행어가 어느 틈에 우리에게 강요해온 몰아붙이기식 사고의 폐해를 보게 된다.

그들이 미워한 어떤 동네만 해도 그렇다. 보통 사람치고 그 동네에 역시 보통으로 건실하게 사는 친지를 안 가진 이는 거의 없을 것이다. 그럼에도 불구하고 그 동네를 부를 때는 단순한 지명 이상의 몰아붙이기식 난폭한 연상 작용이 일어나게 된다. 유행어가 존재를 만들어낼지도 모른다고 생각할 때 앞으로 지존파라는 유행어가 생겨나는 것은 어떻게든지 막아야 되지 않을까.

우리는 내남없이 고도성장의 가도를 숨가쁘게 달려왔다. 행여나 중산층의 대열에서라도 낙오할까봐 고속도로를 달릴 때처럼 잘 빠질 때는 최고 속도를 놓고, 밀릴 때는 수단껏 끼어들고, 대가리를 처박고, 곁길로 빠지고, 우회도로를 찾고, 빵빵대고, 으르렁거리느라 그 경쟁에서 멀찌감치 밀려난 이들이나, 고속도로로 진입할 수 있는 수단을 처음부터 갖지 못한 이들의 소외감과 적개심을 미처 헤아리지 못했다. 마냥 적체된 그들의 울분이 독기가 되어 터져나온 게 지존파의 형태가 아니었을까. 우리 모두 우리의 속도를 늦추거나 비켜서서 그들도 같이 가거나 먼저 보낼 수 있는 전용차선을 마련해줘야 한다. 더 늦기 전에.

요즘 노인들

내 친구 중에는 김 한 톳을 사기 위해 분당에서 중부시장까지 가는 이가 있다. 그가 사는 동네에 시장이 없어서도 아니고 한푼을 쪼개 써야 할 궁색한 처지여서도 아니다. 순전히 밖에서 보내는 시간을 끌기 위해서이다. 그렇게까지 바깥바람이 쐬고 싶을 만큼 평소에 외출할 일이 없냐 하면 그건 더군다나 아니다. 거의 하루도 집에 붙어 있는 날이 없을 만큼 분주한 친구이다. 살림만 하는 주부들도 오십대 이후엔 부쩍 더 바빠진다. 자식들을 학교 보내고 짝지어주는 일의 어려움과 그런 일을 상부상조하는 데서 비롯된 동창생 찾기가, 그런 일에서 놓여난 후까지 돈독한 친목으로 이어져 친목계를 만들기도 하고 수영이나 노래를 같이 배우러 다니기도 한다.

젊어서는 이름만 걸어놓고 있던 교회의 각종 모임이나 행사에도 열성적으로 참여하기 시작하는 것도 그 무렵부터이고, 종교가 없더라도 힘을 모아 어려운 친구나 이웃을 돕는 일에 적극적으로 참여하게 되는 것도 그 무렵부터이다. 김 한 톳을 사러 중부시장까지 다녀온 친구도 바로 그렇게 분주하게 살다가 어쩌다 하루 나갈 일이 없는 날이 생기면 그런 건수를 만들어서라도 바깥에서 하루를 보낸다.

퇴직한 남편이 집에 죽치고 있기 때문이다. 남편하고 같이 있으면 답답해서 숨이 막힐 것 같아 자기라도 나가야 한다는 것이다. 남자가 집에서 꼼짝 안 하는 것도 힘든데 잔소리는 또 왜 그렇게 하는지 더운 물이나 휴지 쓰는 것까지 일일이 간섭을 하는 게, 사람이 경제력이 없어지면 저래지는구나, 슬며시 안된 생각이 들어서 친구라도 만나고 들어오라고 권하면 현역일 때 그 많던 친구는 다 어디로 갔는지 그것도 못한다는 것이다. 여자들이 자식들 시집 장가 보내고 나서 친구가 부쩍 늘어나는 것과는 반대로 거의 비슷한 시기에 은퇴를 하게 되는 남자들은 고립감에 시달리게 된다. 직장의 동료는 물론, 직장 일을 원활하게 하기 위한 교제상의 친구는 은퇴와 동시에 소원해진다. 순수한 동창도 같이 사회생활을 하는 동안 이용을 하기도 하고, 당하기도 하고, 본의 아니게 섭섭하게도 하는 사이에 본래의 우정은 금이 가거나 찜찜해져 있기 마련이다. 또 은퇴를 하고 나면 아직도 현역인 친구는 찾아가기 싫은 자격지심 같은 것도 생긴다. 별안간 구두쇠가 되는 것도 매달 들어오던 수입이 끊어지는 데 따른 불안감 때문이리라. 선불리 사업이라도 할까봐 퇴직금은 대개 아내가 관리한다. 아내는 퇴직금뿐 아니라 젊어서 근검절약해 모은 목돈을 따로 갖고 있기도 하다. 늙은 아내는 또 아들딸네서 아이를 봐달라, 손님상 차리는 걸 도와달라, 열불이 나게 불려갈 일도 많으니 자식들한테 용돈을 탈 기회도 그만큼 많을 수밖에. 그래서 마나님은 기분 내킬 때는 이삼만원짜리 점심도 아낌없이 먹지만 영감님은 어쩌다 바깥바람 쐬고 나서도 칼국수를 먹을까, 돌솥밥을 먹을까조차도 식성으로 정하지를 못하고 어떤 게 싼가 값으로 정하게 된다.

집에만 있는 영감님들 때문에 답답한 넋두리들을 하는 자리에서 젊어서부터 금실 좋기로 소문난, 지금도 부부만 재미있게 사는 친구가 이런 얘기를 했다. 어느 날 며느리가 갈비를 재다가 냉장고에 넣어주고 갔다고 한다. 효성도 기쁘고 갈비도 어찌나 맛깔스러워 보이는지 그것을 구우며 저녁상을 차리는 동안 그렇게 신이 날 수가 없더라고 했다. 알맞게 구워진 고기를 연방 식탁에다 날라다 놓으면서, 포도주까지 한

잔 곁들일 생각으로, 식탁에 앉았다 섰다 하는 일이 없도록 모든 준비를 완벽하게 해가지고 식탁에 앉고 보니 그동안 영감님이 갈비를 한 점도 안 남기고 다 먹어치웠더라는 것이었다. 그때 마나님이 느낀 분노는 거의 살의에 가까웠노라고 고백했다. 그 집도 고기가 아쉬운 집은 아니니까 그의 분노는 남편의 무신경과 맛있는 것은 독식하도록 길들여진 구습에 대한 거였으리라.

홀로 되고 나면 부부 해로하는 것처럼 부럽고 보기 좋은 것도 없다. 그러나 이렇듯 해로하는 부부의 행복하지만은 않은 사정을 드러내 보이는 것은 자위를 위해서가 아니라, 늙을 날이 아직 아직 먼 젊은 부부들을 위해서이다. 아내가 늙게 남편을 답답하고 부담스러워하거나, 분노나 증오까지 하게 되는 것은 본인이 의식하든 안 하든 간에 남자는 한때 홀로 자유롭고, 홀로 좋은 걸 많이 즐겼으려니 하는 데 대한 복수심 같은 것에 연유하고 있기 마련이다. 그러나 남편 입장에선 이날 이때 뼛골 빠지게 일해서 처자식 부양한 것 외에 도덕적으로도 큰 하자 없이 산 끝이 고작 그거라면 너무 억울하지 않은가. 젊어서 아내를 외롭게 한 게 옳지 않았다면 늙어서 남편을 비참하게 하는 것 또한 옳지 않다. 부부간에 복수심은 더군다나 당치도 않다. 그러나 늘그막에 정반대로 뒤바뀐 부부의 위상이 어느 날 갑자기 그렇게 된 것은 아닐 것이다. 자녀에 대한 부모로서의 존재 가치, 부부 상호간의 경제적인, 성적인 필요성이 사라진 후까지도 부부를 서로 필요하게 하는 중요한 요소를 전혀 준비하지 않았기 때문이 아닐까. 그 내용이 공동의 취미나 관심사일 수도 있겠으나 무엇보다도 중요한 건 서로 대등한 우정의 관계가 아닐까. 그러나 깊은 상호 이해를 바탕으로 하는 우정이야말로 미리미리 쌓아 가야지 급조할 수 있는 것은 아니다.

녹색의 경이

작년에 영국에서 석달가량 머문 적이 있다. 봄에서 여름에 걸친 좋은 계절이어서 온 나라가 커다란 공원 같았다. 호수 지방을 여행하면서는 하도 낙원 같은 풍경만 계속되니까 나중엔 속이 다 메슥메슥해지는 이상한 경험을 했다. 지나고 나서 생각해보니 질투가 아니었나 싶다.

BBC의 다큐멘터리 프로를 통해 사막화돼가는 소말리아에서 굶어 죽어가는 아이와 어른들의 각양각색의 모습을 본 것도 그 무렵 영국에서였다. 차마 눈뜨고 보아내기 힘들 만큼 비참하게 그려져 있었다. 굶어 죽은 사람의 시체의 백지장 같은 부피 없음과, 백지장처럼 가볍게 버려지는 광경은 비현실적이어서 차라리 견딜 만했다. 그날 온종일 밥이 제대로 넘어

가지 않았고 내 나라의 흥청망청한 씀씀이에 대해 생생한 죄책감을 느꼈다. 그러나 이런 최초의 충격이 가시자 슬그머니 화가 나기 시작했고 설마 그럴라구, 하는 회의도 생겼다. 너무도 빤안히 너무도 살살이 들여다보고 쫓아다닌 카메라의 눈이 혐오스러웠다. 차마 눈뜨고 못 본다는 말도 있듯이 너무 끔찍한 광경이나 민망한 모습에서는 저절로 시선을 돌리게 되는 게 인지상정이다. 하다못해 미친 사람이 벌거벗고 거리로 나와도 고개를 돌리고 치부를 가릴 옷가지 먼저 던져주고 나서 바로 보든지 끌고 가든지 하는 게 보통 사람이 할 짓이다. 그런 망설임이나 고개 돌림이 전혀 없는 기계의 눈이야말로 우리와 다른 서구인의 시선이라고 생각되어서 그렇게 정떨어질 수가 없었다. 그건 우리도 빈곤이 극심했던 50년대엔 외국인의 눈에 저렇게 비쳤으리라는 동류의식과도 무관하지 않았다. 사람 사는 세상이라면 적어도 완전한 지옥은 없어야 마땅했다. 애처롭게 감싸는 연민 없이 차갑고 말똥말똥한 시선으로 다만 직시했다는 게 혐오스럽다 못해 야속했던 것도 같은 경험을 한 사이에나 있을 수 있는 정서였다.

지난 3월 유니세프 문화예술인 모임의 한 사람으로 에티오피아에 갈 기회가 생겼을 때도 제일 먼저 그때 본 소말리아의 참상이 떠올라 선뜻 참가할 용기가 나지 않았다. 에티오피아의 가뭄과 기근은 이 나라의 역사만큼이나 오래된 것이라고 한다. 그러나 70년대 초로부터 최근까지 이어지는 가뭄 피해는 십칠 년 동안이나 계속된 멩기스투 군사정권하에서의 내전까지 겹쳐 마침내 세계적인 관심을 끌 만큼 악화되었다. 전쟁이란 특히 어린이들에게 수많은 방법으로 희생을 치르도록 강요하게 돼 있지만 그중에도 부모나 친척의 생존이 불확실해서 생기는 고아나 부랑아의 대책 없는 급증이 얼마나 비극적인지는 우리도 겪어봐서 아는 대로이다. 특별한 천재지변 없이 전쟁만으로도 그러하였거늘 이 나라는 그동안 연달아 가혹한 가뭄을 겪은데다가 국경을 접한 소말리아로부터 피난민까지 몰려와 형편을 더욱 어렵게 만들고 있다니 그야말로 설상가상이었다. 우리의 방문 목적은 가뭄이 심한 지역에서 굶주림, 식수난, 비위생에 가장 예민하게 노출된 어린이들을 위해 유니세프가 지원하고 있는 각종 사업을 돌아보는 것이었고, 그중에는 소말리아 난민촌 방문 계획도 들어 있었다. 에티오피아도 가뭄과 정치적 불안으로 국민의 생존권도 보장해줄 수 없는 최빈국의 처지가 돼버렸건만도 소말리아와의 국경 지대엔 육십여만 명의 소말리아인이 피난나와 오로지 구호에만 생존을 의지하고 있다는 것이었다. 유니세프의 성격상 밝은 면보다는 어두운 면을, 배부른 사람보다는 굶주린 사람을 먼저 찾아다니게 돼 있음에도 불구하고 그쪽에 대한 사전 정보가 워낙 극소한 상황이어서 떠나는 날까지도 망설임과 두려움을 떨쳐버릴 수가 없었다.

최근 정보만 빼면 에티오피아는 꼭 한번 가보고 싶은 환상적인 나라였다. 그 나라의 비롯됨은 아득한 삼천여 년 전 솔로몬 왕과 시바의 여왕의 로맨스로 유명한 악숨 제국까지 거슬러올라갈 수가 있고, 국토의 사십 퍼센트가 숲이고, 열대에 위치했으나 국토의 대부분이 고원이어서 사시장철 쾌적한 기후고, 아프리카 여러 나라 중 한 번도 서구 열강의 식민지가 돼보지 않은 유일한 나라인데다 고유한 언어와 고유한 문자까지 가진 유일한 나라라는 것은 얼마나 매혹적인 관광 조건인가. 우리나라와의 관계 중 상식적인 것은 육이오 때의 참전국이었고, 하일레 셀라시에 황제가 박 대통령 당시 내한한 적이 있다는 정도이지만, 군살 없이 자존심만 강조된 그의 표정은 과연 고도의 문화를 가진 나라의 황제다워 인상적이었다. '맨발의 황제'로 유명한 마라톤 선수 아베베도 우리에게 친숙하다. 그는 맨발로 뛰어 올림픽 사상 최초로 마라톤 이 연패의 위업을 이룩하였으나 교통사고로 반신불수가 되었다. 아마 70년대 초였을 것이다. 그가 휠체어를 탄 사진을 본 적이 있는데, 마라톤 선수가 하필 다리를 못 쓰게 될 게 뭐였을까.

그의 몸의 여러 기관 중 하필 인간 한계를 뛰어넘어 인류를 열광케 한 다리가 불수가 됐다는 건 신의 짓궂은 장난처럼 보였고, 그가 마치 신의 장난에 무참히 희롱당하는 인간 비극의 상징처럼 여겨져 그의 휠체어 사진은 내 뇌리에 오래도록 눌어붙어 있다.

보통 사람의 가정에 초대받지 않는 이상 세계 어느 나라 도시나 공항에서도 문화적인 이질감을 거의 못 느낄 만큼 세계는 좁아졌다. 그건 교통과 정보에 의해 세상이 좁아졌다는 뜻도 되지만 우리나라가 특색 없이 오로지 서구화됐다는 뜻도 되리라. 어느 나라에 가든 낯설어하지 않을 뿐 아니라 거기가 외국이라는 걸 잊고 지낼 시간이 더 많을 만큼 낯익은 풍경을 접하게 된다. 그러나 에티오피아는 아니었다. 한시도 여기가 에티오피아라는 걸 잊을 새가 없을 만큼 이국적이었다. 최초의 놀라움은 시간이었다. 도착한 날 아디스아바바 공항이었는지 호텔이었는지 아무튼 상당히 서구적인 건물 안에서였다. 에티오피아 민속의상을 입은 아가씨가 요염하게 웃고 있는 관광 포스터가 붙어 있었는데 '13개월의 햇빛'이란 말이 시선을 끌었다. 일 년 내내 밝은 햇빛을 즐길 수 있는 걸 과장하기 위한 광고 문안인 줄 알았더니 이 나라는 정말 13월까지 있다는 것이었다. 13월은 보통 달보다는 날수가 적지만

하여튼 딴 나라보다 일 년의 날수가 많은 게 누적이 되다보니 지금 그 나라는 1985년이라고 했다. 시간을 정하는 방법까지 달랐다. 태양이 그 나라의 자오선을 지나는 시간을 정오로 해서 다음 정오까지를 이십사 시간으로 나누는 세계 공통의 시간 계산법을 이 나라는 쓰고 있지 않았다. 대낮인데 이 나라 공공기관에 걸려 있는 시계는 여섯시를 가리키고 있길래 고장이 난 줄 알았더니 그게 아니었다. 그 나라는 지금 여섯시인 게 맞는 시간이라고 했다. 그건 내가 맞추지 않고 그냥 차고 있는 한국 시간과 일치했다. 한국과 에티오피아는 여섯 시간의 차가 있어야 했다. 그러나 에티오피아는 태양이 지평선에 떠오르는 시간을 영시로 해서 다음날 영시까지를 이십사 시간으로 나누는 그 나라 고유의 시간을 고수하고 있다고 했다. 그런 특이한 에티오피아 시간은 세계 공통의 시간 계산법과 여섯 시간의 차이가 나고 그건 공교롭게도 여섯 시간의 시차가 있는 한국 시간과 일치했던 것이다. 그러나 대낮이 여섯시고 해 떨어질 무렵이 열두시가 되는 시간 관념은 암만해도 낯설었고, 우리 일행이 모이고 헤어지는 약속 시간은 세계 공통의 시간 계산법에 의해 그 나라 시간을 산출한 거였기 때문에 가급적이면 그 나라에선 걸려 있는 시계는 안 보는 게 수였다. 우리나라처럼 시계가 여기저기 걸려 있었으면 더 헷갈렸을 텐데 시계가 귀한 게 그나마 다행이었다.

어떻게 그럴 수가 있을까? 외국을 여행할 때마다 고유의 문화를 박물관이나 억지로 남겨놓은 특정 지역 아니면 찾아보기 힘든 걸 아쉬워하긴 했어도 전혀 다른 시간을 사는 나라가 있으리라고는 상상을 못했었다. 오랜 문화를 가졌으면서도 서방 강대국의 식민지가 돼보지 않은 나라다운 자존심의 흔적 같기도 하고 지나친 폐쇄성의 일단이 아닌가 싶기도 했다. 아마 둘 다가 아니었을까. 아디스아바바의 힐튼 호텔에 짐을 풀자마자 시내를 한 바퀴 돌았다. 공공건물 몇 개를 빼고는 주택가나 상가나 번화가나 전혀 근대화돼 있지 않았다. 그렇다고 고유한 주택 양식이 보존돼 있다고 볼 수도 없었다. 진흙집에 양철 지붕을 이었거나 벽까지 양철로 둘러친 어두운 집이 대부분이었다. 낮엔 상당히 기온이 올라가는데 양철 지붕이 얼마나 더울까 싶었고 외견상으로도 추한 느낌이 들었다. 그러나 비가 잘 안 오고 건조하여 양철이 잘 녹슬지 않는 점을 취한다는 것이었다. 우리도 동란 직후 모시나 무명 대신 나일론을 즐겨 입으면서 빨아서 다림질할 필요 없고 질긴 것만 좋아하던 생각이 났다. 길에 유난히 청소년들이 많았다. 구두를 닦거나 간단한 물건을 팔려는 장사꾼도 있었지만 거의가 그냥 서성이거나 그늘이나 담벼락에 주런히 기대앉아 있거나 낮잠을 자고 있었다. 이 나라의 수도라고는 하지만 중심가나 상가의 규모로 봐서 결코 거대도시라고는 볼 수 없는데도 거리로 쏟아져나온 인구가 너무 많아 혹시 무슨 구경거리가 지나가는 특별한 날이 아닐까 싶었는데 그게 아니었다. 에티오피아에 있는 동안 그런 현상은 소도시나 산간 마을에서도 어김없이 목격할 수가 있었다. 평균 일곱 명 정도의 자녀를 낳는다니 천 명당 백이십오 명이라는 높은 유아사망률에도 불구하고 가구당 식구 수가 얼마나 많으리라는 건 짐작하고도 남음이 있었다. 농업 외의 산업이 보잘것없고 중등학교 입학률이 십여 퍼센트에 불과한데 그나마 졸업률은 그에 훨씬 못 미친다니 볼일 없는 청소년들이 열악한 주거 환경을 피해 갈 데가 거리밖에 더 있겠는가. 중심가를 한 바퀴 돌고 나서 시내를 한눈에 내려다볼 수 있는 산으로 올라갔다. 나무를 해서 등에 짊어지고 언덕바지를 올라가는 어린이를 여럿 만날 수 있었다. 나무라지만 장작은 아니고 곡식의 마른 줄기 같기도 하고 고사목의 가장귀 같기도 해서 부피만 많은 땔감이었다. 나뭇짐이 큰 사람 중엔 어른도 있었지만 어른 아이 할 것 없이 다 여자들이었다. 나중에 안 일이었지만 산림 단속이 심해 몰래 한 나무는 내다팔아 가계의 보탬이 된다고 했다. 산마루에 차를 세울 만한 데 작은 마을이 있었고 차를 세우자 엄청나게 많은 아이들이 쏟아져나왔다. 그 아이들 또한 거리의 아이들처럼 매우 심심해 보였고, 우리 일행이 좋은 구경거리였다. 그렇게 심심한 아이들 중 여자아이는 한 명밖에 없었다. 내가 애써 그 심심한 아이들 중에서 여자아이의 수효를 헤아리고 싶었던 것은 몸에 비해 과도한 나뭇짐을 지고 언덕길을 힘겹게 오르던 소녀들 중에서 소년을 찾고 싶었던 심리하고 같은 것이었으리라. 나라나 집안이 어지럽고 궁핍한 때일수록 여자들이 더 씩씩하게 고통을 분담한다는 게 시간까지 고유한 시간을 쓰는 이상한 나라건만 다르지 않다는 사실이 속상하면서도 가슴에 뭉클하게 와닿았다. 우리의 지난 시대의 경험을 통해 이 나라의 현실을 비추려는 시각 때문일 것이다.

다음날 소말리아 난민촌이 있는 고데로 향했다. 고데는 남부 저지대로 숨이 턱턱 막히게 더웠고 건조해서 땅이 흙인데도 사막을 연상시켰다. 인구 이만 정도의 작은 고장인데 그 배 가까운 난민 인구를 수용하고 있지만 소말리아와의 접경 지역에 있는 난민촌 중에는 그보다 규모가 큰 데도 많다고 한다.

영양실조가 심해 하루 일곱 번씩 특별 급식을 해야 하는 구호 캠프와, 중증의 결핵 환자 수용소와, 가족 단위로 마을을 이루고 있는 난민촌들을 차례로 돌아보았다. 난민촌은 짚을 둥글고 성기게 밥공기 모양으로 엮어 엎어놓은 것처럼 생긴 집들이 운동장처럼 메말라 나무 그늘 하나 풀 한 포기 없이 먼지만 지독한 땅에 일정한 간격으로 무수히 모여 있었다. 그 안에 최소한의 식기와 예닐곱 식구가 기거하며 굶주리고 앓고 죽어간다면 지옥도 같겠지만 아이들은 명랑하고, 사진 찍기를 좋아하고, 구걸하지 않고 그리고 놀랍도록 수려한 용모를 가지고 있었다. 우리 일행이 가장 큰 충격을 받은 곳이 이 난민촌이었고, 그곳에서 자발적인 봉사를 하는 '국경 없는 의사 모임'의 벨기에 의사나 'CONCERN'이라는 단체의 젊은 봉사자의 헌신적인 구호 활동은 우리에게 깊은 인상을 남겼다. 우리도 한때 그런 궁핍한 피난살이를 했고 그때 유니세프를 비롯한 외국의 자선단체한테 진 신세를 생각해서라도 그들을 단순한 동정이 아닌 따뜻한 시선으로 바라보고, 앞으로 잘되리라는 희망의 싹수를 발견해야 한다고 생각했지만 솔직히 말해 그게 잘 되지 않았다. 우리가 겪은 피난살이와 비교하는 마음이 우리는 저렇게까지 굶주리거나 비위생적으로 살지는 않았다는 우월감 비슷한 감정까지 느끼게 했는지도 모르겠다. 그러나 '행복한 가정이란 모두가 서로 매우 비슷하지만 불행한 가정은 제 나름으로 불행한 것이다'라는 유명한 『안나 카레니나』의 서두를 이렇게 바꾸어도 딱 들어맞는 말이 되지 않을까? '잘사는 나라들은 모두가 서로 매우 비슷하게 살지만 빈곤한 나라들은 제 나름으로 빈곤한 것이다'라고.

그들이 우리가 극도로 궁핍했을 때보다 더 나빠 보이는 것은 그들 나름의 궁핍함이 우리에게 낯설었던 것일 뿐, 그들이 결코 우리의 피난 시절보다 더 비참하고 더 희망 없는 건 아닐 것이다. 그들의 상당수는 유목민의 후예고, 사시장철 좋은 기후 조건 때문에 평화롭고 풍년 들어 근심 없이 살 때도 딱딱하고 견고한 집을 필요로 하지 않았을 것이다. 그들과는 달리 우리는 혹독한 추위 때문에 하룻밤을 자도 구들장이 있고 벽이 두터운 집에서 자야 하고 이부자리나 옷가지 등을 더 많이 소유할 수밖에 없었다고 해서 우리가 그들보다 덜 비참했던 것은 아니다. 그들은 현재 다만 기아선상에 있지만 우리의 피난 시절은 기아선상과 동사선상을 동시에 참아내야 하는 것이었으니 실은 더 비참한 것이었다. 그들이 티 없이 명랑한 것만 봐도 스스로 느끼는 불행감에 있어서도 우리가 상상하는 것보다 훨씬 가볍다는 것을 알 수 있었다. 특히 아이들의 순진무구하고 구김살 없는 태도와 하나같이 잘생긴 용모는 부러울 정도였고, 우리가 그들을 도울 수 있다는 데 보람도 느끼게 했다. 그러나 남에게 조금이라도 무엇인가를 베풀 수 있는 입장에서 가장 조심해야 할 것이 값싼 동정과 우월감이라면, 받는 입장에서 가장 경계해야 할 것은 받기만 하는 데 길들여지지 않는 것이라고 생각할 때, 문득 그들의 명랑함이 현실 안주에서 오는 게 아닌가 근심스럽기도 했다.

난민촌에 갔다온 다음날 가뭄이 심한 티그레주州의 메켈레로 떠났다. 고데는 에티오피아의 남쪽 저지대고, 티그레이 지방은 북부 고원지대이다. 비행기로지만 국토를 남북으로 종단한 셈이었다. 남쪽으로 갈 때는 그래도 아디스아바바 근처의 시골에서는 푸른 들도 보이고 호수나 하천도 보이다가 점점 메말라갔는데, 메켈레로 가면서는 완만한 고원지대가 거의 푸르름 없이 황토색을 드러낸 채 마냥 이어지고 있었다. 고원지대가 다시 높은 산이 되거나 깊은 협곡으로 갈라진 데 빼고는 구석구석 경작된 농지였고 농가도 산재해 있건만 숲은 보이지 않았다. 밭에 아무것도 없는 것은 이미 수확이 끝났기 때문이라고 하니까 이해가 됐지만, 산이나 들에서 그 온화한 기후에도 푸르름이 안 보인다는 것은 참혹한 느낌이 들었다. 그런 느낌은 메켈레에 도착한 다음날 악숨 제국의 발상지인 악숨까지 꼬박 하루를 차로 달리면서 더욱 절실해졌다. 그 지역이 가뭄이 가장 심한 지역이라고는 하지만 어쩌면 이럴 수가 있을까 싶게 산에 녹색이 귀하고 어쩌다 만나는 녹색의 무더기는 선인장 종류였다. 간혹 남아 있는 나무도 잎은 마르고 먼지만 뒤집어쓰고 있으니 고사목처럼 보였고, 그런 산에서도 나무를 해서 지거나 낙타에 실은 나무꾼을 어김없이 만나곤 했다. 나무꾼의 모습이나 가축을 모는 목동의 모습이나 농촌 풍경이나 현대 문명이 스치고 지나간 자취 없이 기원전 모습 그대로였다. 나중에 우리가 방문한 아디스아바바 국립박물관의 안내원도 삼천 년 전의 조각품을 보여주면서 그때의 의상이 지금까지 조금도 변하지 않고 내려오는 것을 크게 자랑스러워했다. 그러나 우리가 농촌 풍경을 보고 기원전 모습 그대로라고 생각한 것은 그 황량함이 영화로 본 모세나 예수 시대의 광야와 너무 닮았기 때문이지 기원전의 그 지방을 보았기 때문은 아닌 것이다. 기원전까지 거슬러 올라갈 것도 없이 몇십 년 전까지만 해도 그쪽은 광야가 아니라 울창한 숲이어야 실상은 맞는 것이다. 나무를 심지는 않고 자꾸 베기만 하다가 그 지경이 된 것이다. 게다가 가뭄까지 겹쳐 그 지역 주민들의 식수난은 상상을 초월하는 것이었다. 우리는 차 네 대에 분승하여 산을 넘고 들을 지났는데 차끼리 상당한 거리를 두지 않고는 앞이 안 보일 정도로, 메마른 비포장도로에서 피어오르는 흙먼지는 연막차를 방불케 했다. 그러다가도 신기루처럼 멀리 파릇한 풀빛이 보일 적이 있었다. 그런 데는 어김없이 가냘픈 실개천이 있거나 웅덩이 같은 우물이 있었다.

땅에 습기만 있으면 얼마든지 식물이 자랄 수 있는 땅이었다. 그러나 우물이란 데를 가까이 가보면 부우연 흙탕물인데도 물 길으러 온 부녀자들이 시장터처럼 붐비고 있었고, 놀랍게도 서너 시간이나 걸리는 원거리에서 거기까지 온 사람도 많다고 했다. 왕복 하루를 걸려 물을 긷느라 임산부의 유산 사산율이 높고 이십오 세 이후엔 아예 불임이 돼버리는 여성도 많은 게 그 지방의 비극적인 현실이라고 했다. 이 나라의 빈곤이 혹시 구제불능이 아닐까 하는 우려를 자아낸 것도 소말리아 난민촌의 참상보다는 헐벗을 대로 헐벗은 산하였다. 국토를 이 지경까지 만든 게 단지 가뭄 때문만이었을까. 그러나 지금이라도 충분한 비가 내려 저 헐벗은 산이 토사를 마구 훑어내릴 것을 상상하는 것은 가뭄의 공포 못지않았다. 지도를 보면 이 나라는 깊은 협곡을 흐르는 물이 모여 청나일강을 비롯해 몇 개의 크고 작은 강을 만들고 또 타나호를 비롯해서 큰 호수도 적지 않다. 산의 나무를 보호하고 수리 사업에 힘썼더라면 몇 년 가뭄쯤 어렵지 않게 이겨낼 수도 있었으리라.

팔이 안으로 굽는 것은 어쩔 수가 없는지, 마침내 보릿고개를 이겨낸 우리의 전천후농업이 속으로 은근히 자랑스러웠지만 자연 파괴의 생생한 현장은 남의 일 같지 않았다. 우리도 한때 무차별 남벌로 망국론까지 불러일으킬 만큼 산림을 황폐하게 만들었다가 기적적으로 녹화에 성공했지만, 그 귀중한 산림이 공기 오염, 산성비, 산불 등으로 다시 메말라가 심각한 우려를 자아내고 있다. 우리가 현재 당면하고 있는 자연의 위기가 주로 석유 문명에 의한 것이라면 에티오피아의 자연 훼손은 연료로 석유나 석탄을 쓰지 않은 결과라고도 볼 수 있다. 근대화를 외면한 원시적인 착취에 의해 파괴된 예이지만 그 결과의 무서움에서 벗어날 수 없는 것은 국경이나 인종을 초월한 인간 공동의 운명이 아닐까. 또한 자연을 간접적으로 훼손했건, 마냥 착취만 했건 인재이기는 마찬가지였다. 이 나라 또한 그 지경이 되기까지는 멩기스투 군사정권하에서의 십칠 년간의 내전이 있었다. 농업이나 산림 정책이 전혀 없이 그저 싸움만 하는 사이에 국토가 그만 돌이킬 수 없을 만큼 피폐해지고 만 것이었다. 특히 이 티그레이 지방은 멩기스투 독재 정권에 가장 치열하게 저항했던 지역이라고 한다.

그래서 산림의 황폐화와 함께 가장 눈에 띄는 것은 탱크, 장갑차 등 전쟁의 잔해였다. 장정은 물론 소년들까지 나가 싸워 가장 많은 희생자를 낸 것도 티그레주라고 한다. 좌경 군사정권을 무너뜨리고 민주정치로 전환할 것을 약속하고 개혁을 추진중인 현 과도정부의 수반도 티그레 출신이고, 그래서 티그레 주민들은 긍지에 차 있을 뿐 아니라 희망에 부풀어 있었다. 이 지방의 심한 가뭄 피해가 아무리 인재라 해도 이 지방을 살려내는 일 또한 사람에게 기대할 수밖에 없는 거라면 독재와 목숨 걸고 싸운 이 지방의 저항 정신이야말로 얼마나 보배롭고 싱싱한 인적자원인지 몰랐다.

악숨은 시바 여왕의 궁전이 남아 있다고 해서 우리의 고된 여행 중 유일하게 관광의 기대로 가슴을 설레며 도착한 곳이었다. 악숨을 비롯해서 티그레 지방엔 유난히 돌이 많았다. 적갈색의 돌이 산과 들에 널려 있어 황폐감을 더했지만 건축재로 적합한 듯 남쪽과는 달리 집들은 물론 농지의 경계까지 돌담을 쳐놓고 있었고, 초등학교 건물과 내부 시설 즉 교탁이나 걸상도 깔고 앉을 만한 돌 한 개씩이었다. 책상은 각자의 무릎으로 대신했다. 그러나 지붕은 산골의 농가에만 초가가 남아 있을 뿐 역시 다 양철 지붕이었다. 비행기에서 내려다볼 때 양철 지붕이 빛나는 게 왠지 내 눈엔 싫고 피곤했기 때문에 이 나라의 고대 문명에 대한 관심 중에는 기와에 대한 기대가 컸다. 악숨시를 약간 벗어난 곳에 시바 여왕의 궁전터라는 데가 남아 있긴 했지만 그 건축재나 축조법이 그 지방 어디에서나 볼 수 있는 돌담과 조금도 다르지 않아 약간 실망스러웠다. 돌의 빛깔에서도 세월의 때가 느껴지지 않으니 옷이나 집이나 삼천 년을 한결같은 민족이 참으로 신기했다. 그러나 방이 오십 개나 되는 사층 건물이었다니 짚으로 지붕을 이었을 리는 없고, 그때 양철이 있었을 리도 없으니 꼭 기와의 파편이 있을 것만 같아 열심히 두리번거렸지만 못 찾아냈다. 안내인은 그런 나를 어떻게 보았는지 운수 좋으면 시바 여왕 시절의 화폐를 주울 수도 있다고 일러주었다.

악숨에서 메켈레로 돌아오는 길에도 유니세프가 곳곳에서 벌이고 있는 식수 사업과 댐 공사, 나무 심기, 묘목 기르기 등을 돌아보았다. 어느 것 하나 시급하지 않은 게 없는 적절한 사업이었지만 특히 인상적이었던 것은 장비와 기술만 지원하고 인력은 적극적으로 현지 인력을 활용해 기술자까지가 현지인이라는 것이었다. 그건 유니세프의 사업 또한 하늘도 스스로 돕는 자를 돕는다는 뜻과 같은 것이라고 여겨져 보기 좋았고, 시추가 성공한 펌프장에서 손수 펌프질해서 깊은 땅속에서 길어올린 맑은 물에 목을 축이고 손을 씻었을 때의 기쁨은 각별한 것이었다. 인근 주민 천오백 명의 식수난을 덜어주게 됐다는 이 펌프장은 가없이 황량한 들판 한가운데 있었으나 펌프질할 때마다 튀거나 넘치는 물이 흘러들어 습기를 회복한 옆의 땅은 작지만 새파란 채마밭이 되고 있었다. 그 녹색이 그렇게 경이로울 수가 없었다.

흙다리를 생각하며

어릴 적 우리 마을에서 면 소재지까지 가는 길엔 진흙으로 만든 다리가 하나 있었다. 십 리 길이니까 가다보면 깡충 뛰어넘을 수 있는 실개천이나, 징검돌이 놓인 냇물도 많았는데 그 개울에만 흙다리나마 제법 그럴듯한 다리가 놓였던 것은 물이 깊어서가 아니었다. 모래흙이 말갛게 비치는 얕은 물이었지만 지면에서 수면까지가 깊었다. 두어 길이 넘는 낭떠러지를 내려가서 물을 건너고 나서 다시 가파른 둔덕을 기어올라야 하는 수고를 덜기 위하여 놓은 다리였다. 면 소재지엔 소학교가 있어서 특히 아이들이 많이 다니는 길이었다. 그러나 아이건 어른이건 무거운 짐을 지게에다 잔뜩 진 장정이건 그 다리를 건너면서 무너지면 어떻게 하나 걱정하지 않았다.

비록 진흙으로 된 다리였지만 몇 년을 한결같이 끄덕없었다. 장마가 지고 나면 군데군데 진흙이 떨어져나간 데가 생겼고, 그 사이로 진흙을 지탱해주고 있는 뼈대를 볼 수가 있었지만 곧 감쪽같이 보수가 되었다. 뼈대는 촘촘하게 엮은 칡덩굴이나 새끼줄 같은 거였지만 그걸 그렇게 엮기 위해선 아마 양쪽으로 개울을 가로지를 만한 두 개의 튼튼한 버팀목이 있었을 것이다. 진흙도 짚을 썰어 넣어 단단하게 만든 거였다. 그 밖엔 어떤 공법으로 만들어서 그렇게 오래갈 수 있는지 우리 아이들이 알 바가 아니었다. 우리는 그냥 타박타박 걸어가던 흙길의 연장처럼 무심히 다리를 건넜을 뿐 그게 다리라는 의식도 없었다. 물론 흙다리를 길처럼 느끼게 하려면 누군가의 진국스러운 보수의 손길이 항상 있었으리라. 혹시 다리에서 떨어져도 다치거나 목숨을 잃을 염려가 없는 다리건만도 한 번도 위태로운 느낌을 주지 않았다. 우리는 그때 다 진흙과 짚으로 된 집에 살았지만 한 번도 집이 무너지면 어떻게 하나 걱정해본 적이 없었고 물론 괜히 무너진 집을 본 적도 없었다. 고로 흙다리가 무너지면 어떻게 하나 의심하지 않았고 더 좋은 다리가 있을 수 있다는 것도 몰랐다.

한강은 개울이 아니다. 글자 그대로 큰 강이요 한 나라의 대동맥이다. 그리고 또 지금이 어떤 때인가. 과학기술과 공업의 만능 시대이고 한국은 세계 도처에서 우리 기술에 불가능은 없다는 걸 충분히 과시했다. 한강에는 이미 여러 개의 다리가 있으니 기술 축적도 부족함이 없으련만 흙다리와는 댈 것도 아니게 튼튼한 쇠심줄과 콘크리트로 된 행주대교가 완공을 얼마 안 남기고 허리가 부러져버렸다. 지금 나는 어려서 살던 집과는 댈 것도 아니게 튼튼한 아파트에 산다. 어찌나 단단한지 내 힘으로는 벽에 못 하나 박을 수가 없다. 그럼에도 불구하고 나는 아파트의 견고성을 믿지 못한다. 무너질 수도 있다고 생각한다. 매끄럽게 포장한 길을 걷다가도 별안간 뒤틀리거나 폭발할 수도 있다고 생각한다. 늘 전철을 애용하면서도 전동차가 통과해야 하는 다리나 땅속 길의 안전도를 신뢰하지 않는다. 그렇다고 그 근심이 심각한 것도 아니다. 설마 내 아파트가 무너질라구, 하필 내가 지나갈 때 굴이 내려앉을라구 하는 마음이고, 그런 불상사가 정말 생긴대도 내가 당했으면 죽어서 세상 모를 테고, 남이 당했으면 우선 내가 안 당한 걸 다행스러워하고 나서 그다음엔 매스컴이 야단법석을 칠 테니 덩달아서 분노도 하고 동정도 하다가 매스컴이 시키는 대로 슬그머니 잊어버릴 것이다. 고로 우리 또한 그 모든 엉터리의 공범자다.

선거철만 되면 으레 말의 홍수가 진다. 말의 발달, 그중에도 강도 높은 쪽을 향한 발달은 과학기술에 댈 게 아니다. 특히 최고 권력을 겨냥한 언쟁, 약속, 선언 등은 그 강도에 있어서 전임자의 그것을 능가하려고 기를 쓴다. 국민을 얼떨떨하게 강타하는 수법은 전임자가 써먹은 방법이기에 그걸 비켜갈 법도 하건만 그걸 무너뜨릴 생각만 하니 한술 더 들 수밖에 없다. 실은 이미 참담하게 무너져내렸건만 그 또한 무너져내릴 게 뻔한 말로 무너져내린 위에다 무너져내릴 싹수를 내린다. 심지어는 누가 알세라 은근슬쩍 넘어갈 법한 이합집산이나 배신과 야합에도 영락없이 강도 높은 명분이 따른다.

말의 흉칙한 잔해를 육안으로 볼 수 없는 건 유감이지만, 행주대교가 이 시대의 징표가 되어 철근을 머리칼처럼 산발하고 그러나 요지부동하게 강물의 자연스러운 흐름을 막고 있다. 무너지긴 순식간에 그리고 땡전 한푼 안 들이고 무너졌지만 치우는 데는 얼마나 오래 걸리고 얼마만한 경비가 들지 아무도 모른다. 우리의 역사의 흐름에는 도대체 얼마만한 무너져내린 말의 잔해가 누워 있는 것일까. 선거 날은 가까워오는데 더는 그 엉터리 짓의 공범자가 되지 말아야지 싶은 건 생각뿐, 참과 거짓은커녕 어느 것이 무너져내린 말인지 어느 것이 새로 쌓아올린 말인지조차 분간을 못하겠으니 이러고도 투표를 해야 되는 건지 모르겠다.

옛날 물, 요새 물

몇 해 전 손자들과 평범한 농촌에서 여름 휴가를 보낸 적이 있다. 도시의 아파트에서 태어나서 한 번도 비슷한 환경을 못 벗어나고 자라는 아이들이라 우리가 먹고 사는 곡식이나 채소가 우리 입에 들어오기까지 사람이 자연과 어떻게 합력을 하는지 본 적이 없는 것이 안돼 보여서 내 딴에는 벼르고 별러서 마련한 기회였다. 먼 친척에게 신세를 지기란 여간 망설여지는 일이 아니었지만 손자들한테 내가 어린 날 맛본 귀향의 기쁨과 닮은 기분을 맛볼 수 있게 할 희망에 부풀어 용기를 내었다. 그러나 나의 기대는 보기 좋게 빗나갔다. 아이들은 인공의 오락 시설이 거의 없는 순전한 시골을 따분해했고 더러운 걸 못 참아했다.

구식 변소를 더럽다고 호들갑 떨지 말라는 주의는 미리 단단히 해놓았고, 수세식이 아닌 화장실을 처음 써보는 아이들도 아니었다. 그보다는 잔뜩 기대를 하도록 부추겼던 미역감고 물장난 칠 맑고 시원한 시냇물이 남아 있지 않은 거였다. 시냇물은 불투명한 녹색으로 썩는 냄새를 풍기고 있었고 그 안에 살아 있는 거라곤 장구벌레밖에 보이지 않았다. 보이는 물이 더럽다고 생각한 아이들은 식수로 쓰는 지하수도 못 미더워했고 파리 모기에 과장되게 신경질을 부려 어른들을 민망하게 만들었다. 동네 아이들도 읍내의 풀장으로 수영을 하러 다닌다고 했다. 별로 높지도 깊지도 않은 뒷동산에서는 대낮인데도 무엇엔가 잔뜩 물리기만 하고 내려와 다시는 오르려 들지 않았다. 그곳도 이미 순전한 농촌은 아니었다. 젖소를 기르는 집도 있었고 가구 공장도 있었다.

그렇다고 괜한 짓을 했다고 생각하지는 않는다. 기대에는 못 미쳤다고 해도 놀랍고 즐거운 일이 아주 없었던 것은 아니다. 밤하늘에 별이 그렇게 많다는 것을 아이들은 처음 알았을 테고 뙤약볕 밑에서 고추를 따다가 더위를 먹을 뻔한 경험으로 농사의 어려움을 조금이나마 헤아렸을 것이다. 그러나 아직까지도 아이들이 잊지 않고 있는 것은 시골은 비위생적이라는 것이어서 살고 싶지 않은 곳으로 되어 있다. 아이들이 도시와 농촌을 더럽고 깨끗하다는 명확한 이분법으로 구별 짓는 것은 나도 그만 나이에 그랬기에 이해가 되지만, 내가 어렸을 때 진저리가 쳐지게 더럽게 여긴 것은 도시이지 시골이 아니었다. 내가 처음 서울 구경을 한 것은 30년대 말경이었는데 그때의 서울 변두리 빈촌은 정말이지 끔찍하게 더러웠다. 빈촌이란 불량하고 협소한 주거 환경에 인구가 밀집돼 있는 곳이라는 것은 동서고금을 막론하고 한결같을 것이다. 게다가 상하수도 시설이 없다고 상상해보라. 산동네라 가파른 골목길 양쪽은 집집마다 찍찍 내버리는 생활하수로 축축한 시궁창이 돼 있었고 냄새가 심하게 났다. 세숫물이나 개숫물 말고 요강도 막 버렸기 때문이다. 요강에는 오줌뿐 아니라 아이들이나 노인이 눈 똥 덩어리도 들어 있었다. 그 끔찍하게 더러운 시궁창은 장마가 지거나 소나기가 쏟아져야 비로소 한차례 시원하게 씻겨내려갔다. 공동 수도가 평지에 하나 있을 뿐 그 인구 많은 동네에 수도 시설이 돼 있는 집이 어쩌면 한 집도 없었는지. 물장수를 대거나 직접 물지게를 지고 길어먹을 수밖에 없었는데 다 같이 어려운 형편에 경제적으로도 그랬고 시간적으로도 하루 한두 지게 이상의 물을 쓸 수는 없었다. 어떻게 그러고도 살았을까, 지금 생각하면 믿어지지가 않는다. 그래도 우리는 시골집이 남아 있어서 여름 겨울

두 번 방학 때면 귀향을 할 수가 있었다. 그때 그 귀향의 기쁨을 무엇에 비길까.

만약 일 년에 두 번 시골에 내려가지 못하면 차라리 죽는 게 낫다 싶을 정도로 그때 우리 시골은 내 생명력의 젖줄이었다. 방학이 가까워질수록 목이 타게 간절해지는 그리움의 구체적인 대상은 물론 조부모님이나 동무들과 시골 인심, 우리 시골만의 먹을 것들이었지만 그런 것이 다 없어진다고 해도 고향 산천이 남아 있는 한 귀향의 기쁨은 여전할 것 같았다. 시골의 동산과 시냇물이 남아 있는 한 귀향은 아무리 되풀이해도 새롭게 가슴이 울렁거리는 가장 으뜸가는 사람 살맛이었다. 특히 맑은 물에 주리고 더럽고 냄새나는 시궁창에 진저리가 난 도시 빈촌 아이에게 기차역에 내려서 시골집까지 이십 리 길을 걷는 동안 도처에 흐르는 맑은 시냇물은 환장할 것 같은 기쁨을 안겨주었다. 그건 문자 그대로의 광희狂喜였다. 복받치는 기쁨을 주체하지 못해 큰 소리로 웃기도 하고 첨벙첨벙 뛰어들기도 했다. 어떻게 저렇게 맑은 물이 있을 수 있을까, 어떻게 저렇게 즐거운 소리가 있을 수 있을까, 어린 마음에도 찬탄을 금할 수가 없도록 수정같이 맑은 물이 햇빛에 부서지면서 재잘거리는 소리를 들으면 절로 온몸에 상쾌한 기운이 넘쳐서 펄쩍펄쩍 뛰지 않을 수가 없었다. 우리 시골집 안방에선 머리맡에서도 발치에서도 시냇물 소리가 들렸다. 대문 밖만 나가면 여름내 미역감고 고기 잡고 푸성귀 씻을 수 있는 물이 있었지만 늘 새로운 물이지 한 번도 같은 물에 손가락 한 번 담근 적이 없으니 공주님 부럽지 않은 호강이었다. 그러나 물을 접시 물만큼 떠놓고 세수하고, 세수한 물에 발 씻고, 발 씻은 물에 걸레 빨고, 걸레 빨고 난 구정물을 마당에 뿌리던 서울 사람 노릇을 안 해보았으면 호강인 줄도 모를 뻔한 호강이었다.

요새 읽은 책 중에서 이사벨라 버드 비숍 여사가 지은 『조선과 그 이웃 나라들』(집문당)이 각별히 인상 깊었던 것도 우리 시골의 개량되거나 오염되지 않은 원초적 자연에 대한 내 유년기의 경탄과 깊은 관계가 있다. 전에도 비숍 여사가 한국에 대해 쓴 글은 남들이 인용한 것을 통해 단편적으로 접한 적이 더러 있지만 그 전체를 접하기는 처음이었다. 알고 보니 완역된 게 이번 이인화 역이 처음이라고 한다. 본문을 읽기 전에 서문만 보고도 호기심이 동한 건 몇 가지 우연의 일치 때문이었다. 비숍 여사는 나보다 정확하게 백 년 전인 1831년생이었고, 그가 당시로서는 상당한 모험인 캐나다에서 일본의 요코하마와 나가사키를 거쳐 부산항에 도착한 때가 여사의 육십사 세 때니까 지금의 내 나이와 정확하게 일치

했고, 지금으로부터 백 년 전인 1894년이었다. 그러나 그보다 더 신기한 것은 그가 처음 본 우리의 도시와 시골의 인상이 그보다 오십여 년이 지난 30년대 후반에 내가 처음으로 비교해보게 된 도시와 시골의 모습과 신기할 정도로 똑같다는 것이었다. 여사는 읽는 사람이 창피스럽다 못해 분통이 터질 정도로 부산이나 인천 서울 등 대처의 길과 주택과 사람들이 불결하다는 걸 강조하고 있다. 30년대에 내가 본 서울의 불결함은 변두리 빈민가에만 국한되는 것이지 사대문 안의 주택가는 반듯하고 정갈하고 품위가 있었다. 그러니까 비숍 여사가 본 것은 상수도와 하수도가 생겨나기 전의 도심의 모습이고 그건 그후의 빈민가와 별로 다르지 않았다는 걸 알 수가 있다. 골목골목의 더럽고 악취 나는 시궁창의 묘사가 얄밉도록 적나라하다. 그러나 그가 나룻배로 한강을 거슬러 여행하면서 바라다본 강과 주변 시골의 묘사는 놀랍도록 생동감이 넘치고 경탄 일변도이다.

풍경은 시간마다 변하였는데 처음 며칠이 지난 다음부터는 점점 아름다워질 뿐 아니라 곳곳에서 웅장하고 놀라운 모습을 드러내기도 했다. 이른봄의 아름다움 속에서 나무들은 녹색과 붉은색과 황금색으로 깨어나 생동하고 있었다. 꽃과 꽃나무들은 절정에 달해 있었고, 수확물들이 가장 매력적일 때였으며, 새들은 덤불 속에서 울고, 향기로운 냄새가 가득히 물위를 떠돌았다. 군데군데 황소가 무릎을 덮은 풀 속에서 풀을 뜯고 있었다. 거의 최저 수위에 있던 한 강의 물은 수정처럼 맑았고, 그 부서지는 물방울 조각들은 티베트의 하늘처럼 푸른 하늘로부터 내리는 햇살에 반짝거렸다. 자주 눈에 띄는 잘생긴 호두나무와 감나무의 깊은 그늘 아래, 별로 높지 않은 담을 둘러치고 있는 유족해 보이는 외딴 마을들은 이 나라 치안의 안전함을 엿보게 했다.

강에는 바닥에 하얀 모래와 황금색 조약돌이 깔려 있고, 주로 석회암으로 된 평균 넓이가 이백구 평방미터쯤 되는 바위들이 배의 앞머리에 손상을 입히기 일쑤다. 깨끗하고 빛나는 수류는 암벽으로 자주 폭이 좁아진다. 하류 지역에는 자갈투성이 모래톱으로 가득차 명랑하게 잔물결을 일으키는 풀 덮인 삼각주가 있고 상류 지역에는 바위가 많고 위험한 급류가 있다.

위의 인용한 두 문단에서도 쉽게 엿볼 수 있듯이 여사는 지리학자답게 묘사가 매우 과학적이고 실증적이다가도 풍경

묘사에 이르러서는 찬탄이 지나쳐 흥분을 하고 있다고까지 여겨진다. 인용은 못했지만 강 주변에 서식하는 동식물 묘사에 이르러서는 그 다양성과 생동감이 뛰어나 정말 그런 시절이 있었을까 싶게 환상적이었다. 짐작컨대 여사가 이 동방의 잘 알려지지 않은 나라로 모험을 떠나온 때인 19세기 말의 그의 조국 영국은 산업혁명과 널리 보급된 런던의 수세식 변소로 템스강의 오염이 심각한 지경에 다다른 시기였을 것이다. 귀족과 도시 중산층의 풍요와 우아한 겉치레를 위해 함부로 오염된 자기네 강에 대한 우려와 혐오감이 아직도 순결한 채인 이국의 자연을 그토록 극찬토록 한 것이 아니었을까. 이건 어디까지나 내 경험에서 유추한 짐작일 뿐 확실한 것은 아니다. 나 또한 더럽고 희망 없는 도시 빈민의 밑바닥 생활을 체험하고서야 비로소 태어난 고장의 살아 있는 자연이 얼마나 아름답다는 걸 깨달았으니까.

비숍 여사가 본 자연이나 내가 본 자연은 있는 그대로의 자연 즉 태곳적부터 이 강산에 있어온 자연의 모습과 거의 같은 것이었을 것이다. 자연이 인간에게 미치는 영향에 비해 인간이 자연에게 미치는 영향이 극히 미미했던 때의 순결한 자연이 인구가 밀집한 도시로부터 오염되기 시작한 것은 피할 수 없는 과정이었을 것이다. 그러나 과학의 발달은 도시 문명을, 더러운 쓰레기는 눈에 보이지 않는 곳에 감쪽같이 처리하고 눈에 보이는 것만 깨끗하고 휘번드르르하게 포장하는 데 성공했다. 땅 밑에 언제 폭발할지 모르는 더러운 강이 흐르건 말건, 매일 콸콸 쏟아지는 물로 목욕하고 식수까지 포장된 걸 사먹으면서 위생적인 생활을 한다고 자부하고 시골의 비위생을 못 견디어 한다. 그러나 그것은 문화나 경제가 좀 앞선 도시인이 시골 사람한테 흔히 품는 우월감하고는 질적으로 다른 것이어야 한다고 생각한다. 아이들이라면 모를까, 적어도 어른에게 있어서만은 올 때마다 달라지는 고향 산천의 모습을 보고, 우리 시골 너마저도…… 하고 한탄하는 것은, 애써 외면하고 감추는 데만 급급한 오염의 실태를 그래도 건강한 자연의 최후의 보루라고 믿고 싶었던 고장에서까지 직면하지 않으면 안 되는 공포감과 자책이 아니었을까. 신토불이身土不二라는 말을 우리 농산물을 애용하자는 뜻으로 널리 애용하고들 있지만 그보다는 우리 심신의 건강 상태와 우리가 몸담고 사는 국토의 모습이 같다는 뜻으로 받아들일 여지가 더 많다고 생각한다. 깨끗한 시냇물을 보고 느끼는 환희가 우리의 원초적인 생명력의 건강함을 확인한 기쁨이라면 더러운 강물을 보고 느끼는 구역질은 자신의 몸에서 썩은 피가 흐르고 있는 것을 확인했을 때의 공포감과 다르지 않을 것이다.

강물이 깨끗해지는 방법은 무엇일까? 그 또한 썩은 피, 불건강한 피를 맑게 하는 방법에서 찾아내야 할 듯싶다. 마음이 경건하고 생활이 소박했을 때 우리의 강도 깨끗했고 피도 건강했다. 나무가 탄소동화작용을 하듯이 자연스럽게 자연에서 얻은 것을 취하고 인간이 만들어낸 것을 자연에게 돌려주는 순환이 순조롭고 균형이 잡혔을 때 산과 강은 건강하고 청정했었다. 시골에도 인간이 살았건만 버릴 것이 없었다. 음식 찌꺼기는 뜨물까지도 철저하게 가축의 먹이가 됐고 배설물은 거름이 됐다. 마실 가서 오줌이 마려우면 슬그머니 빠져나와 자기집 밭머리에다 누었다. 시궁창에 버려지는 물은 개울물의 자정 능력이 미치는 한도 내의 아주 적은 생활하수였다. 그나마도 더운물을 버리는 것은 미생물들이 죽을까봐 금지돼 있었다. 만일 푸성귀 데친 물을 그대로 버리는 것이 불가피했을 때 어른들은 "더운물 나간다" 큰 소리로 한번 고하고도 잠시 뜸을 들였다가 버렸다. 고작 시궁창 속의 미생물한테 고하는 데 지나지 않으련만 어른들의 표정은 터줏대감한테 고사 지낼 때와 다르지 않게 엄숙하고 두려움마저 느끼고 있는 듯했다. 자연과 자연의 섭리를 받들어 모시는 태도와 소박한 생활이야말로 우리 강산이 산 좋고 물 맑은 비결이었다. 인구 천만의 거대도시가 흥청망청 소비하고 쏟아부은 하수가 흘러드는 강을 맑게 만들 수 있는 방법으로는 턱도 없는 소리 같지만 시냇물을 오염시킨 게 수십 명의 인구라면 한강 물을 오염시킨 것은 천만의 인구이듯이 오염시키는 데 각자의 몫이 있었다면 정화시키는 데도 각자의 몫이 있을 것이다. 무엇에 합력하느냐에 따라 천만의 인구는 그만큼 큰 강을, 수백의 인구는 또 거기 맞는 개울물을 살릴 수도 죽일 수도 있을 것이다.

토요일 오후의 고행

지난 토요일엔 꼭 가서 축하해주고 싶은 결혼식이 세 건이나 있었다. 다행히 같은 시간이 아니고 한 시간 간격으로 연달아 있었기 때문에 얼굴만 내민다면 세 곳에 골고루 인사를 차릴 수가 있을 것 같았다. 그러나 토요일 오후의 시내 교통 사정으로는 절대로 그럴 수 없을 거라는 자식들의 충고 때문에 한 군데를 선택하기로 했다. 비슷하게 친한 사이여서 내 편한 대로 정했다. 전철로 갈 수 있는 곳에 있는 식장에서, 점심을 해결하기에 알맞은 시간에 거행하는 결혼식에 참석을 했다. 기온이 떨어진 날이어서 그런지, 토요일이라 그런지, 전철을 타고 갈아타는 것도 보통때보다 훨씬 시간이 더 걸려 예식은 끝나가고 있었다. 점심을 얻어먹으러 간 꼴이 되고 말았다. 점심 먹고 오래간만에 만난 사람끼리 차 한잔씩 나누고 다시 전철을 타러 지하로 내려갔다.

평소엔 안 다니던 낯선 정거장이었는데 양쪽 노선이 다 전동차가 쉬 와주지 않아 기다리는 사람만 자꾸 불어났다. 철길 건너편 노선에도 사람들이 콩나물시루처럼 빽빽이 들어찼는데도 계단을 통해 꾸역꾸역 한없이 밀려내려오는 걸 보고 있으려니까, 곧 철길을 향해 와르르 무너져내릴 것처럼 느껴져 아찔한 공포감이 엄습했다. 아마 그쪽에서 이쪽을 바라보아도 마찬가지였을 것이다.

보긴 보되 생각은 안 하는 게 이 도시에서 정신 건강을 유지하며 살아갈 수 있는 한 방법이 아닐까 싶었다. 가까스로 얻어 탄 전철 속의 혼잡은 살인적이었다. 떠밀리듯 흘러 흘러 갈아탄 2호선도 마찬가지였다.

성내역에서 내리니 살 것 같았다. 거기서 우리 동네까지는 멀지 않아 근거리를 뛰고 싶어하는 택시가 늘 대기 상태였다. 그러나 그날은 택시 기다리는 줄도 끝이 안 보였다. 역시 토요일 오후였다. 추운 날 길에 마냥 서 있다는 것도 못할 노릇이어서 버스정류장으로 갔다. 한 손엔 일반 버스 요금을, 한 손엔 좌석 버스 요금을 움켜쥐고 기다리고 있는데 일반 버스가 먼저 왔다. 맹렬한 기세로 덤벼드는 사람들에게 밀고 밀리면서 정신없이 올라탔다. 버스 속의 혼잡은 전철에 댈 게 아니었다. 몸이 떴다 가라앉았다, 어찌어찌 버스 바닥에 발바닥을 제대로 붙이는 데만 얼마가 걸렸는지 모른다. 그런데 더욱 죽겠는 것은 사람을 마치 고무 자루에 우거지 채우듯 쓸어담은 버스가 움직이지 않는 거였다. 길이 미어서였다. 토요일 오후의 심한 교통 체증 한가운데서 버스는 사람이 미는 것 만큼 시난고난 움직이다가 꼼짝 않기를 되풀이했다.

그때였다. 운전석 가까이에서 이 나라가 도대체 어디로 가고 있는지, 하고 한탄하는 노인의 카랑카랑한 목소리가 들렸다. 나는 그때 목에 핸드백 끈은 걸려 있는데 핸드백은 어디로 갔는지 만져지지 않아 불안해서 죽겠는 판이었다. 나라가 어디로 가고 있는지를 걱정할 형편이 아니었다. 그런데도 그 소리는 버스 안에 실린 우거지 같은 인간들에게 강한 공감을 불러일으켰다. 다 한마디씩 나라 걱정을 하기 시작했다. 경제적으로도 정신적으로도 차를 가져선 안 될 사람들이 차를 갖는 풍토에 대한 개탄, 앞으로 이농민이 늘어나면서 도시가 더욱 팽창하면 사람살이가 어떻게 될까에 대한 불안 등등, 의정단상에서 부르짖는 애국 애족보다 버스 바닥에 겨우 발붙인 사람들의 나라 걱정은 소박한 대로 들을 만하고 감동적이었다. 운전기사도 한마디했다. 버스가 오금동에 있는 차고를 출발한 게 오전 열한시 사십분이었는데 반환점을 돌아 이제야 여기 이르렀으니 이 노릇을 누가 하겠느냐고 했다. 그때가 네 시 반이었다. 차고에 거진 다 왔다고도 볼 수 있는 지점이긴 했으나 이렇게 지지부진하게 가다가는 다섯시 안에 차고에 들어갈 수 있다는 보장도 없었다. 나 또한 한시 결혼식에 잠깐 얼굴을 내밀기 위해 아침 열한시 반에 집을 나와 지금 여기에 이르른 것이었다. 기사의 그다음 말은 더욱 충격적이었다. 운전하는 동안은 아무리 배가 고파도, 소변을 보고 싶어도 차고까지는 참지 않으면 안 되는 고통이야말로 지옥이라고 했다. 다들 숙연해졌다.

택시나 승용차를 타고 앉았을 때는 꼭 버스 때문에 길이 밀리는 것처럼 느끼게 된다. 특히 자가운전자들은 버스를 무법자처럼 꺼리고 덩치 큰 버스의 위협만 없어도 운전하기가 얼마나 편해질까라고 말하길 좋아한다. 버스가 하루 얼마만큼 사람들을 실어나르고 그 안에 얼마만한 애국자와 이 시대의 고통을 분담 아닌 전담한 사람이 타고 있는지는 생각하려 들지 않는다. 버스 속의 나라 걱정이 진실되다는 걸 의심할 여지가 없었던 것은 그들이 고통을 전담한 사람들이었기 때문이 아닐는지.

부르라고 지어준 이름

전화로 나를 찾는 사람이 "교수님 계시냐"고 했다. 잘못 걸려온 전화 같아서 찾는 이름을 다시 확인해보았다. 이름은 맞는데 여전히 교수님이란 소리가 따라붙길래, 나는 당신이 찾는 아무개 교수가 아니라 소설 쓰는 아무개라고 재차 신분을 밝혔다. 그때까지도 동명이인이려니 했다. 그러나 상대방은 반색을 하면서 자기가 찾는 사람이 맞는다고 했다. 나는 시간 강사로도 대학 강단에 서본 일이 없다는 걸 강조해야만 했다. 뜻밖에도 그는 자기도 그건 알고 있지만 가장 존경하는 분에게 어떻게…… 라고 말끝을 흐리더니 그후에도 계속해서 교수님이라고 불러대면서 용건을 말했다. 가끔 까닭 없이 경계심을 유발하는 사람이 있다. 속아넘어갈까봐, 사기를 당할까봐, 경계하는 마음을 일으키는 사람은 대개 자기를 과장하지 않으면 상대방을 과대하게 추켜세우기 마련이다.

이를테면 말의 진실성이 없는 사람인데, 물질적인 손해를 입어야만 사기를 당하는 건 아니다. 그런 과대평가를 잠시 즐거워한다거나 착각에 빠진다 해도 사기를 당한 거나 다름이 없다. 가장 존경하는 분 운운이 픽, 하고 열없는 웃음을 자아냈지만 내가 속아넘어가고 있지 않다는 걸 나타내기 위해 끝내 냉담하게 대했고, 그의 부탁도 들어주지 않았다. 초면에 더군다나 표정을 볼 수 없는 전화로 뭘 부탁할 때 말로 최대한의 성의 표시를 하는 걸 나무랄 일은 못 될지 모르지만 그게 왜 하필 교수였을까? 내가 존경하거나 좋아하는 분 중엔 물론 교수도 있지만, 교수라는 직업 자체를 존경하거나 동경하고 있지는 않다. 그건 내가 싫어하고 경멸하는 이 중에도 교수가 있지만 그게 교수라는 직업을 싸잡아 우습게 보거나 경멸할 수 있는 이유가 되지 않는 것과 마찬가지이다. 남이 나를 이러이러하게 알아줬으면 하고 은근히 바라는 허영의 약점은 누구에게나 있게 마련이다. 초면에 그걸 정확하게 긁어줬을 때 그다음 관계가 한결 부드럽게 풀린다는 것도 누구나 경험하는 일이어서 그걸 잘하는 사람을 흔히 사교적이라고 말한다. 그러나 약점을 잘못 넘겨짚었을 때는 효과가 없을 뿐 아니라 혐오감, 모욕감 등 역효과를 볼 수도 있다는 걸 감안할 때 함부로 써먹을 일은 아니다. 번연히 알고도 당하는 내 약점은 아마 '아줌마' '아주머니'가 아닌가 싶다. 전문직을 가진 여성 중에는 아줌마라고 불리는 걸 불쾌하게 여기는 분도 있고, 나도 한때는 그랬었다. 그러나 시장이나 백화점, 차중에서 할머니라고 불리는 빈도가 늘어나면서 누가 혹시 아줌마라고 불러주면 그렇게 듣기 좋을 수가 없다. 듣자 하니 요새는 장사꾼들이 더 약아져서 파파 늙은이만 아니면 다 아줌마라고 불러주긴 하는데, 진짜 아주머니들하고 차등을 안 둘 수가 없어서 조금만 덜 늙어 보이면 언니라고 부른다고 한다. 그러나 가족 간의 호칭이 사회적으로 통용되는 것도 어느 한계를 넘으면 별로 기분좋게 들리지 않는다. 가끔 물건 파는 아가씨들이 아주머니 대신 어머니라고 부를 적이 있는데 나는 그게 할머니 소리보다 더 듣기 싫다. 다 홋두루 쓰게 내주더라도 어머니 아버지 소리만은 그래서는 안 될 것 같다. 어머니 아버지는 보통명사이지만 개개인에게는 어디까지나 고유명사다.

공직의 호칭이 가족 사이에서 통용되는 집도 드물지 않다. 특히 고위 공직을 두루 거치고 난 가장을 둔 가정에서 그의 아내가 남편을 장관님, 차관님, 대사님 등으로 부르는 경우는 흔한 것 같다. 현직에 상관없이 그가 거친 공직 중 가장 높은 것으로 공대하는 소리를 들으면 일말의 애수 같은 걸 느끼게 된다. 사극 같은 데 나오는, 중전이었던 딸이 서인으로 강등되고 사약을 받는 자리에서도 중전마마로 칭하는 친정 부모는 또 얼마나 처절한가. 내가 아는 분 중에서 남편을 직함으로 부르는 게 가장 보기 좋았던 분은 초등학교 교장으로 퇴직한 분의 사모님이었다. 그분은 집에서 이인칭으로 남편을 부를 때나 딴사람에게 삼인칭으로 남편 얘기를 할 때나 한결같이 '교장 선생님'이었다.

그럴 때의 어감이나 표정에는 공직에 대한 향수보다는 남편의 전 생애에 대한 자부심과 함께 동지적인 이해와 연민까지가 은은하게 느껴져 참으로 보기가 좋았었다. 그러나 실은 우리는 왜 부르라고 지어준 이름 놔두고 호칭 때문에 고민도 하고 마음도 상해야 하나 짜증스러울 때가 더 많다.

신선놀음

나이 먹어서 좋다고 생각하는 것도 더러 있다. 남의 눈치 안 보고 안 하고 싶은 걸 안 하고 살 수 있는 것 따위가 그런 것들이다. 여름휴가만 해도 그렇다. 여행을 좋아하고, 훌쩍 떠나기를 꿈꾼다거나, 떠났다 돌아오는 기쁨이 삶의 활력이 된다는 것도 모르는 바 아니나 여름이면 몸이 곤곤해지는 체질 탓인지 여름에 길 떠난다는 건 늘 부담스러웠다. 너무 많은 사람하고 부대낄 일도 점점 끔찍해졌다. 그래도 마치 숙제라도 하듯이 그 짓을 해마다 한 번씩 한 것은 아이들이 어렸을 땐 그애들을 위해, 다 길러놓고 나서는 보내주거나 모시고 가고 싶어하는 바람에 그렇게 됐을 것이다. 아니, 그보다는 언제부터인지 우리 사이에 정착한 휴가 갔다 왔느냐는 인사말이, 여름에 다만 며칠이라도 어디 갔다 와야 할 것 같은 의무감을 느끼게 했는지도 모르겠다.

그러나 마음속으로 그걸 즐기는 건 아니었다. 내가 원하는 휴가는 꽉 끼어서 사는 것 같은 도시 생활의 답답함에서 벗어나 심신이 헐렁해지는 건데 길 떠나서 겪는 건 언제나 그와는 정반대의 경험이었다. 사람 구경이란 말도 있지만, 거기다가 차와 쓰레기까지 가세를 하면 맛보는 건 해방감이 아니라, 이 땅덩이에 대한 깊은 죄책감이기 십상이었다. 나라도 좀 빠져줘야지 하는 마음을, 사서 고생하기에는 너무 늙었다는 말로 변명하면서 여름에는 요지부동으로 집에 붙박여 있기로 한 지가 벌써 몇 년째 된다. 해보니 그렇게 좋을 수가 없다. 가장 신나고도 신기한 것은 한여름이면 이 도시가 저절로 헐렁해진다는 것이다. 여름휴가는 거의 모든 계층에 정착된 듯 동네 슈퍼마켓까지 셔터를 내리고 휴가중이라는 방이 나붙는다. 그 무렵에 바깥을 내다보면, 하도 촘촘히 기술적으로 주차하여 툭하면 차 빼달라는 방송을 해야 할 정도였던 주차장의 차들이 반절 이상으로 줄어 헐렁해졌다는 걸 알 수가 있다. 헐렁한 걸 찾아 나설 것 없이 저절로 찾아와준 것이다. 도시 전체에 숨통이 트인다. 철시를 한 평화시장 일대의 고요는 그 고장의 소요와 인파를 기억하는 이들에겐 비현실적이다 못해

괴기하기까지 하다. 생존의 아귀다툼까지 휴전을 선언하고 모두 어디론지 급히 달려가고 난 도시가 태풍의 눈처럼 고요해진 것이다. 가만히 앉아서 획득한 헐렁함과 해방감은 그러나 젊은이의 것은 아니다. 그렇다고 쓸쓸하거나 청승맞은 것도 아니다. 안 하고 싶은 걸 안 할 수 있는 나이만이 즐길 수 있는 당당하고도 여유로운 것이어서 해마다 기다려진다.

올해는 집 보기의 낙을 좀더 적극적으로 즐겨보기로 했다. 일손을 놓고 평소 읽고 싶었던 책을 차근차근 읽을 수 있는 느긋한 시간을 가질 작정이다. 직업상 읽을 책이 아쉽지는 않다. 특히 소설류는 보내오는 것을 대강 보기도 벅찰 때가 많다. 읽을 게 늘 넘쳐난다는 생각에 책방에 가서 직접 책을 고르고 살 기회가 창피하지만 보통 사람만도 훨씬 못했었다. 그래서 올해는 나의 꿀같이 단 휴가철에 읽을 책을 미리 메모해놓았다가 며칠 전에 나가서 다 구해다놓았다. 『무위당 장일순의 노자 이야기』 『나의 문화유산답사기』 『이 땅덩이와 밥상』 『이야기 인물한국사』 등이 그것인데 쇼핑 중 책 사기처럼 즐거운 건 없다는 것을 오랜만에 맛보았다. 홀로 마루에 누워 그것들을 읽을 생각을 하면 가슴이 미리 설레인다.

책을 읽을 때는 꼭 누워서 읽는 게 어렸을 때부터의 버릇이다. 여름에 책 읽기는 대청마루가 그만이지만 아파트 살림이니 소위 거실을 마루라고 불러줄 뿐 마루의 정취는 없다. 그러나 카펫 대신 이십 년도 넘은 낡은 강화 돗자리를 깔아놓았으니 그런 대로 기분은 낼 만하다. 유리문엔 커튼도 떼버려서 허전하지만 선물로 받은 풍경을 달랑 달아놓았는데 소리가 괜찮다. 에어컨 없이 선풍기가 한 대 있을 뿐인데, 가끔이라도 좋으니 풍경이 은은하게 울 정도의 바람만 있어준다면 그까짓 것도 안 틀 작정이다. 생각만 해도 신선놀음이 따로 없겠다 싶다. 시간과 공간을 자유롭게 넘나들면 그 아니 신선놀음이겠는가.

『이 땅덩이와 밥상』은 맨 나중에, 그러니까 신선놀음이 과분해 가책이 될 무렵에 읽을 작정이다. 그 책은 나의 아니꼬운 신선놀음뿐 아니라 전국의 들과 산을 어지럽히고 있을 휴가 놀음을 싸잡아 야단칠 것 같다.

우리 삶이 야단맞아 쌀 때까지 갔을 때, 야단쳐줄 책이 있다는 것은 얼마나 고마운 일인가.

50년대 서울 거리

50년대의 서울의 풍경 중 제일 먼저 생각나는 건 전차다. 전차의 크기는 지금의 전동차 한 토막의 삼 분의 일 정도밖에 안 됐다. 서대문에서 청량리까지의 가장 긴 구간을 비롯해서 을지로선이 도심의 간선도로를 이루었고, 거기서 갈려 나간 지선이 효자동, 마포, 용산, 돈암동 등 외곽 지대까지 뻗어 있었다. 궤도차였기 때문에 전차가 미치는 지역엔 한길 한가운데로 네 줄의 전찻길이 평행으로 뻗어 있었고, 공중엔 그리 높지 않게 전기를 공급받을 수 있는 굵은 전깃줄이 두 줄 나란히 걸려 있었다.

전차는 지붕에 달린 도르래라는 것으로 그 전깃줄과 연결돼 있었다. 마치 곤충의 촉각처럼 사선으로 뻗친 도르래는 곧 잘 전깃줄과 스파크를 일으켰고, 밤에 본 스파크는 특히 아름다웠다. 곤색 제복에 역시 곤색 모자를 쓴 운전수는 정면에 서서 운전을 했고, 종점에서 방향을 바꿀 때는 운전수가 수동으로 도르래의 방향도 바꾸었다. 속도도 시원치 않고 또 자주 오는 것도 아닌 전차가 도심 교통을 거의 커버했다는 건 믿어지지 않는 노릇이나 그때만 해도 서울 인구는 이백만대였다.

또 워낙 곤궁할 때였고, 몇 백 리 길을 걸어서 피난갔다 온 직후여선지 웬만한 거리는 걸어서 다녔다. 하긴 내가 중학교 다닐 때는 육이오 전이었건만 돈암동에서 수송동에 있는 숙명여고까지 걸어다녔다. 꼭 사십오 분 걸렸다. 교통수단이라곤 전차밖에 없었는데 아침에 나가보면 전차를 기다리는 줄이 돈암동 종점에서 미아리고개까지 뻗어 있었다. 배차 간격도 일정치 않아 마냥 기다리다간 지각하기 십상이었다. 걷는 게 수였다. 지금 그런 얘기를 하면 잘들 믿으려 들지 않지만 결코 과장도 내 자랑도 아니다. 당시의 십대들은 다들 그 정도 걷는 건 보통이어서 아침이면 원남동에서 중학교 밀집 지역인 안국동까지 제복의 남녀 학생들로 빽빽하고도 활기찬 물결을 이루었었다.

그 유연하고도 동화적인 전차가 비록 지금의 서울 인구와는 비할 바가 아니나, 정부 환도와 전후의 베이비붐으로 날로 팽창해가는 서울 교통의 주역일 수 있었던 것은 이런 걷는 습관과 무관하지 않을 듯하다. 그래도 전찻길이 안 닿는 지역은 살 만하지가 않아 발전도 안 되고 집값이 쌌다.

지금은 어느 높이 이상 되는 지대엔 집을 못 짓도록 법으로 엄격하게 규제를 하고, 기왕에 지은 집도 철거를 해 외곽으로 내몰지만 그때만 해도 전찻길이 닿는 동네의 고지대는 하늘 높은 줄 모르고 무허가 판잣집이 들어섰다. 미군 부대의 쓰레기인 골판지 상자와 깡통으로 하룻밤 사이에도 거뜬히 집 한 채를 짓곤 했다.

돈암동 쪽을 예로 들더라도 미아리고개만 넘으면 지금의 안목으로는 시골과 다름없는 너른 터전이 널려 있건만도 돈암동 종점에서 혜화동까지 뻗은 야산을 더 살 만하게 여긴 건, 하루 벌어 하루 먹는 사람들의 교통 관념과 무관하지 않을 듯싶다. 지독한 식수난과 오물 수거난에도 불구하고 판잣집들이 매일매일 산꼭대기를 향해 치달았다. 그쪽 산에 나무 한 그루 안 남아나고 완전히 산동네가 되어버린 것도 50년대의 일이다.

50년대에는 서울 한복판 지금의 청계로를 청계천이 관통하고 있었다. 이름보다는 훨씬 더러운 개천이었다. 장마 때는 물 구경 들을 나올 만큼 시뻘건 노도가 굽이쳤지만 보통때는 생활하수가 흘러드는 수많은 노깡이 양쪽 석축에 그대로 노출된 더러운 개천이었다. 청운동 맑은 계곡물과 생활하수가 합쳐진 중학천도 지금의 교보문고 뒷길까지 그냥 열린 채 흐르고 있었다. 청운동, 중학동, 수송동으로 흘러내리는 동안 많이 더러워지긴 했어도 40년대까지만 해도 군데군데 빨래터가 있을 만큼 비교적 깨끗한 개천이었다.

50년대에도 비 갠 날 같은 때는 아이들이 희희낙락 물장난을 치며 송사리를 잡는 걸 볼 수가 있었다. 중학천 연변은 조촐한 기와집이 즐비한 중류의 주택가였고 크고 작은 다리들이 걸려 있었다. 그러나 다리라면 뭐니뭐니해도 청계천이었다. 수표교, 오간수교, 영미교, 관수교는 당당한 다리였다. 성북동 골짜기로부터 발원해서 주택가 하수를 받아들이면서 더러워진 성북천 역시 성북동, 돈암동, 안암동을 거쳐 살곶이다리에 이르는 동안 내내 열려 있었다. 이들 개천들은 입성의 대부분을 염색한 군복에 의지할 수밖에 없었던 궁색한 전후 경기를 타고 번창하던 염색 공장이 강변 도처에 자리잡음으로써 더욱 심하게 오염되기 시작했다. 수채화를 그리던 붓을 씻은 물처럼 진하고 탁한 구정물이 흘렀다. 드디어 50년대 말경 광교에서 청계 4가까지의 개천이 복개되어 그 사이의 하천은 서울 시민의 시야에서 사라졌고, 다리들도 영원히 역사의 뒤안길에 묻혀버렸다.

중학천과 성북천 연변이 중류의 주택가였던 것과는 달리 청계천변은 번창한 상가였다. 특히 4가에서 5가까지의 북쪽 천변가는 상권의 노른자위였다. 개천을 낀 쪽은 비록 하꼬방 가게였지만 온갖 사치품을 다 팔고 있어 가난에 찌든 눈엔 좋은 눈요기가 되었다. 사치품이라야 미군 피엑스나 홍콩 밀수를 통해 흘러나온 화장품이나 장신구 아니면 구제품 옷을 개조한 옷가지가 대부분이었다. 우리는 그런 것들을 통틀어 양품이라 불렀고 반짝거리는 양품에 황홀한 눈길을 보내는 데 그 뒤에 거느린 더러운 개천쯤은 조금도 문제되지 않았다.

천변 쪽 하꼬방들은 전면 말뚝만 지상에 박고 뒷면을 개천 쪽으로 추녀처럼 내밀고 말뚝을 개천에 꽂고 있었다. 그러나 백화점이 없을 때 그쪽은 명동 다음가는 번화가였고 한 달에 한두 번 정도는 그 거리를 거닐며 아이쇼핑이라도 해야만 유행의 흐름을 대강이라도 짐작하여 촌스러움을 면할 수가 있었다.

천변과는 반대쪽, 지금도 각종 도매상으로 번창하는 청계 상가 쪽은 그때도 제대로 된 건물이 제일 먼저 들어섰고 주로 포목전이 자리를 잡아 나중에 광장 포목 상가가 생기기까지 서울서 가장 손꼽히는 포목 상가로서 번영을 누렸다. 포목상들은 단독 점포가 아니라 여러 포목점이 세든 대형 임대 점포여서 주로 한복감을 취급했다.

50년대까지도 여자들은 나들이할 때나 살림할 때나 주로 한복을 입었다. 처녀 때는 기장이 짧은 통치마에다 구두를 신었고, 시집가면 긴치마에 버선과 고무신을 신었다. 집에서 일할 때는 저고리 소매를 걷고 긴 치마꼬리를 앞으로 당겨 가뜬하게 허리띠를 졸라매면 되었다. 허리띠로 남편의 헌 넥타이를 매는 게 유행처럼 번진 적도 있었다.

외국 군인들이 많이 주둔해 있던 전후라 양공주라 불리는 특수한 직업여성들의 수효도 만만치 않았다. 그들은 직업상 거의 양장을 했기 때문에 양장에 입술만 좀 빨갛게 칠해도 양공주로 보는 경우가 많았다. 그래서 한복은 일단 여염집 여자라는 표시도 되었다. 길에 거지와 소매치기가 벌산을 할 때였다. 소년들이 목판에다 양담배 껌 따위를 들고 팔러 다니다가 기회 봐서 소매치기나 구걸을 하기도 했다. 그들의 좋은 표적이 양공주였다. 양공주라는 감만 잡으면 준비한 오물을 옷에 묻히겠다고 위협해가며 돈을 갈취하다시피 했다.

그때나 이때나 우리는 옷사치를 밝히는 민족인 듯 아직 피해 복구가 안 되어 여기저기 폐허가 널려 있는 서울에서 오히려 한복 사치는 그 어느 때보다도 극성맞았던 것으로 기억된다. 그 처참했던 한국전쟁이 일본 경제에 얼마나 큰 공헌을 했을까는 당시의 한복지만 생각해도 쉽사리 짐작이 된다. 한복 유행을 거의 광적으로 휩쓴 '비로도'만 해도 모조리 일제였으니 말이다. '비로도' 치마에 양단 저고리면 최고의 사치요 정장이었다. 양단 역시 일제였다.

유행 때문에 밀리긴 했지만 한복의 우아함을 살리는 데나 실용성에서나 양단이나 '비로도'보다 훨씬 나아 일제시대부터 꾸준히 한복감으로 사랑받아온 '뉴똥'도 역시 일제였다. 국산 옷감은 가내공업으로 생산되는 인조견과 소창, 광목 정도밖에 없을 적이었다. 나는 50년대에 혼인했기 때문에 채단으로 역시 남색과 포도주색의 '비로도'를 받아 남들로부터 채단 좋은 것 받았다는 부러움을 샀지만 곤색 '비로도'는 지금까지도 피륙인 채로 간직하고 있다.

이 나이까지 살아오면서 숱한 유행의 변천을 목격하기도 하고 따라 하기도 했지만 '비로도' 치마처럼 무분별하고 광적인 유행은 처음 보았고, 또 추악하고 우스꽝스럽기로도 전무

후무한 유행이 아니었을까 싶다.

'비로도'는 당시의 피륙값으로는 가장 비싼 거였지만 도무지 옷감으로는 실용성이 없는 것이었다. 옷감으로 볼 때 '비로도' 특유의 깊은 색상은 확실히 매혹적이었지만 한번 자리에 앉았다 일어서면 엉덩이가 단박 번들번들해졌다. 접었던 자리도 일단 주름이 지면 잘 펴지지 않았고 다림질을 잘못했다간 아주 못 입게 되기 십상이었다. 그래놓으니 벼르고 별러 장만한 단벌 '비로도' 치마로 호사하고 어디 가서 앉을 때마다 신경이 쓰이는 건 당연했다. 장판방에서 엉덩이 까고 앉는 것은 그다지 않았지만 전찻간에서 자리가 나면 우선 엉덩이부터 까고 앉는 장면은 정말 꼴불견이었다.

다행히 깨끗한 인조 속치마가 드러나면 좀 나았지만 치마가 통치마인 경우는 날씬해 보이라고 속치마를 안 입는 경우도 많았다. 내복이 변변치 않을 때였다. 기껏 잘 입어봤댔자 미군 부대에서 흘러나온 헌 군용 내복을 여자나 남자나 홋두루 입을 때였다. '비로도' 치마를 보호하기 위해 구멍이 나거나 심지어는 누덕누덕 깁기도 한 남자 내복을 거침없이 드러내면서 엉덩이를 깠으니 유행이 뭔지.

부대에서 흘러나온 군복, 내복, 담요 따위를 거래하는 시장은 동대문시장 뒷골목에도 있었지만 본바닥은 남대문시장이었다. 남대문 도깨비시장에서는 그 밖에도 피엑스에서 흘러나온 미제 물건을 주로 거래했다. 바로 인접한 지금의 신세계백화점이 환도 후까지 미군 피엑스였다는 입지적 조건 때문에 그리 되었으리라고 여겨진다.

좌판이나 가게 터를 가진 장사 말고 몸에다 달랑 전대 하나 차고 거액의 돈을 주무르는 장사가 있었으니 이른바 '딸라 장수'였다. 남대문시장이나 동대문시장의 딸라 장수 골목은 노점상이 밀집한 좁고 꼬불꼬불한 미로여서 단속반을 피해 도망치기 편하게 되어 있었다. 그런 골목을 괜히 두리번거리면서 다녔다가는 십중팔구 딸라 장수한테 소매를 붙들렸다. 그들은 귀에다 바싹 입을 대고 '딸라 있어요' 하고 재빠르게 속삭였다. 그냥 소매를 뿌리치면 그만이었지만 젊은 여자 중엔 사람 어떻게 보고 하는 소리냐고 역정을 내는 이도 있었다. 양공주 취급을 당한 것 같은 느낌 때문이었다. 보통 사람이 딸라를 소지할 만한 기회가 거의 없을 때였다. 공정환율과 암시장 거래액과의 차이가 엄청날 때여서 딸라 장수 벌이가 괜찮았고, 가장 현금을 많이 소지한 이로 여겨져, 강력범이 호시탐탐 노리는 표적이 되기도 했다.

신세계백화점과 미도파백화점이 앞서거니 뒤서거니 개점

을 한 것도 50년대 중반의 일이었다. 업종별로 각기 다른 장사꾼을 모아놓은 임대 백화점이었지만 전쟁과 결핍의 반동으로 고급스러운 것에 대한 갈증만 턱없이 고조되어 있고 공급이 전혀 없을 때라 그랬는지 그 인기가 대단했다.

신세계백화점이 개점하는 날 구경을 갔는데 그야말로 인산인해 발 들여놓을 틈이 없었고 신문에서도 그런 성황을 대서특필했다. 물론 그 많은 인파가 구매로 연결되었는지 아닌지는 아는 바 없다. 아무튼 육이오 동란중 모조리 불타버린 종로, 충무로, 남대문 일대의 상가와 큰 건물 중에서 다행히 전화를 입지 않은 신세계백화점이 제일 먼저 문을 연 건 당연한 일이라 하겠다.

주택가도 많이 전화를 입었고 또 인구가 급증한 반면 주택재건은 지지부진했으니 주택난이 오죽했을까마는 지금처럼 불평불만이 팽배해 있던 것 같지는 않다. 대가족제도가 유지되고 있어서 맏아들은 결혼하면 으레 건넌방 차지를 했고, 아이를 서넛 낳을 때까지도 큰애 하나 정도만 안방으로 보내고 어떻게든 건넌방에서 지지고 볶고 뭉갰다. 둘째 셋째 장가들일 때는 아랫방이나 문간방을 세놓아 다시 세를 얻어 내보내면 되었으니 집이 자꾸 늘어나야 할 까닭이 절박하지 않았다.

세든 사람도 안집 역시 한방에서 여러 식구가 지지고 볶는 걸 빤히 보는지라 자신의 삶이 인간 이하구 어쩌구 비관할 구실이 없었다. 방세 역시 저렴했고 그 무렵의 인플레와 고금리에 비하면 집값 오르는 것은 아무것도 아니었다. 주택으로는 그때까지도 한옥을 선호해서 터가 넓은 적산 가옥보다는 마당이 좁더라도 굴도리에다 재목을 단단한 걸로 쓴 한옥의 값이 훨씬 더 나갔다. 땅이야말로 황금알을 낳는 거위라는 걸 눈뜨기 전의 무지몽매(?)한 시절이었다고나 할까.

시내에서 꼭대기로 꼭대기로 기어오르면서 남의 눈을 피해 캐비닛만한 판잣집을 지을 줄은 알았어도 미아리고개나 아리랑고개, 무악재고개만 넘어도, 또는 뚝섬이나 광나루, 송파나루만 건너도 장차 몇천 몇만 배로 길길이 뛸 땅들이 조용히 임자를 기다리고 누워 있다는데 아무도 눈을 돌릴 줄을 몰랐다. 그런 의미로도 50년대는 참으로 순결하고 사랑스러운 연대였다. 만약 그 시절에 그런 기막힌 불로소득의 못된 바람이 들었더라면, 어찌 물도 굳은 땅에 고인다는 신념 하나로 땀흘려 일하고 근검절약하는 60년대를 맞이할 수 있었으랴.

50년대에 잊을 수 없는 사건으로 화학섬유의 등장 또한 빠뜨릴 수가 없다. 제일 처음 등장한 나일론 섬유의 인기는 가히 선풍적이었다. 순식간에 '비로도'를 물리치고 최고급 피륙 노릇을 했다. 올이 거미줄처럼 가볍고 철사처럼 질길 뿐 아니라, 다양하고 화사하고 세련된 색상은 여지껏의 어떤 섬유하고도 비교할 수 없는 매혹적인 것이었다. 게다가 빨면 쉬 마르고 다림질할 필요가 없다는 것은 가히 의생활의 혁명이었다.

초기에 들어온 나일론 섬유가 거의 살이 비치는 얇은 거여서 우리는 그게 얼마나 습기를 흡수하지 못하고, 통풍성이 형편없는 더욺고 끈끈한 옷인 줄 헤아릴 새도 없이, 여름 옷감이라 속단하고 말았다. 너도 나도 까다로운 모시옷은 뚝 잘라 행주나 만들고, 꽃구름 같은 나일론으로 치마저고리를 지어서 뽐내고 입고 다녔다.

참외도 종자를 개량해 맛이 좋으니까 나일론 참외라고 명명할 만큼 나일론의 전성시대였다. 질기다고 마냥 입을 필요도 없었다. 깔깔이, 망사 등 새록새록 섬세하고 우아한 직물이 쏟아져들어왔다.

실컷 멋부리고 싶은 욕구를 충족시켜준 것 말고 나일론이 우리 의생활에 크게 기여한 건 아마 나일론 양말이었을 것이다. 여자들의 살 스타킹은 외래품이지만 이미 전쟁중에 널리 퍼졌다. 그러나 남자나 아이들이 일상적으로 신는 양말을 처음 우리 기술로 짜서 선보인 것은 50년대 말이었다. 그거야말로 놀랍고도 획기적인 일이었다. 밤이면 흐릿한 전깃불 밑에서 끊어진 전구를 뒤꿈치에 대고 식구들 양말 깁는 일이 큰일이었던 주부들에게 신어도 신어도 해지지 않는 나일론 양말은 꿈의 섬유였다.

불과 삼사십 년 전 일이건만 전구를 대고 양말 깁던 일은 아득한 옛날 얘기 같다. 누가 혹시 풍속화에라도 남겨놓았다면 모를까, 미구에 영영 잊혀지고 말 테지. 구질구질한 걸 누가 풍속화에 담았으랴. 구질구질한 것은 지딱지딱 기억에서 지워버리는 게 조금이나마 덜 구질구질하게 사는 방법인 것을.

마지막으로 50년대의 서울에서 잊을 수 없는 것은 가정용 연료의 획기적인 변화이다. 피난가서 갖은 고생하며 살아남은 사람들이 돌아오면서 피난지에서 배워온 것도 많았다. 그 중엔 구공탄 한 장으로 방도 덥히고 밥도 끓여먹은 경험도 있었고, 이렇게 맛들인 편리함과 국가적인 산림녹화 정책이 성공적으로 맞아떨어진 결과가 십구공탄의 급속한 보급이었다.

끼니때마다 장작을 때서 밥을 짓고, 방방이 군불을 때고, 풍로에 따로 숯불을 피워 반찬을 하던 주부들에게 부엌에서 온종일 물이 끓고, 필요할 때면 언제나 불을 쓸 수 있는 연탄 아궁이는 나일론 양말 못지않은 복음이었다. 아파트에 길들여진 지 오래이나 연탄집 면하고 아파트나 기름 때는 집으로 이사가는 게 소원인 이들에게는 도무지 믿기지 않는 소리겠지만 정말이다. 가을에 김장이나 한 백 포기 해놓고, 연탄을 오백 장쯤 광에 쟁여놓고 나면 세상에 부러울 게 없었다면 누가 믿을까.

그러나 환절기만 되면 연탄가스 중독이라는 새로운 사고사가 신문에서 하루도 떠날 날이 없게 된 것도 50년대에 비롯된 일이다. 연탄재를 버리는 것도 큰일이었다. 며칠에 한 번씩 오는 쓰레기차도 큰길까지만 와서 종을 땡땡 울렸고 그러면 주부들은 양동이나 사과 궤짝에 모아놓은 연탄재를 머리에 이고 들입다 큰길로 줄달음질을 쳐야만 했다. 트럭 위에서 쓰레기를 받아주던 청소원들은 왜 그렇게 난폭하던지, 쓰레기를 쏟고 나서 곱게 돌려주는 법이 없었다. 쓰레기통하고 웬수라도 진 것처럼 땅바닥에다 힘껏 던져주곤 했다.

찌그러져 구르는 양동이를 허둥지둥 주워 들고 쓰레기차 주위를 빠져나오려면 구박 맞은 서러움과 연탄 먼지로 눈앞이 부우여니 흐려지곤 했다.

50년대가 끝나자 나의 이십대도 끝났다.

2부

작고 예쁜 길

예습 없는 여행

세 살 적 버릇 여든까지 간다는 말이 있다. 여행 갈 때마다 하필 그 말을 떠올리곤 하는 것은 학교 다닐 때, 복습은 해도 예습은 절대로 안 하는 고약한 버릇이 있었기 때문이다. 학교 공부를 아주 못하는 편은 아니었지만 즐겨한 것은 아니어서 실은 예습뿐 아니라 복습도 하기가 싫었다. 국민학교 다닐 동안은 예습 복습 다 안 하다가 중학생이 되고 나서야 복습이라도 하게 된 것은 그놈의 시험 때문이었다. 그러나 예습을 안 한 것에 대해선 제법 그럴 듯한 이유가 있었지 않았나 싶다. 모르던 것을 처음으로 알았을 때의 놀라움과 기쁨은 싱싱할수록 좋다는 생각 때문이었을 것이다. 나는 새로운 지식을 갓 낚아올린 생선쯤으로 알았는지 선불리 주물러서 물러가게 하고 싶지가 않았다. 그러나 여행의 초보자가 전문가로부터 가장 많이 듣는 소리는 떠나기 전에 여행할 나라에 대해 충분한 공부를 해가지고 떠나라는 충고가 아닌가 싶다. 이를테면 예습에 해당되는 것을 해야 알찬 여행을 할 수가 있다는 소린데 나는 매번 그걸 빼먹었다. 동행 중에 그 나라가 처음이 아닌 이가 섞여 있어 이것저것 정보를 제공해주는 것조차 싫다. 설사 그가 입다물고 있어도 마치 영화관에 갈 때 그 영화를 먼저 본 사람과 동행하는 기분이 들어서 조마조마하게 된다. 마찬가지로 내가 여행할 땅과 풍물도 선입관 없이 순전히 내 눈으로 보고 느끼고 싶었다. 꿈도 크지, 나는 내가 밟는 이국땅이 나에게만은 처녀지이기를 기대하고 있는지도 몰랐다.

그러나 오늘날 이 지구상에 우리에게 많든 적든 정보가 입력돼 있지 않은 순백의 땅이 어디 한 군데라도 남아 있단 말인가. 너무 많이 알아서 걱정인데 공부까지 해가지고 선입견을 쌓을 게 뭐란 말인가. 이런 배짱이었다. 그러나 이런 배짱이 이번 여성신문에서 주최한 문학 기행을 앞두고는 조금씩 흔들렸는데 그건 신문에 난 공고가 '박완서와 같이 가는 문학 기행'으로 돼 있기 때문이었다. 괜히 내가 단순한 참가자보다 약간 높은(?) 신분이 된 것처럼 어색한 책임감도 생겼고, 여행할 참가자들이 혹시 그 나라나, 거기 살다 간 작가들에 대해 내가 유식하게 굴길 바라면 어쩌나 하는 걱정도 되고 해서 조금이라도 공부를 해 가야 할 것 같았다. 그러나 처음부터 고약하게 길들여진 버릇이 있는지라 그렇게 재미없게 여행을 하려면 차라리 안 하고 말지 싶은 생각까지 들기 시작했다. 솔직히 말해 여행의 유혹 중 가장 떨치기 힘든 것은 새로운 것을 보는 것이 아니라, 길들여진 관습을 버리고 떠나는 데 있다. 단지 집요한 독촉으로부터 벗어나기 위해 원고를 써왔지 않나 싶을 적이 있는 것처럼 일단 떠나기로 마음먹고 나면, 길들여진 일상이 당장 벗어던지지 않으면 못 견딜 것처럼 답답하고 구질구질해진다. 떠날 생각만 하면 내가 꺼진 후 빈 집을 울릴 전화벨 소리만 생각해도 고소하고 즐거워진다. 그 유혹을 무슨 수로 물리치냔 말이다.

여행하는 동안 아는 척할 책임은 없어도 갔다 와서 여행기는 써줬으면 하는 눈치였다. 그건 그닥 부담이 되지 않았다. 예의 복습하는 습관 때문이었다. 어디 가나 선입관 없이 보고 느끼는 걸 무엇보다도 우선으로 하게 되고, 그걸 즐기다보니, 사진 찍는 일에도 영 취미가 없고 그저 멍하니 따라다니게 된다. 관광을 가면 사진밖에 안 남는단 소리를 흔히 하지만 나의 경우는 느낌밖에 안 남게 되는데, 그 느낌이라는 것이 얼마나 믿을 게 못 되는지, 즉각 즉각 적당한 서랍을 찾아서 챙겨놓지 않으면 아무짝에도 쓸모가 없이 된다. 쓸모없어진다는 것은 잊어버린다는 것하고도 다르다. 흐려지거나 과장되지 않게, 그리고 헷갈리지 않고 추억해낼 수 있는 힘이 없어진다는 뜻이다. 그리고 서랍이란 보고 느낀 대상이 무엇이고, 언제적 거고, 어떤 역사와 유래를 가진 것이냐 하는 것이다. 그러니까 남들 같으면 미리 알아두어야 할 것을 보고 느낀 후에 뜯어 맞추는 것이다. 내 방법이 옳다는 게 아니라, 어릴 적부터의 버릇이 무섭다는 얘기다.

여행사 측에서 지도를 마련해주었는데도 따로 세밀한 유럽 지도를 한 장 구했다. 한 권의 노트와 함께 지도 또한 복습용이었다. 이역만리에서 잠자리에 들기 전에 지도에서 그 고장의 지명을 찾아 표시를 하고 날짜를 적고, 매일매일 표시한 지명을 연결해가는 일은 새하얀 눈밭에 발자국을 남기는 일만큼이나 신나는 일이다. 예정된 여행지 중에는 전에 가본 곳도 더러 있었지만 개의치 않기로 했다. 유럽, 그 무진장한 문화를 상속한 노회하고 아름다운 땅에서 내가 보았다면 몇 푼어치나 보았다고 그걸로 머릿속을 걸치적대게 할 것인가, 유럽에 몇 번을 가도, 또 유럽 어느 공항에 내려도 매번 가슴이 울렁거린다는 소리를 누구한테선가 들은 적이 있다. 잘은 모르지만 매번 새롭게 보여줄 것을 갖고 있는 그 엄청난 문화의 두께 때문이리라.

나에게 유럽보다 더 마음을 설레게 하는 것이 새로운 사람들과의 만남이었다. 생각해보니 이번처럼 전혀 모르는 사람끼리 일행이 돼본 여행은 처음이었다. 새로운 만남에 대한 기대와 호기심은 실로 얼마 만인가. 혼자 청승을 떨며 떠돌거나, 속을 빤히 아는 사람들과 같이 다니는 여행보다 훨씬 재미있을 것 같은 기대에 부풀었다. 떠나기 전에 여성신문사에서 잠깐 상견례를 하긴 했어도 안 나온 이도 몇 되었고, 여행사 측에서 오리엔테이션을 위해 마련한 거여서 우리끼리는 길에서 소매를 스친 것 정도의 인연밖에 맺지 못했다. 일행이 다 모인 것은 공항에서가 처음이었다.

나이 탓인가, 어떤 모임에서고 보이지 않는 손의 안배 같은 걸 느낄 때가 많다. 기묘하게도 한자리에 모이고 보니 더도 말고 덜도 말고 꼭 모일 사람이 모였다는 느낌이 강하게 왔다. 지역적으로도 영남, 호남, 충청, 경기가 고르게 섞여 있고 직업 또한 그러하다. 의사가 두 분인데 한 분은 육체의 병은 고루 다 본다는 가정의고 한 분은 정신과의고 청일점 남성이 한의사인 것도 신기하다.

가족은 아무리 여러 식구라도 그중 아무도 빠지면 안 될 것 같고, 아무리 적은 식구라도 더 있으면 군더더기가 될 것 같은 법이다. 남남끼리 모였는데 단박 그와 비슷한 친밀감이 드는 걸 이상하게 여기면서 암스테르담 가는 KLM에 탑승했다.

몽마르트르 언덕과 몽파르나스 묘지

암스테르담 공항에서 약 두 시간가량 휴식을 취하고 파리행 KLM으로 갈아탔다. 드골 공항에 도착한 것은 이른 아침이었다. 파리에서의 일정은 이박 삼일로 잡혀 있었기 때문에 쉴 새 없이 곧 관광을 나섰다. 아침식사는 비행기 안에서 했기 때문에 호텔엔 체크인만 했다.

작고 문인들의 묘지와 기념관 방문은 관광이라기보다는 순례라는 기분이 들었다. 몽마르트르와 몽파르나스 공동묘지는 주택가와 동떨어져 있지 않고, 고요하지만 결코 쓸쓸하지 않은 분위기가 한적한 주택가와 닿아 있어 죽음이라는 게 얼마나 삶에 인접해 있나를 절로 느끼게 했다. 인접해 있되 섬뜩하거나 어둡지만은 않은 죽음의 이미지는 우리가 길들여진 문화와는 이질적인 것이지만 싫지는 않았다. 우리에게 적지 않은 영향을 끼친 작가나 세계적인 문호라 하더라도 공동묘지의 한 귀퉁이를 협소하게 차지하고 있는 것은 보기가 좋았다. 묻힌 사람의 이름이 일고여덟 명씩 쓰여 있는 가족 묘지도 그 면적은 한 사람이 묻힌 개인 묘지와 다르지 않게 반 평 남짓한 묘석으로 덮여 있는 것도 우리와는 전혀 다른 매장의 방식을 추측케 했다. 그러나 묘석의 치장은 대리석에다 조각을 한 것으로부터 시멘트로 간결하게 처바른 것까지 다양했다. 그렇더라도 그게 고인의 생전의 명성이나 부와 상관 있는 것 같지는 않았다. 묘지 근방엔 석물이나 성물, 사진틀 등 묘지를 치장하는 공예품 점이 즐비한 것도 볼만했다. 묘지 미술이 독립된 한 분야를 차지하고 있는 게 아닌가 싶었다.

몽파르나스 묘지의 정문에서 우측으로 얼마 가지 않아 사르트르와 보부아르가 묻힌 묘가 나오는데 명성과 상관없이 간결 소박한 묘의 전형이었다. 안내인이 미리 알아놓지 않았으면 찾기 힘들 만큼 보통의 묘지였다. 실상 그쪽 여행사 직원이 미리 몇몇 작가들의 묘지를 알아놓고 안내를 해주었기 망정이지 누가 어느 묘지에 묻혔다는 예비 지식 하나만 믿고 묘비명을 봐가며 찾아낸다는 것은 거의 불가능해 보였다. 오래된 공동묘지니만큼 워낙 넓고 촘촘하기도 했지만 유명 인사의 묘라고 해서 눈에 띄게 치장해놓았으리라는 기대를 하며 찾으면 안 되게 돼 있었다. 사르트르와 보부아르의 묘에는 그래도 작은 꽃다발이 하나 달랑 놓여 있는 게 인상적이었다. 묘석은 단순해도 꽃다발로 화려하게 장식해놓은 묘는 많았다. 효자 자식을 둔 사람 묘인가보다고 했더니, 안내인의 말인즉 애인이나 부부 사이의 한쪽을 잃었을 때나, 자식을 잃었을 때나 그 무덤을 그렇게 아름답게 꾸미고 싶어하지 부모 무덤을 잘 꾸미고 싶어하는 자식은 못 봤노라고 해서 웃었다. 그러나 늘 싱싱한 꽃이 바쳐진 묘도 가족이 그렇게 자주 찾아오는 게 아니고 근처 꽃가게에다 꽃이 시들지 않게 갈아주도록 돈을 주고 부탁한다는 설명도 덧붙여주었다. 그런 꽃에 비해 사르트르의 묘의 꽃다발은 들꽃을 꺾어 묶은 것처럼 소박했지만 그를 추모한 참배객의 정성이 담긴 것처럼 보여서 괜히 위안이 되었다. 그러나 더 큰 위안은 묘지를 들어오는 길이나 묘지 사잇길이 아름답고 운치가 있어 손잡은 연인이나, 은퇴한 노인, 아이들 누구나 산책을 즐기고 싶게 돼 있는 것이었다. 나는 죽으면 물론 우리나라에 묻히고 싶지만 죽은 이들하고만 이웃해 있을 생각을 하면 무섭다. 더러는 산 사람 구경도 하고 싶었는데 그런 뜻으로 거기 묻힌 사람들은 한결 덜 적적할 것 같다.

나의 풋풋하던 날의 감성을 마치 악마의 속삭임처럼 감미롭고도 어둑시근하게 뒤흔들던 『악의 꽃』의 시인 보들레르도 같은 몽파르나스 묘지에 묻혀 있었다. 보들레르는 어렸을 때 아버지를 여의고 그의 어머니는 그의 나이 여섯 살 때 재혼을 한 걸로 전해진다. 처음 안 일이나, 보들레르가 어머니가 재혼한 오피크가의 가족 묘지에 묻혀 있는 것도 우리의 상식으로는 기구해 보인다. 병고와 빈곤에 시달린 말년이 사후에까지 그런 구차한 셋방살이로 이어지지 않았나 싶지만 그건 어디까지나 가족의 개념이 배타적인 우리 풍속상의 상상력일 뿐 실상을 알 길은 없다.

여기까지 쓰다가 생각난 건데 나는 지금 생각이 나는 순서로 쓰고 있는 것이지 본 순서로 쓰고 있는 것은 아니었다. 왜냐하면 우리가 파리에 도착한 후 처음 간 묘지는 몽마르트르 묘지였고, 방금 말한 몽파르나스 묘지는 남쪽에 있다. 이틀 동안에 짬짬이 노트르담 대성당과 루브르도 관광하느라 양쪽 묘지를 오가면서 수없이 센강을 건너게 되었다. 영화로 유명한 다리, 퐁뇌프도 몇 번이나 오갔는지 모른다. 특히 샹젤리제에서 금빛 조각이 찬란한 아름다운 다리 알렉상드르 3세교를 통해서 앵발리드(나폴레옹의 무덤)의 금빛 돔을 바라보는 것은 장관이다. 그러나 우리는 앵발리드를 관광하지 않고 공동묘지 속의 예술가를 경배하는 순례길에 나선 것이다. 그렇게 생각하는 것도 나쁘지 않았다. 길 떠나는 구실은 무엇이든간에 얼마든지 가슴이 울렁거릴 수가 있다. 순서가 거꾸로 된 변명이 너무 길었나보다.

첫날 간 몽마르트르 묘지에서는 에밀 졸라, 알렉상드르 뒤마, 공쿠르상을 제정한 공쿠르형제의 묘를 돌아보았다. 뒤마의 무덤 위엔 등신대의 뒤마가 누워 있는 모습이 부조돼 있었으나 마멸됐는지, 누가 장난을 쳤는지 코가 달아나고 없고 대신 못이 박혀 있었다. 아마 원 조각에서 코의 높이가 그만했다는 것을 표시해놓은 것 같은데 추측일 뿐 확실하진 않다. 안내도 모르겠노라고 했다. 졸라 무덤 앞에서는 화가 이인화씨가 이 사람이 유명한 불효자였다죠? 했다. 나는 졸라가 어떤 아들이었는지에 대해서는 아는 바가 없었지만 그의 문학보다도 그가 드레퓌스 사건에서 보여준 올바른 판단과 용기를 지식인의 귀감처럼 높이 평가하고 있었기 때문에 확실하지도 않은 험담을 하는 게 듣기 싫었나보다. 내 딴엔 정색을 하고 그럴 리가 없을 거라고 항의를 했다. 이렇듯 나의 유머감각 없음은 참으로 못 말린다. '에미를 졸라'를 연상시키는 이름 때문에 널리 알려진 우스갯소리를 나만 모르고 있었던 것이다.

이런 저런 낯설음들

딴사람들은 어쩐지 모르지만 내 경우는 이십대 초반의 독서 경험이 가장 선명하고 오래 남아 있다. 그때 읽은 작품들에 대해 누구하고 얘기를 하게 되면 다들 내 기억력에 놀란다. 그러나 한때 반짝하던 기억력은 삼십을 바라보면서 서서히, 사십을 바라보면서는 급격히 떨어지더니, 근래에는 읽은 것에 대해 읽었다고 하기도 민망할 지경에 이르렀다.

위고의 『레미제라블』을 읽은 것은 다행히 기억력이 좋을 때였다. 활자가 촘촘하고 술이 두꺼워 아무리 호흡이 긴 장편도 한 권에 수록할 수 있는 신조사의 문학 전집으로도 세 권 분량이었다. 요샛말로 대하소설이어서 도전하는 기분으로 달겨들었지 재미로 읽을 수 있으리라고는 생각하지 않았다. 그러나 한번 붙들리자 끝장을 넘길 때까지 침식을 잃고 몰입했었는데, 위대하다고 정해진 고전도 그렇게 흥미진진할 수 있다는 걸 그때 처음 알았다. 그전에 괴테의 『파우스트』에도 도전을 해보았는데 독파는 했어도 이해는 전혀 못했고 괜히 정만 떼어놓은 결과가 되어 아직까지도 『파우스트』라면 뜨악하기만 하다. 나는 고급의 독자는 못 된다는 열등감까지도 『파우스트』에서 비롯되지 않았나 싶다. 『레미제라블』은 대작을 완전히 독파했을 뿐 아니라 이해했다는 만족감과 함께 그 나이의 감성으로는 벅찬 감동을 했다. 읽는 데 며칠 걸린 것만큼 며칠 그 작품 속에서 못 벗어나고 멍하게 지냈었다.

그러나 『레미제라블』을 읽은 게 사실은 그때가 처음은 아니었다. 국민학교 5학년 때 도서관 아동 문고에서였다. 어린이들이 읽기 쉽게 만들고 제목도 '아아, 무정無情'이라고 붙인 거였다. 빅토르 위고가 누군지도 모를 때였고 원작자 이름이나 제대로 들어간 책이었는지도 생각나지 않는다. 따져보니 열두 살쯤 됐을 때였겠는데 『아아 무정』을 읽고 나서 세상이 달라 보이던 생각이 왠지 지금도 생생하다. 아동 열람실에서 그걸 온종일 읽고 저녁에 나왔는데 세상이 그렇게 낯설어 보일 수가 없었다. 마치 내가 여지껏 볼 줄 모르던 세상의 이면을 본 것 같았다. 세상은 겉보기엔 이렇게 평화롭고 질서정연해 보이지만, 엉망이고 더러운 또다른 면이 있구나, 쫓겨가는 사람은 으레 나쁜 놈이고 쫓아가는 사람은 순경인 줄 알았는데 그게 아닐 수도 있겠다는 생각이 처음 들었고, 그게 왠지 두렵고 슬펐다. 어린이가 알아서는 안 될 걸 알아버려서 난 이제부터 딴 애하고 달라졌다는 고독감도 느꼈다. 지금 생각해보니 그게 아마 문학의 본질에 대한 어렴풋한 각성이 아니었던가 싶다.

그런 까닭으로 해서 프랑스의 작가 중에서는 빅토르 위고가 나에게는 가장 친근하게 느껴진다. 그러나 이틀간의 묘지 순례 중에 위고의 무덤은 없었다. 그래도 안내에게 묻지는 않았다. 위고쯤 되면 판테온에 묻혔을지도 모른다고 생각했다. 소설가나 시인은 아무리 대문호라 해도 공동묘지에 묻히는 게 격에 맞는다고 생각하고 있지만 위고쯤 되면 국민들이 좀 다른 대접을 했을 것 같다는 생각이 들었다. 대작으로서의 『레미제라블』을 읽었을 때의 정신이 폭풍우에 휘말리는 것 같은 경험 때문에 그런 생각이 들었는지도 모르겠다. 여행에서 돌아온 후 그가 판테온에 묻힌 걸 확인할 수 있었지만 그때는 무식하단 소리를 들을까봐 그랬는지 궁금한 걸 참고 입다물고 있었다. 파리 보주 광장에 있는 그가 살던 집은 지금 기념관이 되어 잘 보존돼 있었다.

대문호가 살던 집도 파리의 모든 집이 그렇듯이 아파트 형태였지만 대저택의 규모를 갖추고 있었다. 각기 다른 화가들에 의해 그려진 위고와 가족들의 초상화와 중후하고도 미려한 가구들이 볼만했다. 특히 중국의 공예미술 애호가였던 듯 중국의 가구를 비롯하여 각종 공예품 미술품이 곳곳에 보였고 그런 것들로만 꾸며진 방도 있었다. 과연 대문호의 기념관다웠다. 그러나 나는 열두 살 소녀에게 친히 문학에 눈뜨게 해준 친절한 할아버지의 기념관은 아직 못 본 것 같은 묘한 느낌이 들었다. 그것도 일종의 낯설음이었다. 그 기념관은 외경의 대상이었던 위고의 기념관으로서는 손색이 없었지만 다정한 이야기꾼 할아버지가 살던 집 같은 친근감은 느낄 수가 없었다. 그건 위대한 예술가가 잘 차리고 살던 집을 남긴 일이 거의 없었던 우리의 문학 풍토에 길들여진 비꼬인 감정인지도 모르겠다.

위고 기념관을 돌아 나오면서 파리에서 처음으로 노상 카페에 앉아 느긋하게 커피를 마셨다. 비가 오락가락했다. 느닷없이 비를 맞는 기분도 처량하지만은 않았다. 촌스럽게 꼬인 기분이 맥없이 풀어지면서 아련하게 집 생각이 났다. 며칠 됐다고. 왜 우린 남의 것을 거긴 그런가보다고 보지 못하고 툭하면 비교를 해보느라고 속을 썩이는지 모르겠다.

저녁엔 원하는 사람만 물랭루주에 가기로 했다. 나는 나이로 보나 체통으로 보나 쉬는 축에 들어야 하련만 주책 없이 물랭루주에 따라갔다. 변명 같지만 로트레크 때문이었다. 작은 키를 커버하려고 그랬을까, 유난히 높은 검은 모자를 쓰고, 코에 거는 안경을 끼고, 지팡이를 짚고 몽마르트르의 환락가를 배회하는 로트레크, 그가 그린 물랭루주를 비롯한 수많은 술집의 포스터와, 그곳에서 춤추는 무희와 어릿광대 등은 서양의 화집 깨나 들춰본 사람이라면 세기말의 퇴폐미의 상징처럼 남아 있을 것이다. 이상하게도 점잔을 빼는 사람일수록 퇴폐적인 것에 대한 호기심이 많은 법이다. 나도 그런 사람 중에 하나일 테지만. 그러나 막상 물랭루주에 가서 무희들이 춤추는 걸 보니 그렇게 낯설 수가 없었다. 로트레크의 화집에서 본 세기말의 퇴폐미는 얼마나 고전적인가. 지금 또한 세기말이되 20세기 말이니 안 그러면 이상하다. 수십 명의 늘씬한 미녀가 아래만 겨우 가리고 추는 춤을 나는 한국의 환갑 지난 늙은이답게 그저 망측하다는 정도밖에는 아무런 느낌도 없이 구경했다. 여자의 나체가 아름다운 것은 정지돼 있을 때지 아무리 예쁜 유방도 맹렬히 흔들리는 것은 볼수록 징그럽기만 했다. 나중엔 느글느글하기까지 했다. 남자들은 저런 걸 보고 왜 좋아하는 걸까. 우리 여자들은 남자가 벌거벗고 중요한 부분을 흔들며 춤을 춘다고 생각해도 혐오스럽긴 마찬가지인데. 그런 것이 남자와 여자의 차이일까, 고작 그런 생각을 하며 비싼 구경을 했다.

천재의 고향

파리에서 마지막으로 본 기념관은 발자크 기념관이었고 프랑스에서 마지막으로 본 기념관은 랭보 기념관이었다. 발자크 기념관은 그가 어떻게 살았나보다는 그가 남긴 방대한 작품을 통틀어서 일컫는 『인간희극』을 이해하는 데 도움이 되게 꾸민 듯했다. 위고 기념관보다 볼거리는 적었지만 한결 더 문학기념관다웠다. 그와 가족들의 초상, 육필 원고, 초판본들은 기념관마다 으레 있는 구색이고, 인상적이었던 것은 『인간희극』에 나오는 수많은 등장인물의 얽히고설킨 혈통 인척 관계가 마치 도표로 그린 족보처럼 정리돼 있는 거였다. 읽은 지 오래되긴 했지만 『고리오 영감』 『외제니 그랑데』 『골짜기의 백합』 등을 꼼꼼하게 읽었기 때문에 발자크에 대해서는 잘 아는 것처럼 느끼고 있었는데도 발자크가 위고보다 몇 해 일찍 태어나서, 위고보다 삼십여 년이나 일찍 죽은 걸 처음 알고 놀랐다. 나는 그게 자꾸만 이상했다. 내 관념상으로는 발자크가 위고보다 훨씬 근대에 가까운 사람으로 돼 있기 때문이다. 이런 게 바로 낭만주의와 사실주의의 차이로구나, 내 나름으로 그렇게 두들겨 맞춰보았다. 위고의 작품에 나오는 사람들은 우리가 현실에서 찾을 수 있는 사람들이 아니다. 그들이 겪는 비극에는 비현실적인 영웅다움이 있다. 그러나 발자크가 만들어낸 인간상들은 하나같이 현대 시민사회에서도 유효한 인간들이다. 우리 주위에 지금도 흔한 이기주의적인 속물들, 돈만 아는 수전노, 순결한 사랑도 얼마든지 짓밟을 수 있는 돈의 위력 등, 그가 펼쳐 보이는 사람 사는 모습은 현대사회와 별로 다를 것이 없다. 그래서 그를 위고보다 더 근대적으로 느낀 것 같다. 고등학교 때 국어 선생님이 발자크를 평생 빚을 갚으려고 그 많은 작품을 쓴 작가라고 한 생각도 났다. 그게 정말인지, 기념관에서 확인할 길은 없었다.

우리 일행 중 불어를 하는 사람은 한 사람도 없는데다, 현지 안내인은 문학에 대해서는 아는 게 전혀 없다고 미리 양해를 구하고 안내를 하는 판이니 답답할 적이 많았다. 묘지나 기념관에 갈 적마다 자기도 처음 와보는 곳이라면서 이런 걸 보여달라는 관광객은 처음 봤다고 신기해했다. 그러나 그 빠듯한 일정 중에도 루브르박물관, 노트르담대성당, 에펠탑, 센강 유람선, 몽마르트르 언덕 등 파리를 찾는 관광객이 으레 들르는 곳도 빠짐없이 보게 한 것은 그의 직업의식 덕분이었다고 생각한다. 밤에도 쉬지 못하고 보부아르와 사르트르를 비롯한 지식인들이 즐겨 찾았다는 카페, 개선문의 주인공이 칼바도스를 마셨다고 해서 유명해진 술집 등, 그가 생각하기에는 황당했을지도 모를 명소 등도 성큼성큼 기꺼이 안내를 해주었다. 나는 전날 밤 물랭루주 구경이 고됐기 때문에 이런 명카페 명레스토랑 순례를 비롯한 밤 관광은 알아서 빠졌다. 그러나 다음날 그 밤 외출이야말로 파리 관광의 하이라이트였노라고 제각기 한마디씩 약을 올리는 소리를 들으니까 이제부터 밤 외출도 기를 쓰고 따라나서야지, 하고 속으로 별렀다. 아무리 하고 싶은 일도 일단 내 몸하고 먼저 상의를 하고 나서 할 것인가 말 것인가를 정하는 나의 안전제일주의를 밖에 나온 김에 한번 일탈해야지 마음먹으니, 별것도 아닌 것에 모험심 같은 게 동하는 걸 느꼈다.

프랑스를 등지면서 방문한 랭보 기념관은 파리 북서쪽 샤를빌이라는 소도시에 있었다. 관광버스로 세 시간쯤 걸렸다. 프랑스 농촌의 가을 풍경이 보기 좋았다. 커튼과 베란다의 화분이 어여쁜 집들이 아기자기 모여 있는 작은 마을, 숲이 있을 뿐 산이 안 보이는 광활하고 비옥한 경작지, 고풍스러운 시골 교회당, 깜찍하고도 순진한 아이들의 미소, 화장실을 빌리려고 잠시 들른 아무렇지도 않은 주유소 등 버스 여행 아니면 맛볼 수 없는 뒷길의 아름다움이었다. 샤를빌은 중세풍의 옛 건물이 여기저기 보여 고풍스러우면서도 활기에 넘치고 있었다. 도시 중앙을 관통하는 중심가에는 행인들이 어깨를 부빌 정도로 넘치고 있어서 혹시 무슨 축제 날인가 싶을 정도였다. 번화가가 끝나고 나면 우리의 시골 장터를 방불케 하는 노점상들이 밀집한 광장이 나온다. 나는 그 장터를 기웃대며 거대하고 유구한 유럽 문명의 짓눌림에서 벗어난 것 같은 자유스러움을 느꼈다. 싸구려 옷들, 에누리가 통할 것처럼 선량한 듯 간교한 듯한 장사꾼, 높고 밝은 목소리, 장미와 카네이션과 국화가 있는 꽃가게 등은 사람 사는 모습의 비슷함, 가벼움 같은 걸 보는 것 같아 마음이 놓였다.

그러나 샤를빌은 랭보가 이미 십대에 견딜 수 없이 답답해하며 몇 차례나 탈출을 시도한 고장이었다. 그는 임종의 땅으로도 그 고장을 선택하지 않았다. 범속한 사람들의 범속한 일상사가 느릿느릿 반복되는 이 좁은 고장이 십대에 벌써 시와 예술의 정점에 오르고 스무살에는 문학을 팽개쳐버린 천재에게는 얼마나 숨막히는 고장이었을까? 그런 뜻으로 유품이 랄 게 별로 남아 있지 않은 기념관이나 조그만 표지판이 붙어 있는 그가 살던 집보다는 이 도시 전체를 그의 기념관으로 바라봐도 되지 않을까 싶었다. 내가 랭보를 안 것도 십대 때였다. 그러나 그의 이름을 알았다뿐 그의 시를 안 것은 아니었다. 처음 본 그의 시가 「지옥의 계절」이라는 산문시였는데 무슨 소린지 잘 알지도 못하면서 덮어놓고 끌렸고, 보들레르의 『악의 꽃』과 흡사하다고 느꼈었다. 그것을 읽었다는 데 죄의식 같은 걸 느낄 정도로 부도덕한 무엇인가가 있었고, 부도덕에도 아름다움이 있다는 걸 가슴 떨리게 느낀 것도 『악의 꽃』을 읽고 난 뒷맛과 비슷했다. 1991년은 그가 죽은 지 백 주년이 되는 해여서 우리나라에서도 랭보 시선을 기념 출판 한 적이 있는데 나는 거기서 「지옥의 계절」을 다시 읽어보았다. 십대에 읽은 게 일본어 번역판이기 때문에 우리말로 읽으면 좀 더 랭보에 다가가기 쉬울 줄 알았다. 그러나 난해하긴 마찬가지였다. 머리가 굳어서 되레 십대에 감수성으로 읽어낸 것만큼도 느낌이 오지 않았다.

기념관 뒤는 강이었고 강에 걸린 다리는 교각이 없는 다리여서 미세하게 흔들렸다. 일부러 발을 구르면 흔들림이 조금 커졌다. 가만히 있어도 밑으로 흐르는 강을 보고 있으면 다리가 흔들리는 것 같은 착각이 왔다. 나는 다리 위에서 그런 착각을 즐기며, 랭보 같은 조숙아는 샤를빌 같은 데서 태어난 게 아니라, 그리스 문화와 프랑스적 전통이 낳았다는, 어디선가 읽은 구절을 떠올렸다. 그래 잘났다, 잘났어. 프랑스 그리고 너, 유럽아.

아아, 그건 부끄러움 때문이었다

샤를빌에서 심신이 느긋해진 것은 나쁜이 아닌 것 같았다. 각자 흩어져서 자유 시간을 보내다 모여보니 한결같이 피곤이 가신 싱싱한 얼굴들을 하고 있었다. 부산에서 온 고금난씨는 장터에서 깜짝 놀라게 싼 티셔츠를 사서 우리를 부럽게 했고 이인화씨는 거리의 악사 앞에서 어깨춤을 춰 보이기도 했다.

『빵점엄마 백점일기』를 쓴 작가 조은일씨는 책방에 들어가 오래도록 안 나오더니 아들에게 줄 기가 막힌 퍼즐을 살 수 있었노라고 즐거워했다.

어느 틈에 국경을 넘어 룩셈부르크였다. 국경을 넘자 차츰 지형이 바뀌었다. 절벽과 낭떠러지가 많고 깊은 계곡이 내려다보이는 가파른 산은 성벽으로 둘러싸여 있어 요새를 방불하게 했다. 아찔하게 깊은 계곡에는 푸른 강이 흐르고 강 위에는 아름다운 다리가 놓여 있어 가는 곳마다 절경이었다. 산은 푸르고, 포도밭은 비옥하고 동화처럼 예쁜 집은 꽃으로 둘러싸여 있어 낙원이 따로 없다 싶었다. 그러나 안내인은 아름다운 다리 난간 위에 그물이 쳐진 걸 가리키면서 자살 방지용이라고 했다. 그만큼 자살률이 높다는 얘기였다. 우리 일행 전원이 룩셈부르크란 나라는 처음이었는데 버스 기사도 초행인 것 같았다. 호텔을 못 찾아서 수도 룩셈부르크를 몇 바퀴나 돌았는지 모른다. 덕분에 깊은 계곡이 내려다보이는 절벽 위에 성벽으로 둘러싸인 이 아름다운 도시를 실컷 구경할 수가 있었다.

사람이 이렇게도 살 수가 있는 거로구나, 사람 사는 모습에서 구질구질한 면이 완전히 제거된 것 같은 이 작은 나라(면적 2,586제곱킬로미터)의 모습은 우리를 즐겁게도 했지만 울적하게도 했다. 저녁식사 후 일층 카페에서 맥주를 한 잔씩 시켜놓고 늙은 피아니스트한테 듣고 싶은 곡을 신청했다.

룩셈부르크에서는 일박만 하고 떠나게 돼 있었다. 그 나라는 프랑스에서 독일로 가는 길이기도 하였지만 괴테 기념관에 들른다는 목적도 있었다. 괴테가 잠시 머물다 간 곳이 기념관이 돼 있다고 했다. 벌써 독일어 문화권이었다. 아침에 호텔을 나와 버스에 올라앉았는데, 파리로부터 따라온 가이드가 일행의 체크아웃을 마치느라 프런트에서 지체하고 있는 모습이 회전문을 통해 바라보였다. 그 젊은이는 빨간 잠바를 입고 있었다. 그는 오늘 우리를 독일에서 나온 현지 안내인에게 인계하고 파리로 돌아가게 돼 있었다. 연방 돌아가는 회전문의 유리를 통해 얼비치는 그의 빨간 잠바를 망연히 바라보면서, 고단한 마음으로 시든 입술에 루주를 고쳐 바를 때 같은 쓰디쓴 애수를 느꼈다. 여기까지 뭘 찾아 먹으러 왔나? 괴테를 찾아서? 웃기고 있다는 자조적인 생각은 이 아름다운 나라의 상쾌한 아침과는 너무도 이질적인 것이었다.

그런 기분으로 괴테 기념관을 찾아가는데 버스 안에서 느닷없이 정지용의 〈향수〉가 울려퍼졌다. '넓은 벌 동쪽 끝으로 옛이야기 지줄대는 실개천이 휘돌아나가고……' 대중음악가가 작곡을 하고 음대 교수가 불렀다고 해서 화제가 된 바로 그 노래였다. 전에도 그 노래를 좋아했지만 이렇게 심금을 울려보긴 처음이었다. 심금보다 더 깊은 영혼을 울렸다고 해도 과언이 아니었다. 대장엄 미사곡을 들을 때처럼 엄숙한 기쁨과 슬픔으로 영혼이 떨리는 듯했다. 같은 음악도 이렇게 듣는 장소에 따라 다르게 들리는구나. 그 노래가 룩셈부르크에서 가장 아름답게 들린 까닭은 무엇일까. 그 나라의 절경 때문이었을까. 차창 밖으로 비치는 경치는 그러나 넓은 벌도 아니고, 얼룩배기 황소도 실개천도 있을 리 없었다. 아아, 그건 부끄러움 때문이었다. 남들은 대시인이 잠시 들렀다 간 곳에도 기념관을 만들어 자랑하는데 우리는 우리의 시인을 어떻게 대접했던가. 이름까지 복자伏字로 만들어 말살해버린 그 모진 박해의 세월을 우리가 어찌 부끄러움 없이 회상할 수 있으랴. 우리 언어를 갈고닦아 우리 마음에 사무치는 노래를 부른 시인, 뼈를 깎아 시대와 민족의 아픔을 증언한 작가들이 살다 간 흔적들은 아무도 귀하게 여기지 않는 무관심 속에서 흔적도 없이 사라져갔다. 우리가 말살한 게 어찌 이름뿐이었을까. 그런 주제에 이름만 아는 남의 나라 대시인이 잠깐 머물다 간 데를 구경 가서 어쩌자는 것일까. 그렇게 생각하면 여지껏 본 것도 촌스러움과 난센스의 극치였다. 아냐, 이건 관광이 아냐. 우리 문화를 학대한 데 대한 형벌이야. 이렇게 생각하니 다소 위로가 되었다. 버스가 괴테 기념관이 있는 마을에 도착했다. 버스에서 내리자마자 뜻하지 않은 곳에서 정지용의 〈향수〉를 듣게 해준 권점옥씨를 껴안았다. 권점옥씨는 전주에 사는 국어 선생님인데 노래를 아주 잘 부르고 사랑하는 이였다. 그는 우리들의 요구가 있을 때마다 풍부한 정감이 서린 맑은 미성으로 우리를 즐겁게 해주었을 뿐 아니라 평소 자기가 좋아하던 곡을 녹음한 테이프까지 준비해 온 것이었다. 여행하는 도중 수시로 들을 수 있었지만 그때처럼 감동스럽지는 않았다. 그날 그 노래는 모두를 감동시켰는데, 의식했든 안 했든 간에 부끄러움 때문이었다고 나는 아직까지도 믿고 있다. 이번 여행을 회상해볼 때 가장 그리운 것도 그때고, 그 경험은 사진 같은 것으로 남아 있는 것이 아니어서 더욱 소중하다.

룩셈부르크까지 와서 느닷없이 동한, 괴테보다는 정지용을 경배하고 싶은 마음 때문이었는지, 부끄러움으로 뒤틀린 심보 때문이었는지 나는 괴테 기념관 쪽으로 가지 않고 절벽 위에 솟은 비안덴성으로 올라갔다. 버스를 내린 지점에서 기념관 가는 길과 성으로 가는 길이 V자로 갈라져 있었다. 이 나라엔 하도 성이 많았으므로 그중에 하나쯤은 보고 싶다는 호기심 외에 그 성에 대한 사전 지식은 전무했다. 안내도 기념관 쪽으로 갔기 때문에 물어볼 사람도 없었다. 올라가보니 성이란 반드시 천연의 요새에 자리잡게 돼 있다는 걸 알 것 같았다. 경치로 볼 때 사람을 이끄는 신비스러움과는 달리, 위치뿐 아니라 내부 구조도 철저하게 난공불락을 목적으로 한 무시무시한 집이었다. 하필 우리 동네에 남아 있는 순하디 순한 몽촌토성 생각이 났다.

일요일이라 룩셈부르크 시내의 상가는 한 집도 문을 열지 않아 생전에 다시 올 것 같지 않은 이 나라에서 기념할 만한 아무것도 살 수가 없었다. 그러나 시 중심가 광장에선 음악이 연주되고 있어 우아하게 휴일을 즐기는 시민들과 함께 망중한의 나른한 행복감에 젖을 수가 있었다.

뼛속까지 시리던 뒤셀도르프의 추위

버스가 독일 땅으로 들어서고 나서 과연 독일이라는 걸 강하게 느낀 것은 화장실을 이용하기 위해 들른 휴게소에서였다. 여자들이 프랑스보다 크고 당당하고 검소하고 거칠어 보였기 때문이다. 나라가 바뀌면서 가이드도 운전기사도 버스도 바뀌었다. 프랑스로부터 룩셈부르크까지 우리를 안내해준 가이드와 결별하기 전, 버스 앞자리로부터 웬 예쁜 카드가 돌아왔다. 가이드에게 그동안의 노고를 감사하는 말을 한마디씩 적으라는 것이었다. 아마 우리 일행 중 가장 젊어서 온갖 궂은일을 도맡아 하는 총무 일을 맡고 있는 이선주양의 귀여운 발상인 것 같았다. 나도 두어 줄 극히 의례적인 작별의 인사를 보태면서 아련한 석별의 정을 느꼈다. 형식이 있고 나서 내용이 생긴 셈이지만 아주 없는 것보다는 좋은 일이었다. 새로 맞은 가이드는 연세가 지긋한 분이었다. 중고등학교 교장 선생님 같은 인상이어서 우리는 그분을 황선생님이라 불렀다. 바뀐 운전기사는 유난히 덩치가 컸지만 사람 좋아 보이는 미소 때문인지 전에 어디서 본 듯한 친밀감이 가는 인상이었다. 『월리를 찾아라』에 나오는 월리 같다고 누군가가 말했다. 정말 그런 것 같았다. 그후 다들 그를 월리라고 불렀다. 황선생님은 자상하고, 성실하고, 가르쳐주고 싶은 건 많은데 잘 따라와주지 않아 안타까워하는 게 정말 교장 선생님 같았다. 교장선생님을 모신 것 같은 긴장감을 월리의 어벙한 듯하면서도 장난꾸러기 같은 태도가 풀어준다고나 할까, 안 어울릴 것 같은 두 사람이 오히려 더 재미있게 느껴졌으니, 우리끼리 그만큼 정이 깊어졌기 때문일 것이다.

독일에서의 첫 기착지는 뒤셀도르프였다. 거기서 멀지 않은 곳에 사는 최운정이란 유학생이 호텔에서 기다리겠다는 전갈을 한국서부터 받아놓고 있었으나, 예정 시간보다 두 시간이나 늦게 도착했기 때문에 그녀는 기다리다 지쳐서 떠난 뒤였다. 체크인을 하는 중에 그녀로부터 전화가 왔다. 밤늦은 시간이라 다음날 아침에 다시 오겠다고 했다. 아침 이른 시간에 그녀가 찾아왔다. 편지는 몇 번 받았지만 만나기는 이 년

만이었다. 나는 그녀의 전공이 정확하게 뭔지 언제 공부가 끝날지 자세히 아는 바는 없었지만 그녀를 친하게 느끼고 있었다. 아마 몇 번의 편지와 만나서 얘기할 때마다 여자로 살기의 어려움과 억울함을 그녀가 얼마나 힘들어한다는 게 마치 거친 숨결처럼 가깝게 느껴졌기 때문일 것이다. 그러나 나는 그녀의 울분에 맞장구를 친 적도 힘내라고 격려를 한 적도 없었다. 편지에 답장을 쓴 적도 있는 것 같지 않다. 그럼에도 불구하고 그녀가 나하고 얘기하고 싶어하는 것은 자신의 일부를 이해해주고 있다는 믿음 때문일 것이겠거니 생각하며 나도 그녀를 반겼다.

그녀와 더불어 이른 새벽의 뒤셀도르프 거리로 나갔다. 원은 어제저녁 그녀와 같이 즐기기로 한 시내 구경을 아침식사 시간을 의식하며 빠르게 해치우려는 것이었다. 준비 없이 나왔는데 비가 뿌렸다. 가뜩이나 냉랭한 기온이 찬비를 통해 뼛속까지 스미는 듯했다. 9월의 추위가 이러하니 한겨울은 어떨까. 독일의 길고 음산한 겨울밤을 절묘하게 묘사한 전혜린 생각이 났다. 최운정하고 동행인 때문인지 전혜린이 탄 추위에도 기온에서 오는 추위 말고 여자로서의 추위도 포함돼 있었던 게 아니었을까, 하는 엉뚱한 생각이 들었다. 삼십대에 요절한 전혜린이 삼십대의 나를 뒤흔든 것은 인식에 대한 뜨겁고 치열하고 순도 높은 갈망이었음에도 불구하고 전혜린에 의해서 처음으로 페미니즘에 눈뜬 것처럼 느끼고 있는 것도 이상했다. 전혜린이 유학 생활을 보낸 뮌헨은 여기서 어느 만큼 멀까, 그런 감상적인 생각을 하며 걷고 있는데 최운정은 우리의 일정이 오늘 오전 중에 뒤셀도르프를 떠나게 돼 있고, 독일에서 보낼 수 있는 날을 통틀어봤댔자 삼 박 사 일에 불과하다는 것을 알고는 아쉬워하다못해 분개했다. 아마 우리의 조급한 여행 습관에 대한 경멸도 섞여 있는 듯한 그녀의 표정을 보며 나는 속으로 그대여, 그대의 조국이 아직은 빨리빨리 중임을 너무 안타까워 말라. 달리다보면 쉬어갈 날도 있으리니, 하고 그녀와 나 자신을 위로했다. 독일에 머무는 삼 박 사 일밖에 안 되는 기간 중에 뒤셀도르프가 포함돼 있는 것은 우리의 여행이 문학 기행인 때문일 것이다. 뒤셀도르프는 하이네가 태어난 고장이어서 그의 기념관이 있다. 그러나 최운정은 뒤셀도르프 역 근처의 베르타폰주르너 광장을 거쳐 이머만 거리를 산책하는 동안 이 도시가 독일 여성운동의 발상지임을 빠른 어조로 강조했다. 나는 그보다는 일본 국기와 일본색 짙은 가부키 포스터와 상표가 유난히 많이 눈에 띄는 게 신경이 쓰였다. 특히 중심가인 이머만 거리가 그러했다. 공교롭게도 이 도시가 지금 일본 주간週間이라는 것이었다. 최운정의 설명에 의하면 인구 오십여만의 이 도시에 일본인 유동 인구는 삼사만이나 되고 상주인구도 삼천 명이 넘고, 그들이 많은 상점과 큰 호텔을 소유하고 있다고 한다. 일본 주간이기 때문에 일본색이 짙은 게 아니라 워낙 일본 세가 강하니 일본색이 짙을 수밖에 없고, 그러다보니 일본 주간까지 생겨난 듯했다.

이른 아침이라 책방도 열기 전이었지만 티끌 하나 없이 맑은 유리를 통해 들여다본 책방도 인상적이었다. 넓지는 않았지만 책을 진열한 방법과 책들의 장정이 들어가서 오래 머물고 싶은 마음이 나게끔 편안하고 세련되게 꾸며져 있었다. 뷔허길데(책 클럽)에서 운영하는 책방이라고 했다. 그런 책방은 아무 책이나 진열하는 게 아니라 질적으로는 물론 장정까지도 우수한 책을 엄선해서 취급하고 그런 책 클럽은 독일 전역에 퍼져 있으며 그 회원 수가 어마어마하다고 한다. 회원이 될 자격은 가입할 때 십 마르크를 내면 되지만 최소한 사 개월에 한 권씩 책을 살 의무가 있어 안 지키면 회원 자격을 잃는다고 한다.

우리 일행 중에 수원에서 대형 서점을 경영하는 황군자씨로부터 양서보다는 안 읽어도 좋을 책이나, 백해무익한 책이 더 잘 팔리는 걸 어째 볼 도리가 없는 서점 주인으로서의 고민을 심각하게 들은 적이 있기 때문에 책 클럽은 그 대안으로 매우 적절해 보였고 부럽기도 했다. 하이네 기념관은 월요일은 문을 열지 않는다고 했다. 하이네에 대한 문학적 평가는 다양하고도 상반된 것도 많아 혼란스럽지만 독일 시인 중 누구보다도 많은 시가 작곡되어 널리 사랑받았기 때문에 다들 애석해했다.

비에 젖은 유도화, 그리고 로렐라이

시인이나 작가라고 해서 특별한 데서 태어나는 것도 아니고, 묻힌 무덤이 우리 상식으로 명당자리에 자리잡고 있는 것도 아니다. 그러나 위대한 문인이 태어난 고장이나 성장한 집은 기념관으로 만들어 후세 사람들이 기리고 그 무덤에는 참배하는 이가 그치지를 않는다. 당대나 후세의 독자들의 사랑과 존경은 이렇게 그들이 살던 자취나 무덤까지를 새롭게 살아 숨쉬게 만든다. 문학 기행이 이렇게 관광 여행과는 달리 구경보다는 만남이랄까, 교감의 기쁨을 맛보고 싶은 기대가 더 큰 것도 그런 까닭일 것이다. 평범한 일용품이나 소박한 가옥에서 특별한 걸 느낀다는 것은 그곳을 거쳐간 이에 대한 존경이나 애정, 혹은 최소한의 사전 지식이라도 있어야 가능한 일이다. 작가에 대한 사전 지식은 작품을 떼어놓고 생각할 수가 없다. 하물며 애정이나 존경에 있어서랴. 그런 생각은 문학 기행을 하는 동안 줄창 따라다녔는데 아무리 잘 꾸며놓은 기념관도 그 작가나 작품에 대해 아는 것이 없는 기념관에서는 아무런 느낌도 받을 수가 없었기 때문이다. 관광 여행은 그 고장에 대한 예습이 없이 떠나도 지장이 없겠지만 문학 기행을 그 작가에 대한 최소한의 예습도 없이 다닌다는 것은 말짱 헛것이라고 생각한다.

룩셈부르크서부터 우리에게 커다란 그늘을 드리우기 시작한 괴테는 독일 땅에서 그를 벗어나는 것은 불가능하다 싶을 정도로 도처에서 우리를 따라다녔다. 내 비록 괴테한테 영향받은 바가 크지는 않다고 해도 그런 사실에서 괴테가 얼마나 독일 국민의 사랑과 존경을 받고 있으며, 독일 국민의 자존심을 떠받쳐주고 있나를 간과할 수는 없었다.

뒤셀도르프를 떠나 라인강을 끼고 마인츠를 거쳐 프랑크푸르트까지 가는 길의 아름다움은 이루 말할 수가 없었다. 숲과, 언덕과, 강과, 고성과, 폐성廢城과, 옛 마을과, 포도밭이 어우러진 강변길은 중세의 풍경화 속으로 빨려드는 것처럼 비현실적이었다. 그 강변길에서 조금 벗어나면 베츨라어라는 아름다운 고장이 나온다. 괴테가 1772년 제국 고등법원 실습

생으로 있으면서 그 유명한 『젊은 베르테르의 슬픔』을 쓴 고장이라고 한다. 그가 근무했던 법원 건물은 물론 그가 머물렀던 집이 동판으로 된 기념관 표시를 달고 보존돼 있다. 우리를 안내해준 황선생의 설명에 의하면 괴테가 베츨라어에 머문 기간은 사 개월 남짓했다고 한다. 물론 그동안에 독일 국민이 가장 사랑하는 『젊은 베르테르의 슬픔』을 썼으니까 그러하겠지만, 그 고장에 남아 있는 그의 흔적을 아끼고 보존한 열의가 부럽다못해 좀 과다하다 싶은 생각까지 든 것은, 끊임없이 깔아뭉개면서 발전한 우리의 습성 때문이 아니었나 모르겠다.

『젊은 베르테르의 슬픔』의 여주인공의 모델이 된 여자가 살던 집도 '샤를로테의 집'이라고 해서 보존돼 있을 뿐 아니라 내부를 일반에게 공개도 한다고 한다. 하이네의 집처럼 역시 월요일은 비공개라고 해서 낮은 창살문 사이로 아쉽게 안을 들여다볼 수밖에 없었다. 화덕에선 빵 굽는 냄새가 구수하고, 부엌에선 청순하고 다정한 누나가 칭얼대는 여러 동생들을 따뜻하고 부드럽게 어루만지고 있을 것 같은 그런 집이었다. 소박하고 고풍스럽고 정감 있게 보였다. 실은 아무렇지도 않은 회색 건물을 그렇게 바라볼 수 있었던 것은, 젊은 베르테르를 첫눈에 사로잡은 게, 어린 동생들에게 둘러싸여 있을 때의 샤를로테였고 그 대목의 묘사가 누구에게나 지울 수 없는 인상을 남길 만큼 뛰어났기 때문일 것이다. 베르테르의 모델이 된 유대인 예루잘렘의 집도 보존돼있었다. 상관의 부인을 짝사랑하다 권총 자살 한, 당시 실제 있었던 사건이 그 작품의 모티브가 됐다고 해서 그 건물 안에는 예루잘렘이 쓰던 가재도구는 물론 그가 자살하기 직전에 보던 책까지 펼쳐진 채로 보존돼 있다고 한다. 역시 월요일이라 들어가보지는 못했다. 괴테가 마셨다는 우물까지도 괴테의 우물이라는 이름으로 보존돼 있었다. 우물은 요일에 상관없이 볼 수 있으니 얼마나 좋은가. 우물 같은 자연물이 좋은 건 명작의 모델의 집까지 아끼고 꾸미는 극성스러움에 으레 따라붙게 마련인 허구가 끼어들 여지가 없기 때문이 아닐는지. 같은 뜻으로 괴테가 보리수 아래서 책을 읽은 데라고 해서 괴테 탄생 백주년을 기념하여 세운 비석이 있는 시골 마을도 좋았고, 괴테가 자주 들렀다는 브렌타노의 집 둘레의 풍경은 기가 막혔다. 마침 비가 추적추적 내리고 있었다. 잘생긴 이름 모를 나무들이 빗속에서 더욱 푸르른 가운데 선홍빛 유도화가 비에 젖고 있는 게 이역에서 만난 고향 사람처럼 반갑고 서러웠다. 아마 그 정원에서 이름을 확실하게 알 수 있는 유일한 나무이기 때문이었을 것이다. 황선생의 세심한 사전 준비로 괴테의 발자취가 닿았던 곳을 샅샅이 찾아다니느라 거친 시골 마을과 뒷골목의 정취는 이런 문학 기행 아니면 맛볼 수 없는 거여서 두고두고 고맙게 생각한다.

국경을 넘어 독일 땅에 처음 들어왔을 때 생각이 났다. 공중변소에 들어갔는데 동전을 넣지 않으면 문이 안 열리는 유료였다. 국경을 넘은 지 얼마 안 되어 동전을 가진 이는 없고 우리들은 거의 다 일이 급했다. 사람이 지키고 있다면 한꺼번에 일 달러 정도 주고 사정을 해볼 수도 있으련만 요지부동한 기계한테 어쩔 것인가. 어쩔 줄을 몰라 동동거리고 있는데 마침 안에서 일을 보고 나온 독일 여자가 문을 연 채 웃으면서 들어가라고 했다. 기계를 사기치기는 의외로 간단했다. 우리는 그 방법으로 차례차례 공짜로 유료 변소를 이용할 수가 있었다. 그동안 독일에 정이 들었음인가, 급한 때 맛본 인정스러움을 회상하며 혼자서 웃었다.

유명한 로렐라이에 당도했을 때도 비는 계속해 내렸다. 평범한 언덕이었다. 그러나 우중을 무릅쓰고 우리가 거기서 가장 오래 희희낙락한 것은 그 지역에 전해내려오는 전설을 아름답게 읊은 하이네의 영향이 아니었을까. 그곳에서 파는 스푼 따위 기념품은 시중보다 훨씬 비쌌다. 비싼 걸 알면서도 독일에 온 후 처음으로 그곳에서 몇 가지 쇼핑을 했다. 손녀를 위해 소꿉도 샀다. 다니다보면 훗날 또 올 것 같은 데가 있고, 생전에 다시 올 것 같지 않은 데가 있다. 로렐라이도 다시 올 것 같지 않은 느낌이 그런 충동적인 쇼핑을 하게 만들었다.

특별한 별자리 밑에서 태어난 거인

라인강과 마인강의 합류점인 마인츠에서 일박하고 프랑크푸르트로 갔다. 프랑크푸르트는 괴테가 태어난 고장이니 당연히 그의 생가가 기념관이 돼 있었다.

대저택이었고 바로크식 가구와 중후하고 우아한 생활용품과 그와 가족들의 초상화 등이 그가 당시에 얼마나 혜택받은 환경에 태어났나를 한눈에 볼 수 있게 해주었다. 그러나 나는 그 집에서 괴테의 여러 기념관을 거치면서 꼬인 마음이 편안하게 풀리면서 처음으로 친근감을 느꼈다. 그건 아마 그의 자서전 『시와 진실』을 읽으면서 상상한 집과 너무도 흡사해서였을 것이다. 상상력은 곧 사랑이란 말이 있다. 내가 읽은 괴테의 작품 중 유일하게 좋아하면서 읽은 게 『시와 진실』이다.

『파우스트』는 너무 어려워 무슨 말인지 모르면서 명작이니까 읽어야 한다는 괴로운 의무감으로 읽었고, 『젊은 베르테르의 슬픔』은 너무 쉬워서 내 십대의 객기로 유치하다고 생각했다. 그러나 『시와 진실』은 감성이 성숙한 이십대에 읽었기 때문인지 이 거인에 대해 어렴풋하게나마 뭔가가 잡히는 느낌이 들었더랬다.

『시와 진실』은 이렇게 시작된다.

> 1749년 8월 28일 정오, 시계가 열두시를 칠 때, 나는 마인 강변의 프랑크푸르트에서 이 세상에 태어났다. 성좌의 배치는 더할 나위 없이 좋았다……

그러나 그는 산파의 부주의로 죽은 애처럼 태어나 온갖 응급조치 끝에 겨우 세상에 빛을 볼 수 있었다. 그때 놀란 당시 시장市長이었던 그의 할아버지는 그 사건을 계기로 산과의사를 임용하고 산파의 전문적 양성에 힘썼기 때문에 그 이후에 태어난 아이들은 크게 그의 덕을 본 셈이라고 그는 자랑스럽게 적고 있다. 이렇듯 그의 자서전은 자신의 운명과 가문에 대한 철철 넘치는 자부심으로부터 시작되고 있었다. 그는 또 어린 날을 회상할 때 타인으로부터 들은 것과 자기 자신의 기억을 혼동할 적이 많다는 걸 솔직하게 인정하며 그 글을 쓰고 있다. 그가 자세하게 적고 있는 그의 집의 모습은 사다리 같은 계단이 각기 높낮이가 다른 수많은 방으로 통하고, 큰 격자창을 통해 이웃과 집밖의 경치와 접하게 돼 있다. 여자들은 그 창가에서 바느질이나 뜨개질을 하고 하녀들은 야채를 다듬는다. 아이들이 가장 좋아하는 방은 입구에서 가까운 넓은 거실이고 거실 뒤에는 할머니의 큰방이 있다. 할머니는 마치 정령처럼 언제나 순백의 옷을 입고 있는, 마르고 우아하고 친절한 부인이어서 아이들은 장난감을 가지고 할머니 방에서 놀기를 좋아한다. 그의 유년기의 기억 중에서 가장 유쾌한 것은 도자기를 창에서 거리로 내던져서 깨부순 사건이라고 적고 있는 것도 흥미롭다. 그 도시에선 도자기 장이 서고 있어서 부엌에서 필요한 것뿐 아니라 아이들이 갖고 놀 귀여운 소품들도 사들였는데 어느 날 그런 것들을 갖고 놀다가 싫증이 나서 그중 하나를 거리로 내던져 깨뜨린다. 이웃에서 그걸 보고 있던 장난꾸러기 형제가 박수를 치면서 또 해보라고 부추긴다. 그는 그들이 더 더, 하고 부추기는 대로 장난감을 다 던져 깨뜨리고 나중에는 부엌에 있는 값비싼 도자기까지 가져다가 던져서 악살박살을 내며 즐거워한다. 그래도 그를 부추기는 형제들은 만족해하지 않았기 때문에 그는 손이 닿는 집안의 모든 깨뜨릴 만한 도자기를 창으로 던지면서 즐거워한다. 어른들한테 야단을 맞았다는 소리는 전혀 안 나온다. 대단한 손해를 냈지만 그 대신 죽을 때까지 안 잊어버릴 유쾌하고 신나는 추억을 만들었다고만 적고 있다. 괴테가 얼마나 부유한 환경에서 거칠 것 없이 자유분방하게 길러졌나를 알 수가 있다. 그 밖에도 그가 자세히 묘사한 가옥 구조와 가족들의 모습이 읽으면서 상상한 것과 신기할 정도로 맞아떨어진다.

황선생의 설명에 의하면 2차대전 때는 진열한 물건들을 폭격으로부터 안전한 데로 옮겨놓았다가 복원시키는 등, 정권이 민주적이든 독재적이든간에 상관없는 정부 차원의 세심하고 우선적인 배려가 있었다고 한다. 혜택받은 환경에서 태어나, 하고 싶은 거 다하고, 관직도 재상까지 올랐을 뿐 아니라, 예술에 있어서도 생전에 유럽 문학의 최고의 위치를 차지하고, 친구복, 여복도 억수로 좋아 실러와 마음과 일로 깊이 사귀고, 칠십사 세에 십구 세의 소녀를 사랑할 만큼 죽을 때까지 정력과 정서의 고갈을 모르고 살다가, 죽은 후에도 국민적 세계적 흠모를 받는 인물이란 몇 세기에 한 번 태어날까 말까 할 것이다. 그가 특별한 별자리 밑에서 태어났다고 믿는 것은 당연했다.

프랑크푸르트를 떠나서는 그림형제의 고향인 하나우에서

점심식사를 하고 안톤 슈나크가 마지막 살던 집과 묘지가 있는 칼에 들렀다. 안톤 슈나크가 독일 작가 중 가장 널리 한국에 알려지고 또 사랑받는 것은 그의 아름다운 산문 「우리를 슬프게 하는 것들」이 우리 국어 교과서에 실렸기 때문일 것이다. 내가 학교 다닐 때의 교과서에는 그의 글이 없었고 또 따로 그의 책에 접할 기회가 없었는데도 읽은 것처럼 느낄 정도로 여기저기서 그의 글이 인용된 걸 많이 봐왔다. 한국에서 사랑받고 있는 작가가 살던 집에 독일인과 결혼한 한국 부인이 살고 있는 것도 기이한 인연이다 싶었다.

칼은 정결하고 평화롭고 작은 고장이었다. 조용하고 야트막한 집마다 잘 가꾼 정원이 딸려 있고 정원과 길 사이에는 담장이랄 게 없어서 지나가면서 실컷 남의 정원을 구경할 수 있는 목가적인 시골 마을이었다. 슈나크의 집을 찾아가는 길에 꽈리가 새빨갛게 익은 어느 집 마당을 들여다보면서 반가와서 탄성을 질렀더니, 마침 마당을 가꾸고 있던 노부인이 서슴지 않고 꽈리를 뿌리째 뽑아주었다. 조은일씨하고 각각 빨간 꽈리가 다닥다닥 달린 꽈리 포기를 통째로 얻어 가졌다. 그러나 노인은 같은 마을에서 살다 간 안톤 슈나크에 대해 아는 바가 없었다.

슈나크가 살던 집은 우리가 지나온 마을의 집들보다 월등히 큰 저택급의 이층집이어서 기분이 좋았다. 그러나 왠지 슈나크가 살다 갔다는 걸 표시해놓은 동판 위에다 화분을 늘어뜨려 가려놓고 있었다. 초인종을 눌러 만나본 한국인 부인의 말에 의하면 우리 말고도 꽤 많은 한국인 관광객이 찾아왔던 모양이다.

네카강 강변에 나부끼는 두루마기 자락

기념관으로 지정된 집이 아니라 돈 주고 산 사유재산이 다만 전에 살다 간 이가 알려진 이라고 해서 자주 사생활을 침해당한다는 것은 곤혹스러운 일일 것이다. 안톤 슈나크가 살던 집 현재 안주인이 한국인이라고 해서 덮어놓고 반가워해주리라고 기대한 건 아니었다고 해도 약간은 성가스러워하는 것 같은 부인의 표정을 보고서야 비로소 그걸 알아차릴 수가 있었다. 그러나 말이 통한다는 것은 얼마나 좋은 일인지, 부인은 곧 마음을 풀어 우리를 반겨주었고, 차를 마시고 가라고 집안으로 초대했다. 차는 사양했지만 안에서 부인의 친정어머니를 만날 수가 있었고 그 노인이 우리를 눈물이 그렁하도록 반가워한 것은 말할 것도 없다.

부인이 우리 차에 동승을 하고 안톤 슈나크가 잠든 공동묘지까지 안내를 해주었다. 이곳 공동묘지도 사람 사는 데와 동떨어져 있는 게 아니라 공원처럼 마을과 더불어 있었다. 그러나 부인은 칼시市의 공동묘지가 어디라는 것을 알고 있을 뿐 슈나크의 묘를 따로 알고 있는 건 아니었다. 광대한 묘역 중 하나의 묘지를 효과적으로 찾기 위해 우리는 뿔뿔이 헤어져 일일이 묘비명을 읽으면서 돌아다녔다. 안톤 슈나크는 지하에서 독일어 문화권에서도 받아보지 못한 한국인의 이런 지극정성에 어리둥절할지도 모르겠다 싶어 약간은 쑥스러운 느낌도 들었다. 그러나 묘지 사이를 헤매 다니는 일이 싫거나 청승맞지 않았던 것은 묘지의 아름다움 때문이었다. 독일의 묘지가 워낙 그런 건지 이곳 칼 지방의 특색인지는 알 바가 없었으나 묘를 돌이나 콘크리트 판으로 덮지를 않고 꽃밭으로 덮고 있었다. 무덤에 떼를 입히는 우리의 관습으로는 돌보다는 꽃이 훨씬 친근하게 느껴졌다. 봉분을 만들지 않은 반 평 남짓한 평토에 온갖 꽃이 곱게 피어나는 묘지는 흡사 넓고넓은 화원이었다. 행여 혼백이라도 헤집고 나올세라 무거운 돌로 눌러놓는 것보다 육신과 넋이 연년세세 아름다운 꽃으로 피어날 것 같은 무덤이 얼마나 좋은가. 살고 싶은 집이 있듯이 묻히고 싶은 무덤이 있다면 바로 이런 무덤일 듯했다.

반의 반 평밖에 안 되는 키 작은 무덤만 모여 있는 곳도 있었다. 묘비명을 읽어보니 어린이의 무덤이었다. 그런 무덤은 부모의 정성이 더했음인가, 관리인의 손길이 더 갔음인가, 혹은 순결한 넋이 그렇게 곱게 피어났음인가, 꽃들의 선연함이 눈부셨다. 나는 그런 작은 무덤들 가에 다리 뻗고 앉아 그날따라 푸르게 갠 하늘을 하염없이 바라보고 있는데, 슈나크의 무덤을 찾았다고 외치는 소리가 들렸다. 비교적 큰 비석에서 그가 1973년에 이 세상을 떠났다는 걸 확인하고, 그리고 사진을 찍고 그곳을 떠났다.

안톤 슈나크와 역시 문인이었던 그의 형 프리드리히 슈나크가 태어난 집은 칼에서 멀지 않은 리네크에 있었다. 칼의 목가적인 인상과 달리 답답해 보이는 작은 고장이었다. 그런 인상은 어쩌면 슈나크 형제의 생가라고 해서 찾아간 곳이 시골의 자전거포나 가내공업 공장처럼 뒤숭숭하고 살벌하게 생긴 회색 이층집 뒷마당이었기 때문인지도 모르겠다. 그런 데까지 찾아갈 수 있었다는 것은 황선생의 남다른 열성 때문이기도 했지만 우리의 교과서 덕이 컸다고 생각한다. 문학 기행을 하려면 우선 읽는 게 얼마나 중요하다는 것을 슈나크가 살다 간 자취를 찾아다니면서 더욱 절실하게 느꼈다. 나는 슈나크에 접할 기회가 없어서 거의 흥미를 못 느꼈는데 그의 글을 사랑한 우리 일행은 다들 슈나크의 집이 인상깊었던 듯 나중에도 종종 화제에 올리곤 했다.

리네크에서 하이델베르크로 가는 길도 구비구비 아름다웠다. 버스로 작은 고장까지 찾아다니느라 맛본 유럽 시골의 정취는 몇 번을 말해도 과찬이 안 될 것 같다. 괴테를 비롯해 수많은 예술가들이 사랑하고 찬미를 바친 하이델베르크는 생각보다는 작은 도시였지만 그들의 칭송에 걸맞은 아름다운 도시였다. 유유히 흐른 네카강을 가로지르는 고색창연한 옛날 다리를 건너면 성령 교회와, 시청과, 대학의 큰 도서관과, 예전 장터가 있는 광장이 나온다. 젊음이 넘치는 대학 광장과, 대학과 관계 있는 건물들, 오래된 레스토랑, 선물 가게들이 있는 구시가지는 아무리 걸어도 싫증이 안 날 것 같은 거리이다. 우리 일행 중 몇이서 황선생과 함께 밤 외출을 나갔다. 그 날이 독일에서의 마지막 밤이라는 감상도 없지 않아 있었겠지만, 하이델베르크까지 와서 유서 깊은 맥줏집 분위기를 맛보지 못한다는 것은 말도 안 된다는 황선생의 유혹이 그렇게 감미롭게 들릴 수가 없었다. 피곤해서 빠진 이도 더러 있었지만, 이계경 사장을 비롯해서 화가 이인하씨와, 한의사 이인씨, 그의 약혼자 피상순 박사, 노래를 잘하는 국어 선생님 권점옥씨 등이 동행했는데 이인씨는 한복에 두루마기를 입고 나와 우리를 즐겁게 했다. 전에도 한번 두루마기 차림인 적이 있었지만 네카강의 밤바람에 표표히 나부끼는 흰 무명 두루마기 자락이 그렇게 보기 좋을 수가 없었다. 거의 시적인 감동을 주었다. 나는 유럽의 기후엔 바바리코트가 가장 제격으로 알고 있었는데 그게 아니었다. 요새 우리가 설날에 흔히 입는 색깔이 화려한 비단 한복이 아닌, 부드럽고 수수한 흰 바지 저고리 위에 껴입은 역시 흰색의 무명 두루마기는 바바리코트보다 훨씬 양반스러운 품위가 있으면서도 조금도 비활동적이거나 유난스러워 보이지 않았다. 아득한 17세기 초 루벤스가 한복 입은 남자를 그리고 싶은 충동을 느꼈던 것도 바로 그런 경탄 때문이 아니었을까. 국제회의 같은 데서 여성들의 한복이 아름답기는 하되 그 지나친 화려함과 비활동성 때문에 튀는 것과는 대조적이었다. 옷감 선택에 따라서 남성 한복은 국제적으로도 손색이 없는 예복이 될 수 있을 것 같았다. 황태자의 첫사랑의 무대가 됐다고 전해지는 유서 깊은 맥줏집은 꽉 들어찬 젊은이들의 소리 높은 담소로 활기에 넘치고 있었고, 구닥다리 나무 탁자와 의자 벽면이 온통 그곳을 들른 사람들의 낙서로 성한 데가 없었고, 한글 낙서도 빠져 있을 리가 없었다. 권점옥씨는 그날밤 그의 감정 표현이 섬세한 미성으로 노래를 불러 몇 번이나 앙코르를 받았고, 이인하씨는 즉석 스케치를 선물해 주인 여자를 감동시켰다. 주인은 그 스케치를 그 안에 영구히 붙여놓겠다고 약속하고 우리의 뛰어난 화가에게 기념 티셔츠를 선물했다. 노래와 그림의 국경 없는 교류였다.

마침내 국경을 넘다

하이델베르크에서 일박하고 독일을 떠나는 날 하이델베르크성城을 구경했다. 그 성은 독일의 수많은 폐성 중의 하나로 프랑스의 태양왕 루이 14세의 침공으로 그 모양이 된 거라고 했다. 지금으로부터 삼백여 년 전 그 성주의 딸이 루이 14세의 동생 오를레앙공한테 시집을 간 게 화근이었다. 태양왕과 사돈을 맺었으니 크나큰 영광이라고 생각했을지도 모르지만 훗날 하이델베르크성의 상속인이 죽자 루이 14세는 그 성이 자신의 제수의 친정이라는 이유로 그 성 관할하의 지방의 계승권을 주장하며 쳐들어와 성을 함락시켰다. 그때 프랑스군은 하이델베르크성뿐 아니라 라인강을 북상하며 수많은 마을과 성을 파괴하고 불질렀는데 우리가 절경이라고 감탄한 라인 강변의 고성들이 대부분 그 때 파괴된 폐성들이라고 한다.

우리의 버스는 스위스를 향해 남쪽으로 내려오면서 슈바벤 지방의 마울브론 수도원에 들렀다. 헤세가 수학하다가 너무도 엄격한 규율을 못 견디어 도중에서 그만두었다는 수도원이었다. 지금은 김나지움이 돼 있다고 하나 그때의 마울브론의 신학교는 주州에서 치르는 어려운 시험을 통과해야만 입학이 허락됐기 때문에 뛰어난 수재 아니면 못 다니는 학교로 꼽혔다고 한다. 그러나 자유로운 개성에 눈뜬 헤세는 기숙사 생활의 속박을 참아내지 못하여 미래가 보장된 신학교를 때려치운다. 갈 길이 급한 우리는 그런 분위기를 겉으로 느끼고 그곳을 떠나 실러가 살던 집이 기념관으로 보존돼 있는 마르바흐로 향했다. 마르바흐는 네카 강가의 작은 고장이었다. 그러나 대시인을 배출한 고장다운 기품이 서려 있었고, 실러의 동상과 생가가 자랑스럽게 보존돼 있었다. 괴테하고는 독일 문학의 쌍벽일 뿐 아니라, 인간과 문학과 사상에서 보기 드문 우정을 지속한 걸로도 유명한 실러였지만, 남아 있는 그의 생가는 괴테 기념관과는 댈 것도 아니게 소박하고 조촐했다. 부엌의 부뚜막과 주방용품만 보더라도 실러의 집 것은 5, 60년대의 우리 농촌의 부엌과 별로 다르지 않은 토방이었다. 그러나 그가 산 연대가 18세기 후반이라는 걸 생각할 때 그의 집이 특별히 가난했던 게 아니라 보편적인 생활양식이 그러했을 것이다. 아담한 이층집에는 실러가 쓰던 필기도구는 물론 부인들의 옷과 생활용품들이 알뜰하게 모아져 있었다. 실러의 집이 초라해 보였던 것은, 그 시대에 이미 부엌 속에 현대식 싱크대에 가까운 개수대와 펌프 시설까지 갖춘 괴테의 집과 비교해서 그렇게 보인 것뿐이었다. 전해내려오는 두 사람의 각별한 우정 때문이겠지만 여기까지 와서도 괴테를 떨쳐버리지 못하고 비교를 하게 되는 자신의 마음이 우스꽝스러웠다.

마르바흐에서 다시 남쪽으로 내려오면서 헤세가 태어난 고장인 칼브에 들렀다. 헤세의 생가가 기념관이 돼 있고, 그가 라틴어를 공부하던 곳 등이 남아 있었다. 그러나 그가 마울브론 신학교를 그만두고 한때 심한 정신적 방황을 겪고 나서 병든 어머니를 안심시키기 위해 시계 공장에 취직해 시계 톱니바퀴를 닦으면서 보냈다는 데가 어딘지는 알 수 없었다. 그 시절에 그의 문학 수업이 시작되었다고 하니 그 공장이 중요한 게 아니라 그가 걷고 호흡한 그 고장의 자연과 공기가 중요한지도 모르겠다. 그러나 그는 시인으로 유명해진 후 스위스로 이주하여 그곳 국적을 얻었기 때문에 독일 출신 스위스 작가로 남아 있다. 그가 살던 당시의 독일이 마울브론 신학교 못지않게 그에겐 답답한 게 아니었을까. 우리를 안내해 준 황선생은 헤세를 자기만 알고 자기 하고 싶은 것만 다 하고, 자식 생각도 별로 안 한 사람이라고 그 나름의 의견을 피력했다. 헤세가 살았던 시기의 독일의 극단적 애국주의와 나치스의 폭정 등을 감안할 때, 천성적으로 자유스러움과 자연스러움을 추구할 수밖에 없었던 시인이라면 그렇게 살 수밖에 없지 않았을까.

칼브를 떠나면 이제 국경을 넘을 일만 남아 있었다. 일을 봐둘 필요도 있고 해서 공중변소가 있는 뒷골목에 잠시 머물렀다. 공원이나 그런 데가 아니라, 버젓하게 붙어 있는 WC란 표지판을 보고 찾아든 으슥한 뒷골목이었다. 공중변소 건너쪽은 버스 차고인지 종점인지 버스들이 여러 대 정차해 있었다. 우리 상식으로 시골의 작은 읍의 차부가 있고, 공중변소가 있는 뒷골목을 상상해보라. 얼마나 더럽고 냄새가 나겠는가. 그러나 여기는 전혀 아니었다. 가운데는 조그마하지만 광장처럼 꾸며놓고 철제 사다리같이 생긴 분수대가 설치돼 있는데 그 조형이 정교하고 세련되어 볼만했다. 분수대 밑의 물받이의 넓이는 우물보다 약간 큰 원형인데 돌로 싼 둘레에는 푸릇푸릇 이끼가 돋아 운치스러웠고 분수대를 바라보게 드문드문 놓인 철제 의자에서 책을 읽는 사람들이 한가로워 보였다. 별걸 다 가지고 우리나라와 비교하는 마음이 싫었지만 공중변소 둘레의 그 아늑한 휴식 공간은 참으로 인상 깊고 부러웠다.

스위스 국경을 넘자 황선생과는 취리히역 앞에서 헤어졌다. 이선주양이 또 카드를 돌려 우리는 각각 정성스럽게 작별의 인사를 적었다. 지금 생각해도 독일에서는 정말 좋은 안내인을 만났다 싶은 게, 독일을 생각하면 생각나는 게 너무 많아 독일에서 삼 박 사 일밖에 안 했다는 게 믿어지지를 않는다. 그렇게 알차게 볼 수 있었던 것은 황선생의 치밀한 계획과 열성 때문이었다. 그분은 여러 곳을 보여주려고만 애쓴 게 아니라 미리 작가와 문학에 대한 개략적인 공부까지 했다는 걸 도처에서 느낄 수가 있었다. 또하나 그에게 고마웠던 것은 어느 곳을 방문하든지 먼저 그 고장의 관할 관청, 우리 식으로 하면 동사무소나 읍사무소에 들러서 그 고장을 상세히 소개한 팸플릿을 우리 인원수대로 넉넉하게 얻어다가 나눠주는 거였다. 어떤 소읍에도 그런 책자가 미려하고도 완벽하게 구비돼 있는 것도 신기했다. 그런 책자는 주로 자기 고장의 명승지, 특산품, 교통편 등을 사진을 곁들여 소개하고 있는 가운데, 가장 자랑스럽게 내세우는 건 역시 자기 고장이 배출한 예술가라는 것도 돋보이고 인상 깊었다. 이렇게 기행문을 쓰는 데도 그런 소책자가 도움이 되는 것은 말할 것도 없다. 그러나 황선생이 아니었으면 그런 게 있는 것조차 모를 뻔했다.

사람은 가도 사랑은 영원한가

가장 가보고 싶은 나라, 여생을 보내고 싶은 나라를 마음대로 골라잡으라는 설문 조사를 해보면 스위스가 단연 으뜸이라고 한다. 알프스산, 레만호 등 이름만 들어도 가슴을 설레게 하는 자연이 다 스위스에 있다. 게다가 도처에 평화로운 목장, 맑은 강, 천오백 개나 된다는 호수, 아름다운 꽃 등 면적은 사만천 제곱킬로미터밖에 안 되는 작은 나라에 온갖 좋은 것만 다 모아다가 정원을 꾸며놓은 것 같은 나라다. 무엇보다도 삼만 불이 넘는 높은 국민소득 때문인지 어느 한 군데 구질구질한 데가 없이 정결하고도 편안하고, 사람들도 거만한 듯하면서도 순진하고 친절하다. 이런 혜택받은 자연에서 넉넉하게 근심 없이 사는 사람들이 무엇 때문에 찌들거나 악에 물들겠는가. 그럴 것 같지만 사람에게도 몇 겹의 다중성이 있듯이 나라 또한 얼굴이 있으면 항문도 있고 발바닥도 있게 마련이다. 이 나라가 영세 중립국이라는 것도 늘 전쟁의 공포에서 못 벗어나는 우리로서는 여간 부러운 게 아니다. 그러나 이 나라가 지금과 같은 평화와 부를 누리기 위해 얼마나 치열한 독립전쟁을 치렀던가는 실러의 〈빌헬름 텔〉 같은 희곡에 너무도 잘 나타나 있다. 또 현재와 같은 부를 유지하기 위해 시계 공업이 가장 발달한 나라로 알려졌지만 정밀기계 중에서도 특히 무기의 으뜸가는 수출국이라는 것도 영세 중립국의 이미지하고는 도무지 맞지 않는다. 그 밖에도 화공의학이 발달해서 세계 굴지의 제약 회사들을 여럿 가지고 있다고 한다.

취리히는 리마트강과 취리히호를 낀 스위스 최대의 도시요, 관광의 명소지만 호숫가에는 마약 하는 청소년들과 마약상들이 마약 거래도 하고, 마약을 하기도 하는 지역이 따로 지정돼 있었다. 눈이 개개 풀리고, 옷차림도 전혀 남의 눈을 의식한 것 같지 않은 청소년들이 배회하는 모습이 일반 국민은 물론 관광객에게도 여봐란듯이 노출돼 있는 게, 치부는 은폐하거나 단속하는 것만 능사로 알아온 우리 상식으로는 잘 납득이 안 되었다. 그러나 가리거나 단속하는 것은 번연히 있는 것을 없는 것처럼 보이는 효과는 있을지 몰라도 확산을 막는 데는 별로 도움이 안 될 것 같다. 우리하곤 반대로 그들은 마약 지대를 터놓고 보호해주고 있다는 느낌까지 받았는데 잘은 몰라도, 아무리 바람직하지 않은 현상도 드러내놓음으로써 도리어 확산을 막으려는 게 아닌가 싶었다. 공기 좋고, 산수 좋고, 일자리 넉넉하고, 일하면 의식衣食 걱정 없고, 병들면 치료받을 수 있고, 남보다 더 일하면 남보다 더 잘살 수 있고, 늙으면 보호받을 수 있는 이 근심 없는 나라에서 뭐가 답답해서 마약 같은 걸 하니? 하는 질문은 안 하는 게 좋을 것 같다. 인간 정신에겐 근심 없음이 오히려 병균이 될 수도 있다는 걸, 조금 살 만해진 우리도 알 듯하기에.

스위스의 행정 수도인 베른에서도 그런 걸 느꼈다. 우리 상식으로 수도라고 하면 우선 복잡한 인구 밀집 지역을 연상하게 되는데 온종일 어슬렁거려보고 싶은 조용하고 아담하고 낭만적인 소도시였다. 도시 전체가 하나의 유적처럼 보일 만큼 건물이나 성당들이 유서 깊고 중후해 보였다. 하다못해 아케이드까지 중세의 모습이 그대로 남아 있어 마냥 걷고 싶었다. 나도 꽤 여러 나라 여러 곳을 다녀본 편인데 베른의 슈피탈 거리의 아케이드처럼 로맨틱하고 우아한 아케이드는 본 적이 없다. 그러나 연방 정부 청사는 낙서투성이였고, 아무나 드나들고 쉴 수 있게 돼 있는 청사 뜰은 넓지도 우아하지도 않았고, 지대가 약간 높은 데 자리잡고 있어 전망은 훌륭했지만 내려다보이는 비스듬한 낭떠러지는 함부로 버린 쓰레기로 어질러져 있었다. 뜰에 있는 벤치에서 쉬는 사람도 초라하고 방심한 것처럼 보여서, 우리는 저 사람도 혹시 마약을 하는 게 아닐까 하는 부질없는 상상을 하곤 했지만, 어쩌면 스위스에서 가장 부러운 게 그 청사이기도 했다. 정치란 국민들과 가장 가깝고, 미천한 사람들의 불만의 배설구일 뿐이라는 상징 같아서였다.

스위스에서 짧은 일정을 마치고 이태리 밀라노에 도착했을 때는 밤 열두시 경이었다. 우리의 성실하고 믿음직스러운 기사 윌리도 밀라노가 처음인지 호텔을 못 찾아 헤매느라 더 늦은 것이었다. 그러나 밤의 고도를 헤매는 맛도 나쁘지 않았다. 다음날 구시가지의 중심인 두오모 광장을 중심으로 밀라노의 상징인 두오모 대성당, 스카라 극장 등을 관광하고 알렉산더 만초니 기념관으로 갔다. 1785년에 태어나 팔십팔 세까지 산 이태리의 대문호라고 한다. 현재 기념관이 돼 있는 그가 살던 집의 규모나, 그의 장서, 가구와 집기, 임종을 맞은 침실의 보존 상태와, 방방을 지키는 사람의 엄숙한 표정 등으로 미루어 그가 이태리에서 얼마나 존경과 사랑을 받는 작가라는 걸 알고도 남았다. 그의 동상이 서 있는 거리를 만초니 거리라고 부른다 한다. 아마 독일의 괴테와 비견될 만한 대우를 받는 작가가 아닌가 싶었다. 그러나 아쉽게도 우리나라엔 아직 소개가 안 된 듯했다. 우리 일행은 서로 만초니를 읽었느냐고 물었지만 읽은 사람도 이름을 알고 있는 사람도 없었다. 그의 문학을 모르고 그의 문학 기념관을 본다는 것은 약간은 허전한 일이기도 하였지만, 높은 정신을 기리는 태도는 우리로 하여금 많은 것을 생각하게 하였다. 그날로 베로나를 거쳐 피렌체까지 갔다. 베로나에선 그 유명한 로미오와 줄리엣의 집을 보았다. 줄리엣의 무덤까지 있다. 물론 허묘이지만 아름답고 슬픈 사랑은 영원한 것인지 석관이 있는 방엔 젊은이들이 써놓고 간 사랑의 사연들이 소복이 쌓여 있었다. 안내인의 말에 의하면 지금도 베로나 시청에는 쇄도하는 사랑의 편지만을 담당하는 부서를 따로 두고 있다고 한다. 명작의 주인공을 상품화하는 솜씨가 놀라웠지만 상품화함으로써 영원케 하는 지혜는 결코 우습게 볼 일이 아니다 싶었다. 이천 년 전 로마 시대에 건립한 원형경기장도 삼만 명을 수용할 수 있는 그 거대함과, 기능적 미적 완벽함, 그리고 지금도 거기서 오페라를 공연한다는 유구한 실용성 등은 날림에 길들여진 우리의 감각으로는 오직 놀라울 뿐이었다. 정신을 똑바로 차리고 압도당하지 않으려 해도 정신이 똑바르다면 질리지 않을 수가 없는 게 이태리라는 나라가 아닌가 싶었다.

이제 그만 헤어질 때

베로나에서 르네상스의 중심지이자 단테의 출생지이기도 한 피렌체로 가는 도중 콜로디의 피노키오 공원에 들렀다. 내가 어렸을 때 좋아했고, 내 자식들이 즐겨 읽었고, 지금은 내 손자들한테 사랑받는 나무 인형 피노키오가 겪은 모험의 세계가 그대로 공원이 되어 펼쳐져 있었다. 주위의 경관도 조용하고 아름다운 이곳에서 우리 일행은 오래간만에 동심으로 돌아가 상상의 세계를 거닐기도 하고, 아무데나 방심하고 앉아서 나른한 피로를 달래기도 했다. 피렌체의 중심도 역시 두오모 광장, 세계 제2의 성당이라고 일컬어지는 피렌체 두오모 성당과 마주하여 세례당이 있는데 그 문의 조각이 이루 말할 수 없이 섬세하고 아름답다. 미켈란젤로가 감탄하여 '천국의 문'이라고 불렀다는 바로 그 문이었다. 광장에서 두오모 미술관에 들렀다가 단테의 생가를 거쳐 아르노 강가의 산책길을 지나 성십자가 성당으로 갔다. 이 성당에는 〈성 프란치스코의 생애〉 프레스코화와 미켈란젤로의 묘가 있다. 단테의 묘도 있었지만 그가 진짜로 묻힌 곳은 그가 임종한 땅인 라벤나이고, 이곳의 것은 허묘라고 한다. 이런 곳들을 급히 돌아보느라 수박 겉핥기에 불과했지만 좁은 골목길의 정겨움과 은은한 고풍스러움은 잊혀지지 않는다. 도시 전체가 아르노강과 잘 조화를 이룬 미술관이라는 인상을 받았다. 시청 앞 광장의 아름다운 분수와 조각을 보면서 내 생애에 꼭 한번 다시 와보고 싶은 도시로 피렌체를 마음속 깊이 챙겨두었다.

9월 18일 토요일. 드디어 로마에 입성했다. 여지껏 약간 서늘하면 서늘했지, 더운 건 모르고 다녔는데 로마는 후덥지근했다. 유도화 가로수가 인상적이었다. 엄청난 관광 수입 때문인지 사람들이 명랑하고 낙천적으로 보이는 것까지는 좋은데, 불량아처럼 보이는 젊은이가 많은 것도 눈여겨볼 만했다. 특히 로마 역 근처가 그러했다. 로마 역 하면 영화 〈종착역〉을 떠올리며 멜랑콜리해지고 싶은 마음도 있었는데, 현실은 괜히 긴장하여 걸음을 빨리할 수밖에 없었다. 여행도 종반으로 접어들었고, '로마는 하루아침에 이루어진 게 아니다' '모든 길은 로마로 통한다' '이천 년 전에 이룩된 게 남아 있을 뿐 아니라 아직도 사용되고 있는 도시' 등 숱한 격언을 통해 동경을 키워온 도시여서 기대도 그만큼 컸지만 우리가 요일 운은 잘못 잡은 것 같았다. 뒤로 돌아서서 동전을 던지면 다시 로마로 올 수 있다는 트레비 분수가는 인산인해였다. 그러나 거기를 휙 돌아보고 어디로 급히 갈 사람들이 아니라, 거기 마냥 눌어붙어 분수에 부서지는 햇빛과 온갖 인종들이 희희낙락 즐기는 모습을 느긋하게 구경하려는 관광객들이어서 조금도 복잡해 보이지 않고 한가롭고 평화로워 보였다. 우리도 거기서 오래 하염없이 앉아 있었다. 오드리 헵번이 아이스크림을 핥으며 내려올 것 같은 스페인 계단도 올라가보았지만 스페인 광장 바로 옆에 있는 키츠, 셸리의 기념관은 토요일은 휴관이어서 밖에서 바라다만 보았다. 다음날은 일요일이라 또 바티칸 미술관을 놓치고 말았다. 나는 한 번 와본 일이 있는데도 그게 어찌나 섭섭한지 로마를 떠날 때까지 그 미진한 마음을 풀 길이 없었다. 그러나 성 베드로 대성당은 연중무휴라 그 장엄미에 옷깃을 여밀 수가 있었고, 미켈란젤로의 대리석 조각 〈피에타〉 앞에서 머리 숙여 성호를 그으며 청정한 슬픔에 잠길 수도 있었다. 콜로세움, 카타콤, 카타갈라, 욕장 등을 관광하고 나서 그날밤엔 오래간만에 한식집에서 저녁을 먹으면서 나는 뜻밖에도 예순두 송이의 붉은 장미를 선물로 받았다. 마침 내 62회 생일날이었다. 육십 평생에 이국땅에서 생일을 맞아보기도 처음이지만 가족 아닌 사람들의 순수한 우정으로 챙겨주는 생일을 맞아보기도 처음이었다. 아름다운 밤이었다. 더 아름다운 밤은 그 전날 로마에 도착한 날 밤, 호텔 카페에서였다. 피아니스트가 우리나라 가곡을 연주하는 데 이끌려 카페에 들어간 우리 일행 중 권점옥씨가 피아니스트가 갖고 있는 악보 중에서 우리 노래를 골라 노래를 부르자 그 미성을 듣고 모여든 외국인들이 쌍쌍이 춤을 추기 시작했다. 이인하씨, 안병선씨, 여행사 홍과장의 춤추는 모습도 일품이었지만 머리가 허연 외국인 노부부의 경쾌하고도 곰삭은 부부애가 유감없이 드러나는 춤 솜씨는 정말 보기 좋았다. 아직도 눈에 선하다. 권점옥씨의 노래는 국적 불문, 모든 사람들의 갈채를 받았고, 어떤 방송국 소속이냐, 라디오에 전속돼 있느냐? 텔레비전 출연을 주로 하느냐? 등 알고 싶어한 걸로 미루어 다들 프로로 아는 모양이었다. 역시 로마는 로마였다. 구경은 약간 부족했지만 그 대신 풍성한 추억을 안겨주었으니 말이다.

귀로에는 암스테르담에 들렀다. 암스테르담은 국토의 사분의 일이 해수면보다 낮다는 네덜란드의 수도이다. 네덜란드라면 자동적으로 떠오르는 것이 풍차와 튤립꽃 그리고 운하일 것이다. 그러나 계절이 꽃철이 아닌지 튤립은 아무데도 보이지 않았고 풍차가 있는 것 같지도 않았다.

그러나 도처에 운하였고 우리가 제일 먼저 한 것도 운하 관광이었다. 배를 타고 운하로 시내를 한바퀴 돌면서 운하가에 있는 중요한 역사적 건물에 대해 설명을 듣는 관광 코스인데 우리말로 설명을 들을 수 있는 게 신기하다.

우리나라에 표류해 최초로 귀화한 외국인 박연(본명: J.J.Weltevree)이 네덜란드인이었던 생각까지 겹쳐 묘한 친근감을 느꼈다. 아무리 좋은 집도 전면이 좁고 안쪽으로 깊은 게 특징인데 예전에 집의 전면 길이로 세금을 먹이던 때의 가옥 구조가 그대로 이어지고 있다고 한다. 그런 전형적인 네덜란드 가옥에 실제로 들어가 볼 수 있었던 것은 안네 프랑크의 집이었다. 유명한 『안네의 일기』를 남긴 안네의 집 역시 전면이 좁고 안으로 깊어서 우리 식으로 하면 안채와 바깥채가 이어진 집처럼 보였고 면적을 줄이려고 계단이 가팔랐다. 회전식 책장으로 감쪽같이 은신처를 마련해놓은 거 하며, 프랑크 부처의 방엔 아이들 키가 자라는 걸 표시해놓은 연필 자국이 남아 있는 거 하며 나치의 유태인 박해의 손길이 시시각각 닥쳐오는 절박한 공포 속에서도 서로 깊이 사랑한 흔적이 가슴을 쳤다. 그 완벽한 보존 상태가 네덜란드인의 살아 있는 정신을 느끼게 한 것도 이번 여행의 크나큰 소득이었다고 생각한다.

관광용으로 겨우 남아 있는 풍차를 구경 가서 렘브란트의 동상이 있는 공원의 푸른 잔디 위에서 우리는 마치 어린애처럼 뒹굴고, 춤추고, 뜻 모를 환성을 지르곤 했는데 그 주체할 수 없는 기쁨 속에는 잘 보존된 자연에 대한 찬탄과 함께 여행을 무사히 끝마쳤다는 안도감, 그리고 이제 그만 헤어질 때라는 석별의 아쉬움도 포함돼 있었을 것이다.

부드러운 여행

올해는 나에게 역마살이 낀 해인 듯싶다. 5월부터 7월 사이에 연달아 해외 나들이를 세 차례 할 기회가 있었다. 세번째가 중국이었는데 동독을 다녀온 지 겨우 서른여섯 시간 만에 또다시 비행기를 타야 했다. 내 나이로는 강행군이었다. 그럴 만한 절박한 목적이 있어서도, 새로운 고장에 대한 호기심이 새록새록 용솟음쳐서도 아니었다.

동행은 역사문제연구소 소장 이이화씨와 소설가이자 독립운동사에 전문가보다 더 해박하고 열정적인 송우혜씨였다. 그이들은 올해 초부터 집필에 필요한 취재와 답사를 위해 그쪽으로 떠날 준비를 하면서 나한테 같이 가지 않겠느냐고 물었다. 그때 나는 두 사람이 다 여행을 같이 하기엔 편한 상대다 싶었고, 식민지 시절 만주라 불리던 중국 동북 지방의 지리와 역사에 대한 그이들의 박식함을 믿는지라 따라다니면 배울 것도 많겠지 싶어 그러자고 쉽게 응낙을 했다. 그러나 너무 쉬운 대답은 믿을 게 못 된다. 꼭 가야 한다는 생각보다는 '가도 그만 안 가도 그만이겠지' 속으로는 경우에 따라 발을 뺄 궁리도 하고 있었다. 그러나 그때까지는 예정에 없던 소련 여행을 하는 사이에 그 막연한 약속은 여행사한테 모든 수속을 맡기는 데까지 구체화돼 있었고 내가 다시 동독을 가게 되자 그이들은 예정한 날짜를 연기해가며 기다리고 있었으니 나도 의리가 있지 발을 뺄 엄두가 나지 않았다.

그렇게 되어 미처 짐을 풀 새도 없이 도로 가지고 홍콩 가는 비행기를 타고 나니, 처음 가보는 외국 풍물에 대한 기대나 설렘보다는 다리 뻗고 자고 싶은 생각만 간절했다. 이 나이에 할 짓이 아니다 싶었다. 자신의 딱 부러지지 못한 성질에 짜증도 났고, 동행한 두 사람의 기대와 활기에 넘친 모습에 비추어 나의 목적 없음이 한심스럽기도 했다.

순전히 얹혀 가는 꼴이었다. '그래 기왕 얹혀 갈 바에는 동행에게 부담이나 안 되게 먼지처럼 얹혀 가자, 먼지처럼 가볍고 부드럽게, 먼지처럼 자유롭게.' 그렇게 생각하니 전혀 새로운 여행이 될지도 모른다는 생각이 들었다.

외국에 나가면 다들 애국자가 된다고 한다. 나도 예외는 아니었다. 한시도 한국인임을 잊을 수 없었음은 일종의 강박관념이었다. 경제, 문화의 선진국을 처음으로 보았을 때의 열등감이나, 하나라도 더 보고 배워야지 싶은 사명감, 흉잡힐까봐 전전긍긍하는 자존심들이 다 애국심에서 우러나온 콤플렉스였다. 여행이 자유로워지고 가까운 동남아로 여행을 많이 하게 되면서 일부 관광객이 돈 씀씀이나 행동을 헤프게 하는 것도 실은 우리보다 못한 나라에서 안심하고 우리의 경제발전을 뽐내보고 싶은 천진한 자부심의 발로가 아니었을까? 또 최근까지도 금기의 땅이었던 사회주의 국가가 개방되자 앞을 다투어 구경하러 간 우리는 또 보고 듣는 것마다 사사건건 사회주의의 실패와, 역시 자본주의가 우위였다는 걸 확인하기 위한 증거로 삼으려고 잔뜩 신경을 곤두세워야 했다. 그건 국내에 있을 때에 자본주의를 회의했거나 말거나와는 상관도 없는 문제였다.

내가 홍콩 가는 비행기 안에서 유난히 피곤하고 도무지 신명이 안 난 것도 여행을 연달아 했기 때문이라기보다는 앞서 가본 두 나라가 다 최근에 개방된 사회주의 국가였기 때문인지도 몰랐다. 체제에 대한 호기심은 얼마만큼 채워졌겠다, 비슷한 긴장을 하기가 싫었던 거였다. 남의 정치체제나 문화,

국민소득을 우리와 비교하지 않고 그 나름대로 사는 양상으로 그냥 바라볼 수는 없는 것일까? 될 수 있으면 자신이 한국인이라는 것까지도 잊어버리고 다만 여행자가 될 수 있다면, 그리하여 외국이나 외국인 앞에서 마음을 도사려 먹지 않고 그저 부드러운 시선으로 남의 좋은 것이나 나쁜 것을 있는 그대로 바라보고 즐길 수 있다면 그거야말로 새로운 경험이 될 터였다.

새벽부터 서둘러 아침 아홉시 비행기를 탔는데 북경에 도착한 것은 저녁 여섯시 무렵이었다. 갈아타면서 지체한 시간과 북경에서 실시하고 있는 서머타임 때문에 그렇게 된 거였다. 그러나 서울과의 한 시간의 시차마저 서머타임으로 상쇄가 돼, 시계를 맞출 필요조차 없다는 게 묘한 안도감을 주었다. 이이화씨와 친분이 있는 북경의 민족출판사 부주임 댁에서 맛있는 저녁을 얻어먹고 여장은 국제반점에 풀었다. 아침에 일어나보니 북경역이 바라보였고, 큰길을 가득 메운 자전거의 흐름이 말할 수 없이 유연했다. 고요하고 느긋하면서도 생기가 넘쳐 보였다. 끝없이 흐르는 반짝이는 은빛 바퀴와, 아침 바람에 나부끼는 머릿결과 색색 가지 고운 치맛자락을 바라보면서 만약 저 많은 사람들이 자전거 대신에 자동차를 한 대씩 몰고 출근을 하게 된다면 하고 상상하니 끔찍한 일로 여겨졌다.

구경을 나선 북경 거리는 호텔 창으로 내다본 것처럼 상쾌하지 않았다. 헉헉 숨이 막히게 더웠다. 우리의 복중 더위하고도 느낌이 달랐다. '아아, 이거야말로 진짜 대륙성 기후라는 거로구나.' 나는 마치 우리의 대륙성 기후는 가짜였다는 걸 발견한 것처럼 더위를 참을 수 없을 때마다 고개를 주억거리곤 했다. 북경에서 삼일을 머무는 동안에 자금성, 천안문 광장, 이화원, 십상능, 만리장성 같은 관광객들이 주로 찾는 데를 두루 돌아다녔다. 내 상상력의 옹졸함 때문일까? 궁이나 능의 크기가 너무도 비인간적이라는 게 가장 강한 인상이었다.

못다 본 것은 돌아오는 길에 다시 찬찬히 보기로 하고 사흘 만에 연변으로 떠났다. 심양에서 갈아탄 연길 가는 비행기는 정원이 삼십 명에도 못 미치는 프로펠러 비행기인데다 이륙하기 전에 소나기를 만나 약간은 불안했다. 무사히 내려보니 비행장은 시골의 버스정류장 주변과 흡사했다. 촌에서 길을 잃은 것처럼 처량한 기분으로 길가로 나와 우두커니 서 있으니까 한참 있다가 작은 트럭이 우리가 부친 짐을 싣고 나와서 나누어주었다. 비행장이라는 것에 대해 품고 있던 고정관념에 비추어 파격적이고도 정다운 방법이었다.

연길시 또한 연변 조선인 자치주의 주도라는 선입관을 가지고 상상한 것에 견주어 아주 작고 한적한 곳이었다. 천만이 북적거리는 거대도시에서 닳고 닳은 우리의 눈엔 읍쯤의 규모로밖에 안 보여 조금은 실망스럽기도 했다. 저녁에는 또 이이화 소장의 폭넓은 친분 덕으로 연변 대학 도서관장 댁에서 융숭한 대접을 받았다. 여행을 와서 호텔이나 식당 밥만 먹지 않고 그 고장 사람의 가정에 초대받아 가정 음식을 먹어볼 수 있는 것은 큰 복이었다. 도서관장 댁은 연변 대학에서 걸어갈 수 있는 거리에 있는 아파트였는데 동네는 우중충하고 가꾸지 않아 좀 구질구질한 인상을 주었지만 내부는 딴 세상처럼 깔끔하게 정돈이 돼 있었다. 곱고 품위 있게 늙은 부인과 서로 동무라고 부르는 것도 우리를 인식하고 일부러 그런 것인지는 몰랐지만 듣기가 좋았다.

잘 먹고 연변 대학 초대소에서 하루 자고 나서 백산 호텔로 옮겼다. 좁은 고장에 여름이면 관광객이 많이 몰려 묵을 만한 숙박 시설에서 방 구하기가 힘들었다. 『몽당치마』라는 소설로 중국의 유수한 문학상을 받은 바 있는 연변의 일급 작가 임원춘씨, 송우혜하고 서신으로 친해진, 연변 텔레비전 방송국 프로듀서이자 소설도 쓰는 이화숙씨 들과도 신속하게 연락이 닿았다. 나의 동행과 그이들이 서로 이마를 맞대고 앞으로 둘러볼 곳을 의논하는 것을 보면서 나는 소외감을 느꼈다. 그들이 마치 살던 동네 말하듯이 정답게 말하는 청산리, 봉오동, 용정, 어랑촌, 훈춘, 도문 등지에 대해 나는 아는 바가 별로 없었기 때문이다. 서로 일정을 의논해서 계획을 세우는 일을 연변식으로는 '회의하여 조직한다'라고 말했다. 북한식의 어법이라고 여겼지만 우리는 곧 따라 했다.

우리에게도 처음에는 한국사람이라고 하다가 어느 틈에 남조선 사람이라고 했다. 연변에 사는 매우 긍지 높은 조선족과의 동질감과 신뢰감을 위해서도, 조선족이 중국인을 가리킬 때 한족이라고 부르는 것과 명확하게 구별짓기 위해서도 그게 편했다. 그러나 무엇보다도 그쪽 조선족들의 꾸미지 않고도 저절로 큰 마음씨와, 남북 두 개로 갈라진 조국을 편견 없이 직시하고, 그른 건 그르다 옳은 건 옳다, 거침없이 말하면서 양쪽을 함께 얼싸안으려는 열띤 태도는 흉내내봄직한 것이었다.

우리의 친애하는 연변 동포들은 각자의 형편에 따라 우리를 안내해줄 수 있는 날을 정했다. 그쪽에서도 역시 작가가 가장 자유로운지 임원춘씨는 줄창 우리와 동행해주기로 했다. 첫날은 이화숙씨와 그이 친구들이 주선해준 차로 훈춘, 도문 쪽으로 떠났다. 차가 오른쪽으로 두만강을 끼고 달리게 되면서부터 이이화, 송우혜 두 사람은 번갈아가며 자주 차를 세우고 내려서 열심히 뭔가를 확인도 하고 사진도 찍고 했다. 워낙 독립운동사에 연구와 애정이 깊을 뿐 아니라, 아직 덜 밝혀진 진실 또한 적지 않다고 믿는 그들인지라 옛 간도 땅을 지나면서 도처에서 우리의 지사, 열사의 발자취가 훤히 보이는 듯했다. '뭐든지 외곬으로 파면 저런 경지에 이를 수 있는 것일까?' 나 보기엔 아무것도 아닌 동네 이름이나 골짜기에서도 뭔가를 찾아내고 살려내려고 눈을 빛내는 그이들을 보면서 나는 속으로 그렇게 감탄을 했다.

두만강은 생각했던 것보다 강폭이 좁고 물에 오염이 심해 보였다. 옛 북간도인 연변 지방의 지세도 우리나라의 여느 농촌처럼 산이 많고 농지는 협소했다. 그 고장에 대한 나의 사전 지식은 안수길의 『북간도』와 김동인의 「붉은 산」을 내 멋대로 합성한 것이었으므로 조금은 실망스러웠다. 우리 선조들이 월강죄를 무릅쓰고 두만강을 건넌 건, 기름지고 광활한 땅덩이 때문이라는 생각은 수정돼야 할 것 같았다. 내 고장과 다름없이 정답게 생긴 산천에 이끌려 동구 밖 시냇물 건너듯이 무심한 마음으로 월강을 했으리라는 무식한 생각을 했다.

그러나 이제 그 강 건너 땅은 우리의 의식 속에서 너무도 먼 함경도 땅이었다. 군사 분계선 너머로 북쪽 땅을 바라본 적은 몇 번 있었다. 쌍방의 완벽한 방위 태세 때문인지, 바로 그 너머가 고향이건만 향수감 같은 건 느낄 겨를이 없었다. 과연 서로 철통같이 지키고 있다는 안도감은, 내 생전에 서로 왕래하는 걸 볼 수는 없으리라는 절망감으로 이어지곤 했었다. 그러나 거기서 바라본 함경도 땅은 전혀 무방비 상태로 보였고, 연변 쪽 또한 마찬가지였다. 아무리 서로 친한 사회주의 국가끼리라지만 아무도 지키는 사람이 안 보이는 좁다란 강 하나가 국경선이라는 게 삼엄한 군사분계선만 봐온 우리 눈엔 여간 이상하지 않았다. 피보다 이념이 더 진하단 말일까? 이렇게 무겁고 착잡해지려는 마음을 '피곤하게 굴 거 없이 부드럽게, 먼지처럼 부드럽게'라고 되뇌며 스스로 다둑거렸다.

고향이 함경도고 할아버지가 홍범도 휘하의 독립군이었다는 송우혜의 감격은 남다른 바가 있었다. 그이는 자주 차에서 내려 강 건너 땅을 바라보면서 탄성을 지르기도 하고 열심히 사진을 찍기도 했다.

훈춘에서는 그곳에 사는 아주 호탕한 젊은 여자의 안내로

훌륭한 식당에서 호사스러운 점심을 먹었다. 상 위에 빈틈 없이 진열한 음식을 미처 다 맛도 보기 전에 다음 접시를 들여와 접시 사이에다 겹쳐놓는 그곳의 손님 환대법에 처음엔 다소 질리는 기분이었지만, 정이 넘치는 태도 때문에 곧 마음이 누그러지고 흔쾌해졌다.

그러나 음주법은 감당하기가 벅찼다. 초대를 해준 주인이 손님들을 향해 "건배"라고 외치면서 일일이 잔을 부딪치고 나면 손님은 그 잔을 상 위에 내려놓지 못하고 곧장 들이마셔야 한다. 주인도 잔을 든 채 혹시 누가 반칙을 하나 지켜보고 나서 손님들이 다 잔을 비운 걸 확인하고서야 자기 잔을 비운다. 이렇게 '짠' 하고 나서 단숨에 들이마셔야 하는 게 맥주 정도라면 별 문제가 없겠지만 육십오 도짜리 북방의 독주라면 당해낼 도리가 없다. 잔은 받되 '짠' 하고 부딪치지만 않으면 그 벌을 면할 수가 있다. 그러나 그곳 동포들이 자아내는 활기와 정이 철철 넘치는 분위기에서는 저절로 '짠' 하는 데 휩쓸리고 만다. 소주 몇 잔은 사양하지 않고 받아 마실 수 있는 정도의 실력만 믿고 홀짝 들이마신 술은 그러나 목구멍으로 잘 넘어가지 않고 입안을 뜨겁게, 맵게 태웠다. 입안에 분포된 무수한 신경들이 일제히 불붙는 것 같았다. 처음으로 느껴보는 느낌이었다. 이런 것이 취기라는 걸까, 쾌감이라는 걸까, 정상적인 일상의 궤도에서 이탈하고 싶은 은밀한 욕망이 몸속에서 아우성치는 것 같았다. 그러나 어줍잖은 체면 때문에 거기서 더는 나가지 못했다. 정상에서 일탈하기보다는 '짠'에서 일탈하기를 택하고 말았다.

훈춘을 떠나 도문으로 돌아올 때였다. 인가도 인적도 드문 쓸쓸한 두만강에서 함경도 땅과 중국땅을 잇는 튼튼한 다리가 바라보였다. '저 다리만 건너면 함경도에 다다른다.' 물론 믿기지가 않았다. 양쪽에 다 감시하는 사람도 보이지 않았다. 우리는 그 다리를 환성을 지르며 건넜다. 그 다리는 도중에서 끊겨 있었다. 육이오 전쟁 때 폭격으로 끊긴 걸 그대로 놔두고 있다고 했다. 우리의 의식 속에서 너무도 먼 땅이기에 단절된 부분이 그렇게 좁아 보이는 건지, 넓이뛰기 선수라면 훌쩍 뛰어넘을 수도 있을 것 같았다.

다리가 끊긴 끄트머리에서 떠날 줄 모르던 송우혜의 눈에 이슬이 맺혔다. 함경도가 고향이라니 감회가 남다르리라는 건 이해가 되었다. 울음은 점점 고조되어 통곡으로 변했다. 다부지고 정열적인 여자답게 통곡 또한 태산 같았다. 울 만큼 울면 그치겠거니 하고 기다렸으나 그 통곡은 크고도 줄기찼다. 이 사람, 저 사람이 말리고 위로하였으나 전신으로 우는 그의 울음은 이미 자기 의지력의 한계 밖에 있는 것처럼 보였다. 나는 차차 견딜 수가 없어졌다. 그래서 나이 많은 자격으로 뚝 그치라고 호통을 치기도 하고, 혹시 술주정을 그렇게 고약하게 하는 게 아니냐고 모욕적인 소리도 했다. 그래도 그 처절한 통곡은 그치지 않았다. 나중엔 짜증이 났다. 함경도가 고향이라고는 하나 부모의 고향일 뿐 낳아서 자란 곳도 아닌데 저렇게 울음이 복받칠 수 있는 것일까? 나는 내가 자라 뛰놀던 개풍군 땅을 휴전선 너머로 빤히 바라보기를 여러 번 해봤지만 때에 따라 코끝이 찡하거나, 뭐 이런 세상이 다 있나 하고 울화가 치미는 게 고작이었고, 그보다는 목석같을 적이 더 많았다.

우리는 마치 격렬한 싸움을 뜯어말리듯이 어렵고 힘겹게 그를 진정시켜 차에 태웠다. 호텔로 돌아가 쉬게 하고 싶었지만 그는 봉오동에 들렀다 가야 한다고 우겼다. 봉오동은 홍범도 장군이 지휘한 독립군이 일본의 정규군과 격렬한 전투를 벌여 대승을 거둔 전적지라고 했다. 그 전투에 참전한 독립군이었던 할아버지를 기리고 자랑스러워하는 마음이 돈독하고, 그 시대의 역사에서 왜곡된 걸 참지 못하여 정확한 고증으로 몇 번 기존 학설을 뒤엎은 일이 있을 뿐 아니라, 현재도 홍범도 장군의 일대기를 연재하고 있는 이가 송우혜니만큼 거기를 가보고 싶어하는 건 당연했다. 그가 국내에서보다 조상이 피 흘린 땅에서 훨씬 더 빛나 보이는 것도 우리처럼 평범한 조상을 둔 후손이 감히 넘볼 수 없는 조상의 후광이었다.

봉오동 골짜기는 저수지로 변해 있었다. 예전에는 마을이 있었다고 하나 수몰되어 보이지 않았고, 충충한 물을 험한 산이 두 팔로 벌려 얼싸안듯이 가두고 있었다. 우리는 봉오동에서 송우혜가 한껏 우쭐대며 기분을 회복할 수 있길 바랐다. 그러나 그이는 털썩 주저앉더니 이번에는 땅을 치며 통곡하기 시작했다. 신발이 벗겨져나가고 옷은 흙투성이가 됐다. 자신을 완전히 방기한 그는 넋두리까지 했다. "아이고, 우리 할아버지가 이 골짜기를 헤매셨구나." 우리는 아무도 그 울음을 말릴 엄두를 못 냈다. 충충한 저수지에 투영된 어두운 산 그림자가 우울하게 일렁였다. '이게 무슨 팔자람.' 나는 밑도 끝도 없이 팔자 한탄을 하면서 끊어진 다리 끝에서보다 더 참을 수 없는 기분이 되고 말았다. 나는 막다른 골목에 몰린 것처럼 정말이지 달리 아무것도 할 수가 없어서 결국은 따라 울고 말았다. 그렇다고 그가 왜 그렇게 몹시 줄기차게 우는지 이해한 건 아니었다. 울음처럼 각자의 독특한 정서에 뿌리내린 건 없다는 최소한의 아량이 있었을 뿐.

그다음날 나는 호텔에 혼자 남았다. 육십오 도짜리 독주의 후유증인지 꼼짝도 하기 싫은 무력감에 빠졌다. 그날 일정에 윤동주 묘, 청산리 같은 송우혜가 또 울 만한 곳이 든 것도 나를 지레 겁먹게 했다. 다음다음날의 백두산 등정을 앞두고 체력을 아껴야 될 필요성도 있고 해서 오전 내내 침대에 누워 있다가 오후엔 시내 구경을 하러 나갔다.

북조선 물건을 주로 파는 시장을 구경하고, 남한의 옷만 파는 데는 그 입구까지만 가보고 들어가진 않았다. 남한 옷은 부르는 게 값이라고 했다. 그 안에서 옷걸이까지 남한제가 돼서 걸어다닐 용기가 나지 않았다. 우리 여행객이 알게 모르게 그이들의 소비생활에 미치는 영향을 생각하면 떼로 몰려와 다니기가 여간 눈치보이지 않았다. 먹는 것을 파는 시장은 따로 있는데, 고기, 채소, 과일들이 지천이었고 활기에 넘쳐 있었다. 나는 떡집에서 증편을 두 개 사서 먹으면서 다니다가 공원 잔디밭에 누워서 나무 그늘에서 연인들이 쌍쌍이 정답게 속삭이는 것도 보고, 노인들이 한가롭게 작대기 같은 걸로 공 굴리기를 즐기는 것도 구경했다. 새벽이면 강변에서 운동을 즐기는 노인을 비롯해서 이곳 노인들은 노후 걱정이 없어서 그런지 대체적으로 무욕하고 품위 있게 보였다.

백두산을 오르기로 한 날 아침부터 날씨가 좋았다. 올라가는 데 하루, 내려오는 데 하루 해서 이틀을 잡았기 때문에 천천히 백두산을 즐기면서 오를 수가 있었다. 야생꽃이 만발한 숲에서는 차에서 내려 꽃을 꺾기도 하고, 깊이 들어가 취를 뜯기도 했다. 맑은 시냇물도 그냥 지나치지 못하고 사가지고 간 수박을 담가놓고 다리 뻗고 앉아 뜬구름을 바라보는 맛도 한유롭기가 일품이었다. 소문으로만 듣던 영산답지 않게 그 치마폭 아랫자락은 오밀조밀하고도 다정해서 우리는 어린애처럼 마음놓고 희희낙락했다.

이도백화역을 지나자 마침 장날이어서 그 고장 온갖 산물과 딴 지방에서 온 일용 잡화를 구경할 수가 있었다. 무용복에나 다는 반짝이는 스팽글이 점점이 박힌 한복을 입은 아가씨들이 심심찮게 눈에 띄었다. 조선족이라는 걸 그만큼 자랑스러워하는 것 같아 말을 걸어보면, 우리말 또한 유창하니 이 아니 금상첨화인가. 안아주고 싶게 예쁜 아가씨들이었다.

망망한 원시림대를 지나고 나니 백두산은 비로소 그 진면목을 드러내기 시작했다. 침엽수와 활엽수의 혼성림은, 침엽림으로 바뀌고, 다시 사스래나무숲으로, 그리고 이끼처럼 땅에 붙은 자다란 풀꽃과 진짜 이끼 순으로 바뀌는 게 마치 인공적인 조림처럼 그 경계가 분명했다.

온대로부터 한대까지를 한몸에 거느린 백두가 마침내 머

리에 인 마지막 비경을 드러냈다. 우리는 천지에 가까이 가기 전에 우선 머리를 땅에 조아려 경배부터 했다. 천지는 듣던 것보다 더 장엄하고 신령스러웠다. 우리는 마침내 거기에 이르렀다는 데에 복받치는 기쁨을 느꼈다. 우리 땅을 통해 오르지 못한 게 속상하지도 않았고, 아득한 태곳적 화산 폭발로 생긴 호수 위에도 인간이 그어놓은 국경선이 있다는 게 그다지 대수롭게 생각되지도 않았다. 인간사가 다만 미소하게 여겨지는 게 우리를 자유스럽게 했다. 열정적인 송우혜는 여기서 죽어도 여한이 없을 것 같다고 말했다. 우리는 소리 높여 희희덕댔지만 강한 바람이 그 소리를 날렸다.

연길에 머무는 동안에 발이 넓은 동행들 때문에 동포들의 가정집에 초대받아 가서 식사를 할 기회가 많았던 것은 정말이지 큰 복이었다. 다들 꾸밈이 없이 소박하고 너그러웠고, 손님 대접에 극진했지만 우리처럼 사교적인 계산이 들어 있지 않아 편안했다. 어떻게 그이들에겐, 우리가 예전에 상실한 인간성의 원형이랄까, 마음의 고향의 맛 같은 것이 하나도 닳지 않고 그냥 남아 있는 걸까? 악착같이 경쟁하지 않아도 먹고사는 데에 지장이 없고, 여투어놓지 않아도 노후 걱정이 없는 체제 때문인지도 모르겠다는 생각이 들었다. 차려입은 겉모양은 우리가 그이들보다 좀 나아 보일지 몰라도 마음은 훨씬 더 초라하고 밉다는 게 나의 솔직한 심정이었다. 비밀스러운 열등감이었다. 우리의 빈번한 왕래가 그 땅에 앞으로 유발시킬 소비의 욕구를 생각하면 우리가 바로 인간 공해란 미안감도 들었다.

연길을 떠나는 날은 오전 중에 김학철 선생님 댁을 방문했다. 원로 작가다운 좋은 대우를 받고 계신 듯했다. 그동안에 가본 어떤 집보다도 넓고 쾌적한 주택에서 아직도 정정한 건강과 정신력으로 작품활동을 하고 계신 게 뵙기에 든든했다.

해방 후 『문학』이란 잡지가 나온 적이 있었다. 문학가 동맹이라는 좌익 문학 단체의 기관지 비슷한 성격의 문예지였다고 기억하는데, 그때에 문학 소녀였던 나는 그 잡지를 구독했었다. 그때 읽은 단편에서 유일하게 줄거리가 생생하게 기억나는 「담배국」이라는 작품이 있는데 작자는 누군지 모르고 있었다. 선생님 작품이 아닐까 하는 생각이 들었다. 여쭤보았더니 그렇다고 하셨다.

독립군의 소년병이 실수를 연발하다가 취사 당번으로 돌려졌는데, 이번엔 한번 잘해보려고 벼른다. 변변한 반찬거리가 없어서 고민하다가 밭에서 이파리가 청청한 푸성귀를 보고 옳다구나 하고 뜯어다가 국을 끓인다. 그러나 그 푸성귀는 담배 이파리여서 한 숟가락 떠먹어본 병사들은 저마다 오만상을 찡그리고 뱉어낸다. 그게 내가 기억하고 있는 「담배국」의 대강의 줄거리이다. 나는 왜 그 작품의 줄거리와 분위기를 아직도 기억하고 있고, 사십몇 년 뒤에 만난 한 작가와 그 작품을 연결시킬 수가 있었을까? 작가가 책임져야 할 두 얼굴이 신기하기도 하고 한편 두렵기도 했다. 무엇보다도 그 연세에 현역이라는 게 존경스럽고 돋보였다.

떠나는 날의 점심식사는 작가 임원춘씨 댁에서 대접받았다. 임원춘씨는 가이드도 없이 온 우리를 위해 우리가 여행을 끝마칠 때까지 동행을 해주기로 한 고마운 분이었다. 그는 반들반들하고 오밀조밀하게 꾸민 댁에서 상냥하고 친절한 부인과 장성한 자녀들과 살고 있었다. 부인의 음식 솜씨는 뛰어났다. 특히 된장맛이 일품이었다. 부인은 기차간에서 먹으라고 밥과 된장과 상추와 풋고추와 오이를 비닐봉지에다 잔뜩 싸가지고 역까지 배웅을 나와주었다.

임원춘씨 부인뿐 아니라 역에는 우리를 그동안 극진히 대해준 모든 분들이 부부 동반으로 나와 있었다. 차 속에서 먹으라고 과일을 사가지고 온 분이 있는가 하면 산나물 말린 거나 녹차를 선물로 주는 분도 있었다. 그이들은 다들 입장권을 사가지고 우리의 무거운 짐을 기차 속까지 날라다주었고, 차창 밖에서 기차가 떠날 때까지 손을 흔들고 서 있었다.

저런 배웅, 저런 인심은 실로 얼마 만인가? 어릴 적 방학 때 고향집에 내려갔다가 올라올 적의 개성역 생각이 났다. 그때도 다들 그렇게 전송을 했다. 개성서 서울은 지금의 거리감으로는 엎어지면 코 닿을 데련만 만 리 밖을 떠나보내는 양 차창 밖에 붙어 서서 작별을 아쉬워하는 사람들이 차창 안의 떠나는 사람보다 훨씬 많았었다. 나는 그이들 중에서 우리 할머니를 찾아내면 차창에 코가 납작해지도록 얼굴을 붙이고는 울먹해지곤 했었다. 어쩌자고 그때 생각이 나면서 걷잡을 수 없이 눈물이 복받쳤다. 두만강에서 송우혜가 울 때 하도 인정머리 없이 야단만 쳐서 이이화 소장한테 돌같이 차다는 별명을 들은 나의 눈물을 다들 이상한 눈으로 바라보았다. 실은 나도 뜻밖이었다. 눈물처럼 각자의 고유한 정서에 닿아 있는 것도 없지만 불가해한 것도 없다 싶었다.

우리의 다음 목적지는 심양이었고 심양까지는 급행으로도 열다섯 시간 걸린다고 했다. 침대차는 한방에 네 사람이 들게 돼 있는데 일행이 마침 네 사람이어서 여간 오붓하고 편하지가 않았다. 어둑어둑해지자 우리는 임원춘씨 부인이 싸준 걸 풀어놓고 저녁을 먹기 시작했다. 순전히 된장에 상추쌈만 해가지고 그렇게 많은 밥을 그렇게 맛있게 먹어보긴 중국에서 뿐 아니라 내 일생에도 처음 아닌가 싶었다. 그야말로 걸신들린 것처럼 아귀아귀 먹었다. 그리고 푹 깊은 잠에 빠졌다.

심양에는 임원춘씨 제자가 많아 융숭한 대접을 받았고, 구경할 데도 많았지만 일정이 빠듯했다. 아무리 바빠도 백탑은 꼭 봐야 한다는 이이화 소장의 뜻을 좇아 다음날은 버스를 타고 요양으로 갔다. 이 소장이 백탑에 이끌린 것은 연암 박지원의 『열하일기』 중에 나오는 「호곡장好哭場」에 연유한 듯했다. 『열하일기』에서 연암은 멀리 백탑을 바라보면서 '내 오늘에 이르러 처음으로 인생이란 본시 아무런 의탁함이 없이 다만 하늘을 이고 땅을 밟은 채 떠돌아다니는 존재임을 알았다. 말을 세우고 사방을 돌아보다가 스스로 깨닫지 못하는 사이에 손을 들어 이마에 얹고, 아, 참 좋은 울음터로이다. 가히 한번 울 만하구나'라고 적고 있다. 내가 인용한 것은 고전 국역 총서의 번역이지만 그중 「호곡장」에 대해선 딴 의견도 많은 듯했다. '울고 싶어라' 하기도 하고 '울 만하다' 하기도 해서, 어떤 번역이 맞나보다는 왜 울고 싶어했는지, 정확한 '호곡장'의 의미와 만나고 싶은 거였다. 벽돌에 감격하는 대목이 여러 번 나오는 걸로 봐서 벽돌로 지은 웅장하고도 조화로운 백탑에 감동을 했을 수도, 광활하고 기름진 대지가 눈물이 나도록 부러웠을 수도 있으리라고 짐작할 수 있을 뿐이었지, 정작 백탑을 본 느낌은 그저 그랬다. 마침 환경을 정비하고 있어서 건축미를 감상하기엔 너무 주위가 산만했고, 거대한 건축물을 하도 많이 봐온 눈엔 웅장하다는 느낌도 들지 않았다. 유감스럽게도 우리의 '호곡장'과 연암의 '호곡장'은 일치하지 않았다.

이이화 소장이 스스로의 '호곡장'과 만난 것은 그로부터 며칠 뒤에 단둥에서였다. 단둥은 나이든 사람들은 안동으로 더 많이 기억하고 있는 압록강을 사이에 두고 마주보고 있는 국경도시이다. 국경도시답게 깨끗하고 약간은 서구적인 분위기도 가미된 도시였다. 압록강은 두만강보다 훨씬 더 강폭이 넓은 도도한 강이었고, 철교 위로는 한반도와 대륙을 잇는 기차가 달리고 있었다. 철교 위로 기차가 달리는 게 놀랍고 신기해서 연방 카메라 셔터를 누르고 또 누르는 게 세상에 우리 민족 말고 어디 또 있을까, 실컷 사진을 찍고 나서 유람선을 탔다. 압록강 유람선은 신의주 쪽 강변 유원지에 놀러 나온 빨간 스카프를 목에 두른 아이들의 얼굴을 식별할 수 있을 만큼 강변에 가까이 접근해서 천천히 운항하면서 완만하게 선회를 했다. 그때 선창에 붙어 서서 열심히 손을 흔들고 있던 이이화 소장이 갑자기 고개를 숙이더니 흐느끼기 시작했다.

그냥 눈물짓는 정도가 아니라 가냘픈 어깨를 흔들면서 소리 내어 울기 시작했다. 혹시 여성적인 이름 때문에 그이를 여자로 아는 독자가 있을지도 몰라 밝혀두겠는데, 그는 오십대 중반의 대머리가 진 체구는 작지만 근엄한 남자다. 갈색 티셔츠 속의 흐느끼는 어깨는 유난히 왜소해 보였고, 나는 '아아, 리리화가 운다'라고 생각하자, 또 덩달아서 눈물이 나왔다. 리리화는 연변에서 그이를 그쪽 발음으로 그렇게 부르면 더욱 여성적이고도 리드미컬하게 들려 주로 농담을 할 때에 그렇게 불렀었다. 남자의 울음은 거의가 중국 사람인 선객들에게도 충격을 준 것 같았다. 저희들끼리 수군대며 일제히 우리에게 창가 자리를 내주었고, 눈빛에 깊은 연민이 어렸다.

분단된 민족에 대한 그이들의 적나라한 연민의 시선을 받으면서 나는 처음으로 우리가 중국 땅에서 숱하게 뿌리고 다닌 연민을 같잖고도 창피하게 여겼다. 그이들이 우리보다 조금 못 입었다고, 조금 덜 정결하다고, 조금 작은 집에 산다고 여길 때마다 아끼지 않은 연민은 이제 그이들로부터 받고 있는 연민에 비하면 얼마나 사소하고도 천박스러운 것이었나.

돌이켜보니 우리 세 사람의 '호곡장'은 다 달랐지만 결국은 한 뿌리에 닿아 있었다.

3부

하늘에서와 같이

내가 꿈꾸는 선물

내가 가장 많이 받아본 선물은 어떤 것들일까 생각해본다. 제일 먼저 떠오르는 것이 열쇠고리이다. 외국 갔다 온 친구나 신장개업을 한 상인들로부터 받은 것들이다. 열쇠고리는 많지만 내가 사용하는 열쇠는 현관 열쇠 하나밖에 없기 때문에 그것들은 그냥 서랍 속에 있다. 나이들면서 뭘 잊거나 잃어버리길 잘하지만 내 집 열쇠까지 잃어버렸다가는 큰 낭패이므로 열쇠에는 집착하는 편이어서 여지껏 한 번도 잃어버리지 않았다. 그러니 새로운 열쇠고리가 자꾸자꾸 필요할 까닭도 없다. 그러나 선물이 꼭 필수품이어야 한다고 생각하지는 않는다. 그중엔 꽤 예쁜 것도 있고 재미난 것도 있어서 딸들이나 손자 그 밖의 친한 사람이 허술하고 못생긴 열쇠고리를 갖고 있는 걸 보면 슬쩍 선심을 쓴다. 그렇게라도 해서 내 손을 떠나는 게 좋지 다만 수집의 목적으로 뭘 소유하는 건 내 분수 밖의 일이다. 게으름 탓이다. 종이나 스푼 같은 걸 수집하는 분이 내 주위에도 드물지 않은데 그런 소품들을 한자리에 모아놓고 즐기려면 심미안도 남달라야 하겠지만 집안에 한 구석을 내주고 먼지가 안 끼도록 늘 돌봐야 할 것이 부담스럽다. 내가 아끼던 거라고 해서 내 자식들까지 아껴주리라는 보장도 없다. 나 죽은 후에 자식들에게 버릴 수도 없고 간직하기도 싫은 잡동사니들을 될 수 있는 대로 덜 남기기 위해서 필요하지 않은 걸 껴두지 않으려고 노력하며 사는 편이다. 열쇠고리보다 훨씬 더 값나가고 좋은 선물이라 해도 그게 나에게 필요하지 않으면 갖고 있지 않고 필요한 사람에게 다시 선물한다. 그럴 때는 물론 나도 선물로 받은 거니까 부담 느끼지 말라는 변명도 함께 선물한다. 어디에다 쑤셔박지 않고 쓸모를 찾아주는 게 그 물건에 대한 도리라고 생각해서 그렇게 하지만 그걸 선물한 사람이 알면 섭섭해할지 안 할지는 잘 모르겠다.

나에게 남아 있지는 않지만 가장 많이 받은 선물은 아마 열쇠고리보다는 먹을 것일 것이다. 특히 추석이나 설에는 자식들이나 친척들로부터 고기나 과일 등을 보내오고 나도 몇 군데 그런 것들을 보내야 할 곳이 정해져 있다. 명절에 그런 것들은 꼭 필요한 것이어서 경제적으로도 도움이 되고 무엇보다도 이걸 어디에다 쓰나 하고 처치 곤란해하지 않아도 되는 게 좋다. 물론 나 같은 사람에게 갈비가 썩어나게 들어온다든가 냉장고에 다 못 들어갈 만한 생선이 생기는 일은 결코 일어나지 않는다. 오히려 누가 어디서 한 상자쯤은 보내올 듯싶어 설날 아침까지 사과를 안 사고 있다가 차례 지낼 때 임박해서 설날에도 연 구멍가게를 찾아가 사과를 사온 적도 있다. 그러나 먹을 것을 가장 요긴하게 썼다고 해서 먹을 것을 선물이라고 생각해본 적은 없다. 명절 때의 고기 몇 근이나 과일, 술은 선물이라기보다는 부조扶助가 아닐는지. 부조도 물론 고맙기는 하지만 그건 순수한 기쁨하고는 다르다. 부조에는 상호라는 말이 붙어서 상호부조가 돼야 어울린다. 내가 상대방에게 그만한 것을 베푼 일이 없는 사이에 그런 것을 받으면 뇌물이나 아첨의 우려가 생기고, 내가 뇌물이나 아첨을 받을 위치에 있지 않을 때는 동정을 받았다는 자격지심까지 생기게 된다. 부조의 뜻이 담긴 선물이라 해도 그게 받는 사람에게 심적 부담을 주면 그건 선물이 아니라 뇌물이 된다. 선물은 또 받아서 기쁠 뿐 아니라 남에게 그 기쁨을 자랑시킬 수도 있어야 한다. 이제 연말이 가까워온다. 연말이나 추석 무렵이면 아파트 단지에 백화점 용달차가 특수한 망태에 내용물을 명시한 갈비나 정육 세트를 하나 가득 싣고 와 관리실에 부리고 가는 걸 볼 수가 있다. 아파트는 그런 용달차들이 집을 찾기도 편리하게 돼 있지만 관리실이라는 게 있어 주인이 부재중에도 물건을 전달하기 쉽게 돼 있다. 또 직접 찾아가서 인사를 하며 물건을 전달해야 하는 수고까지 백화점에서 대신해주니 정은 좀 없지만 편한 세상임엔 틀림이 없다. 그러나 어느 한 집에 너무 많은 갈비나 고기, 그 밖의 선물이 모여들 때 그걸 받는 사람은 중간 전달자인 수위 아저씨한테 눈치가 보일지도 모른다. 받는 사람을 떳떳지 못하게 하거나 처치 곤란하게 하는 것은 선물이라고 볼 수가 없다. 부조는 더군다나 아니다.

그러나 만일 뻔질나게 선물을 실어나르는 백화점 차를 창문을 통해 바라보면서 쓸쓸해하는 노부부가 있다고 치자. 노인은 청렴하게 산 교육자거나 공무원이어서 연금 등으로 생활에 부족함은 없지만 갈비를 지천으로 먹을 만큼 넉넉하지도 않다. 그렇다고 노인들이 쓸쓸한 건 갈비가 먹고 싶어서는 아니다. 명절이면 흥청대는 바깥세상과 대비가 되어 더욱 고적해진 자신의 노후 때문에 올바르게만 살아온 지난날을 헛산 것처럼 보람없이 여기는 마음이 속살이 시리도록 쓸쓸한 것이다. 그럴 때 만일 옛 제자로부터 '사랑하는 우리 선생님께'로 시작되는 간단하지만 정겨운 카드라도 한 장 곁들인 백화점 갈비 세트가 배달된다면 그건 얼마나 기쁜 선물이 될 것인가. 갈비도 갈비 나름이다. 그런 뜻으로 나는 피천득 선생님의 「선물」이라는 수필 중 다음과 같은 구절을 아끼고 또 좋아한다.

> 꽃은 좋은 선물이다. 장미, 백합, 히야신스, 카네이션, 나는 많은 꽃 중에서 카네이션을 골랐다. 그가 좋아하는 카네이션 다섯 송이와 아스파라거스 두 가지를 사가지고 거리로 나왔다. 그는 향기가 너무 짙은 꽃을 좋아하지 않는다. (……) 선물은 뇌물이나 구제품같이 목적이 있어서 주는 것이 아니다. 그저 주고 싶어서 주는 것이다. 구태여 목적을 찾는다면 받는 사람을 기쁘게 하는 것이다. 선물은 포시아가 말하는 자애와 같이 주는 사람도 기쁘게 한다. 무엇을 줄까 미리부터 생각하는 기쁨, 상점에 가서 물건을 고르는 기쁨, 그리고 선물을 기뻐하는 것을 바라보는 기쁨, 인편이나 우편으로 보내는 경우에는 받는 사람이 기뻐하는 것을 상상하여 보는 기쁨, 이런 가지가지의 기쁨을 생각할 때 그 물건이 아무리 좋은 물건이라도 아깝지 않을

것이다. (……) 남에게 주는 물건이라고 해서 다 좋은 선물이 되는 것은 아니다. 양담배를 피우는 사람에게 양담배 한 보루 주는 것은 돈으로 이삼천원 주는 것이나 다름이 없다. 그러나 늘 진로 소주를 먹는 사람에게 조니워커 한 병은 선물이 되는 것이다. 백청 한 항아리는 선물이 되어도 설탕 한 푸대는 선물이 될 수 없다. 와이셔츠가 아니라 넥타이가 좋은 선물이 된다. 구라파에 갔다가 빠리에서 사 온 넥타이라면 더욱 좋다. 촌 부인에게 광목 한 통이 비단보다 더 필요하겠지만, 양단 저고리 한 감이 정말 선물이 되는 것이다.

나도 누가 꽃을 사왔을 때 가장 기쁘다. 그러나 화분은 꽃보다 덜 기쁘다. 혹시 잘못 가꾸어 죽이게 될까봐 겁이 나서이다. 비싸 보이거나 까다로워 보이는 화분은 더 싫다. 그런 화분일수록 그걸 선물한 사람이 잘 자라느냐고 안부를 하거나 우리집에 왔을 때 그 화분이 잘 있나 휘둘러보는 수가 있기 때문이다. 나는 손이 많이 가는 화초를 제대로 기른 적이 없다. 귀족적인 화초를 죽이고 나서 괜히 주눅들기가 싫다. 남에게 부담을 주는 것은 좋은 선물이 아니다. 내가 여지껏 받아본 선물 중 가장 황홀한 선물도 꽃이었다. 어느 해 크리스마스 무렵이었을 것이다. 외출했다 돌아와보니 국화꽃이 한 바구니 놓여 있었다. 향기가 짙고 송이가 잔 토종 국화였다. 바구니에 담았다고 해서 꽃집에서 스폰지에 모양내서 꽂아온 게 아니었다. 그냥 집에 있는 적당한 바구니에 하나 가득 꺾어 담은 것처럼 보이는 게 그걸 가져온 친구처럼 소탈하면서 멋스러웠다. 그뿐이 아니었다. 그 꽃 덤불 안에 두 병의 포도주가 숨어 있는 게 아닌가. 아름다운 레드 와인과 핑크 와인이었다. 그땐 정말이지 황홀했다. 그런데도 사람의 마음이란 참 못돼먹은 것이어서 조금 더 욕심을 부리고 싶어지는게 아닌가. 국화가 아니라 만일 한 무더기의 장미꽃 속에 그 향기로운 포도주가 숨어 있었다면 얼마나 더 행복했을까 하고. 평소에 국화보다 장미를 더 좋아한 것도 아니었으니 만일 그 안에 포도주만 숨어 있지 않았던들 꽃바구니만으로 충분히 즐거웠을 선물이었다. 그러나 내 딴엔 좀 부조화스러워 보였던 게 그 친구다움이요, 자기다움의 표현이야말로 정情이라는 게 아닐까. 만일 그 선물이 완벽하게 아름답기만 하고 정이 없었다면 한때의 황홀로 끝나고 말았지 두고두고 생각날 때마다 기쁨을 맛볼 수는 없었을 것이다.

내가 남에게 가장 많이 준 선물은 아마 내 책이 될 것이다. 책을 낼 때마다 열 권이나 스무 권쯤 증정본이라는 게 주어지니 나눠 보지 않을 수가 없다. 또 몇 년에 한 번쯤은 아는 분에게 슬그머니 자랑하고 싶은 책을 낼 때도 있어서 그럴 때는 증정본 외의 몇 권을 더 사서 부치거나 만나서 전하게 된다. 그럴 때 누구에게 보낼 것인가는 여간 고민스러운 일이 아니다. 나에게 여러 번 책을 보내준 문단 동료를 우선 떠올리게 되는 게 인지상정이나 내 책을 읽을 것 같지 않은 분에겐 보내는 게 주저된다. 느낌으로 그 정도는 알게 되는데 안 읽을 줄 뻔히 알면서도 받았으니까 보낸다는 건 빚 갚기 같아서 싫다. 『문학사상』에 『미망』을 연재할 때였다. 내가 살아보지 않은 시대 얘기를 쓰려니 매사에 딸리는 거투성이어서 혹시 자료를 구할 수 있을까 해서 틈만 있으면 고서점을 뒤지고 다녔다. 그때 우연히 거의 새 책에 가까운 현역 작가의 저서가 눈에 띄어 무심히 들춰보았더니 달필로 공들여 쓴 작가의 서명과 받는 분의 성함이 그냥 남아 있었다. 두 분 다 알 만한 현역 작가였다. 내가 괜히 무안해서 주인 안 보는 사이에 얼른 서명이 든 표지 다음 장을 찢어냈는데 그게 잘한 일인지 못한 일인지는 아직까지도 잘 모르겠다. 아무튼 누구에게 책을 부칠까 말까 망설일 때 가장 먼저 떠오르는 게 그 일인 것만은 어쩔 수가 없다. 최소한도 내 책을 그 지경으로 만들지는 않을 사람에게 보내고 싶다. 다 읽든지 조금 읽다가 읽을 가치가 없다고 판단하고 집어던지든지 그건 그 사람의 자유지 책 한 권 주고 그 자유까지 제한할 권리는 없다. 나도 받기만 하고 아직 못 읽은 책이 수두룩하다. 안 읽을 책 버려도 그만이지만 서명이 들은 면 정도는 찢어내고 버릴 만한 사람에게 주고 싶다. 그러나 요즘처럼 인쇄물이 넘쳐나는 세상에서 누구보다도 더 종이 공해에 시달릴 글쟁이들에게 그 정도를 기대하는 것도 무리한 요구인 것만 같아서 책 한 권 보내기도 여간 망설여지는 게 아니다. 그렇다고 내 책이 이 집 저 집 서가에 장서로 남기를 바라는 것도 아니다. 영원한 장서로 남느니 읽히고 버려지더라도 누군가의 느낌으로 남아 있고 싶다. 이렇게 저렇게 따지고 재다보니 자연히 동업자에게 책을 주는 데는 인색한 편이지만 독서를 즐기는 친구나 이웃에게는 후하게 군다.

내가 인복 하나는 잘 타고나 마음을 터놓는 친구를 넉넉히 가지고 있는데 그중에는 만날 때마다 작은 거라도 뭐든지 한두 가지 선물을 주는 친구도 있다. 그렇다고 그가 큰 부자인 것은 아니어서 세일에서 샀다는 옷가지나 귀여운 장신구 화장품 따위지만 간혹 비싼 거라는 토를 달고 뭘 줄 때도 있다. 비싼 거든 싼 거든 주는 거 없이 받기만 하면 아무리 친한 사이라도 부담이 되게 마련이다. 나도 뭔가를 선물하고 싶은데 쇼핑이 취미다시피한 그 친구에게 뭐가 아쉬운지 나는 잘 상상이 안된다. 그 친구에게 받은 것 중 요긴하게 쓰거나 보고 즐기는 것도 있지만 그냥 장 속에 잠자는 것도 있어서 그런지 나는 그 친구에게 유형의 것을 주고 싶지가 않다. 무형의 것 중 가장 그럴듯한 게 같이 분위기 있는 데서 식사를 하는 것이다. 그래서 음식이 맛깔스럽거나 특별히 무드 있는 음식점을 발견하면 그 친구 생각이 나고 기회 봐서 점심이나 저녁을 사고 실컷 수다를 떤다. 그 친구 말고도 뭔가를 주고 싶은 마음이 동하는 친구나 후배에게 내가 가장 즐겨 하는 선물이 있다면 아마 그럴듯한 데서 밥이나 술을 사는 일일 것이다. 맛있는 것을 같이 먹는 일은 상대방이 선물이라고 생각하지 않아서 좋고 형체를 남기지 않고 느낌만 남아서 좋다. 꽃이 가장 좋은 선물임은 그 아름다움 때문이기도 하지만 아름다움의 단명함 때문이기도 하리라. 형체가 있는 선물은 자주 준 사람을 상기시키는 이점이 있겠지만 적절한 쓸모를 못 찾았을 때 천덕꾸러기가 될 수도 있다. 준 사람을 생각해서 차마 버리지도 못하고 굴러다닐 물건은 이미 선물이 아니라 선물의 잔해일 뿐이다. 그러나 꽃의 아름다움, 음식의 맛있음, 찻집의 분위기는 형태가 아니라 느낌일 뿐이다. 나이들면서 점점 더 내 집엔 물론, 남의 집에도 내 잔해를 남기는 일은 안하고 싶어진다. 오묘하게 핀 장미꽃 바구니 속에 살짝 두어 병의 포도주를 숨겨가지고 누가 내게로 오지 않을까, 또는 내가 그런 걸 들고 찾아갈 만한 사람이 어디 없을까 상상하는 것만으로도 가는 해 오는 해가 축복스럽게 느껴진다.

전망 좋은 집

같은 아파트에서 십 년째 살고 있다. 덕분에 원주민 소리를 듣고 있다. 원주민 소리가 나쁠 것도 없지만 어쩐지 멸종을 앞두고 있는 희귀종 같아 일말의 쓸쓸함을 느낄 적도 있다. 아파트는 이사갈 때 수리를 하면 모를까, 살면서 수리를 한다는 것은 생각만 해도 끔찍해 그동안 한 번도 손을 댄 적이 없다. 자연히 원주민답게 입주할 때의 원형을 유지하고 있었다. 반상회 같은 날 딴 집에 가보면 수리하기에 따라서는 분위기가 영 딴판이 되는 걸 보고 신기해하긴 했어도 살면서 수리를 한다는 것은 내 능력 밖의 일 같았다. 도배 외에는 지붕이 새거나 구조를 변경할 필요성이 있을 때나 수리를 하던, 한옥 살 때의 버릇이 남아 있어 단지 분위기를 바꾸기 위해

갖은 불편과 어려움을 각오하고 수리를 한다는 것은 사치나 낭비처럼 여기는 마음도 없지 않았다.

그렇게 엄두가 안 나던 일을 올가을에 얼떨결에 저지르고 말았다. 도배가 낡다못해 불결해 보이는 것까지 참고 산다는 것은 궁상스럽고 게을러 보일 것 같아 도배나 한다는 것이, 도배하는 김에 이것저것 손볼 것을 남들이 생각해주기도 내가 생각해내기도 해서 그럭저럭 열흘이 넘는 큰 수리가 되고 말았다. 그동안 뒤죽박죽이 된 살림을 내 손에 익숙한 원상으로 돌이키는 동안까지 합하면 아마 이십 일은 걸렸을 것이다. 그래도 수리하기를 참 잘했다고 생각하는 것은 내 집의 재발견이었다. 우리집은 삼층이라 밖에서 안이 들여다보이는 것은 겨우 면했지만 안에서 내다볼 전망에 대해서는 입주할 때부터 기대를 안 했다. 더러 높은 층에 가보면 큰길을 메운 차들이 장난감같이 내려다보이고 멀리는 남한산성까지 보이는 게 신기했지만 별로 부럽지도 않았다. 그래서 거실 유리가 이중창으로 돼 있고, 안쪽이 간유리로 돼 있어 밖이 잘 안 보이는 구조에 대해서도 불만이 없었다. 거실 앞 베란다 새시도 아래쪽은 오돌토돌한 불투명 유리로 되어 있어서 어차피 볼 것이 없으니까 그렇게 차단을 해놓은 줄 알았었다. 이번에 이중창과 새시를 통유리로 된 페어 글라스로 바꾼 것도 점점 교통량이 많아지는 주위 소음을 줄여보기 위해서지 밖을 잘 내다보기 위해서가 아니었다. 그러나 새로 낀 시원한 통유리를 통해 들어온 풍경은 그게 아니었다. 우리집이 이렇게 경치 좋은 집인 줄 십 년을 살고서야 처음 알다니, 거실에서 내다보이는 아파트 마당은 출입문과는 반대쪽에 있는 녹지대여서 외출할 때도 거칠 필요가 없었다. 어쩌다 손자들하고 놀이터에 갈 적에나 지나다니지만 아파트마다 명색으로 붙어 있는 정원 이상도 이하도 아닌 그저 그런 마당이었다. 그런 마당이 삼층에서 바라다보니 전혀 딴판이었다. 마침 가을이었다. 제가끔 곱게 물든 나무들이 햇빛에 따라 황금빛으로 빛나기도 하고 노을빛으로 빛나기도 했다. 어쩌면 저렇게 고울 수가 있을까, 바야흐로 전성시대다 싶은 나무들이 있는가 하면 그 옆에서 누추한 잿빛으로 어깨를 늘어뜨린 나무들도 있었다. 그러나 서로 조화로웠고 가을비에 잔가지를 떨며 잎을 분분히 떨구는 모습은 가지에 매달린 채 메말라가는 단풍나무보다도 아름다웠다. 은행나무는 며칠 전 바람 불던 밤 마지막 잎새까지 떨구고 강인한 가지들만이 하늘 향해 늠름하게 서 있다. 꽃 필 때는 앞선 계절 감각으로, 화려한 개화로, 그윽한 향기로, 자기를 드러내던 산수유나무, 벚나무, 라일락 등이 가을 마당에서는 별로 그 존재가 드러나지 않는 것도 신기하다.

분명히 올봄에 산수유꽃이 핀 것을 보았건만 지금 어떤 게 산수유나문지 찾아낼 수 있을 것 같지가 않다. 내 짧은 식물 지식 때문이기도 하겠지만 시방은 내 차례가 아니란 듯이 눈에 안 띄는 갈색 잎을 조심스럽게 떨구고 있으리라. 잎은 극성맞도록 건강한 상록이고 꽃은 고고한 순백이나 한꺼번에 개화하지 않고 한 송이씩 두 송이씩만 피어 별로 눈에 안 띄던 태산목도 저 나무들과 함께 눈을 맞을 것을 생각하면 그 나무의 존재가 별안간 가장의 존재처럼 미덥고 점잖아 보인다. 아파트에 둘러싸인, 단독주택으로 치면 중정中庭 같은 곳이라 사람들의 통행이 없어 늘 한적한 것도 좋지만, 매일 일정한 시간에 산책을 나오는 노부부의 모습도 보기 좋다.

어쩌면 내 집 바로 창 밑에 이런 마당이 있다는 걸 한 집에 산 지 십 년 만에 알았을까. 아무 볼 것이 없다고 생각한 집이 이런 전망을 감추고 있었다니. 그건 내가 소녀적부터 꿈꾸던 경치 그 자체였다. 소녀적에 갖기를 소망하던 방은 늘 이층집 다락방이었다. 집집마다 넓고 아름다운 정원이 딸린 한적한 동네의 이층집에서 무엇 때문인지 꼭 다락방만이 내 방이었으면 싶었다. 다락방 창으로 내 집과 이웃의 정원을 내려다보면 괜히 근사할 것 같았다. 지나다닐 때 별로 좋은 줄 몰랐던 마당이 이렇게 꿈의 경치가 되어 나타날 줄이야. 그런 요술을 부린 것은 우리집 창이었다. 삼층이란 높이와, 길게 멀리까지 바라볼 수 있게 트인 위치가 공공의 마당을 내 집 마당처럼 친근하게 그리고 가장 아름답게 바라볼 수 있는 명당자리로 만든 것이었다. 나는 요새 십 년이 여일하게 마당을 등지고 놓아두었던 소파를 마당을 바라보도록 바꾸어놓고 하염없이 바깥을 내다보는 것을 큰 낙으로 삼고 있다. 스산한 바람에 으스스 떠는 나무들을 볼 때마다 내 마음도 떨리고, 가을비에 뚝뚝 지는 잎을 보고 있으면 흙냄새가 아련한 그리움처럼 코끝에 와닿는다. 그리고 어디선가 읽은, 자연의 아름다움이 마음에 곰곰히 스민다는 것은 늙었다는 증거라는 소리에 싫지 않은 마음으로 공감한다. 삶의 길목마다 사는 맛이 마련돼 있다는 것은 얼마나 큰 축복인가.

이렇게 좋은 마당이 그렇게 지척에 있었건만 그동안은 없는 거나 마찬가지였다. 아무리 가까이 있는 것하고도 관계를 맺지 않으면 없는 거나 마찬가지가 된다. 우리 마당도 처음부터 거기 있었건만 십 년 후에나 알아보았다. 십 년 후에 비로소 유리창을 새로 갈아끼웠기 때문만이 아니라 내 마음이 마당을 안으로 끌어들였기 때문이다. 어찌 마당뿐일까. 바로 지척에 있는 이웃하고도 친구하고도 내 마음이 닫혀서 서로 없는 거나 마찬가지로 지내왔다는 걸 가슴이 뭉클하게 깨달은 것도 이번에 집을 고치면서였다.

집을 고치거나 이사를 할 때면 누구나 한 번쯤은 우리가 불필요한 걸 너무 많이 끼고 산다는 것을 느꼈을 것이다. 나 역시 십 년 동안 집을 손댄 일도 없지만 가구 한번 새로 장만한 일도 없건만 짐을 이 방 저 방 옮기다보니 물건에 치여 죽을 것처럼 뭐가 많았다. 맨 쓰잘데없는 것 천지였다. 몇 년에 한 번이나 쓸까 말까한 물건을 끼고 산다는 것은 필요할 때 빌려 쓰는 것만 못한 미련한 짓이다 싶었다. 욕심이 많아 값진 물건을 그렇게 많이 지니고 있다고 해도 부끄러웠을 텐데 이건 그것보다 더 나쁜, 순전히 게을러서 갖고 있는 것들이었다. 그런 것들을 남 줄 것과 버릴 것으로 분류하다가 고물 반닫이 속에 가득한 편지 뭉치를 발견했다. 해마다 연말에 그 해에 받은 우편물을 분류해서 집어넣어둔 거였다. 나의 우편물 분류법은 간직하고 싶거나 답장을 써야 할 편지 따로, 주로 연하장이지만 간단하더라도 육필로 한두 마디 써 있는 것을 따로 하는 정도이다. 육필도 서명도 안 들어 있는 연하장은 그때그때 없애지만 단 몇 마디라도 들어 있으면 몇 년 후에 태우기라도 하는 것이 예의일 듯싶어 모아둔 게 상당한 분량이 되었다. 아파트라는 데가 종이 한 장 태우기도 마땅치가 않으니 그렇게 된 것이었다. 그러나 거기까지는 잘못된 게 별로 없었다. 연하장은 그렇고 편지가 문제였다. 환갑 진갑 다 지난 여자가 옛날 편지를 읽으면서 목이 메어왔다면 누가 믿을까. 친구의, 선후배의 또는 독자의 착하고 따뜻한 마음 때문에 울고 싶었고, 나의 꼭꼭 닫힌 마음 때문에도 울고 싶었다. 나에게 언짢은 일이 있을 때 위로해주고 좋은 일이 있을 때 기뻐해준 그들의 고마운 마음을 나는 어쩌면 무쪽처럼 떼어먹기만 하고 갚아준 적이 없었을까. 답장을 할 것처럼 아니, 전화라도 한 통 걸 것처럼 분류만 해놓고 이내 잊어버리고 만 내 마음이 정말 싫었다. 마음이 착하고 부드러운 친지가 내 곁에 아무리 많아도 내 마음이 굳게 닫혔으면 없는 거나 마찬가지였다. 올해는 내 집에 창을 냈으니 내년부터는 내 마음에도 창을 내야겠다. 어떤 나이도 행복해지기에 늦은 나이는 없으리라.

나의 어머니

어머니는 독실한 불교 신자셨다. 법명이 보리행이셨고, 다니시는 절에서는 보리행 보살님이라고 불리우셨다. 나도 종종 어머니를 모시고 보문동에 있는 M사寺에 갔었는데 그때 열심한 보살님들 사이에선 머리만 안 깎았지 옷은 스님 흉내를 내서 잿빛 두루마기를 입는 게 유행처럼 돼 있었다. 어머니는 그걸 안 하셨을 뿐 아니라 꼴불견이라고 비웃는 투로 말씀하시곤 했다. 육이오 때 혼자 된 올케가 광장시장에서 포목장수를 하고 있어서 어머니는 고운 옷이 많았다. 절에 갈 때는 특히 곱게 입으시고 멋쟁이 보살님이라는 소리를 듣는 걸 좋아하셨다. 노인정이나 효도 관광이 일반화돼 있지 않을 때라 절에 다니시는 게 어머니의 유일한 사교 활동이셨다. 보살님들은 집안에 상사가 생겼을 때 위패를 모시고 재를 올리는 건 물론 회갑이나 칠순 잔치도 절에서 했기 때문에 한 달에도 몇 번씩 절에 갈 일이 생겼다. 또 고승을 모셔다 법문을 듣는 정기적인 법회도 한 달에 한 번씩 정기적으로 있었다. 어머니는 나한테 불교를 믿으라고 권하진 않았지만 법회 때는 은근히 나하고 같이 가고 싶은 뜻을 비치곤 하셨다. 딸이나 며느리를 데리고 법회에 오는 노인이 제일 부럽다는 소리가 직접적인 표현보다 더 나를 압박했다. 며느리는 장사를 나가야 하니 어머니의 겨냥은 나밖에 더 있겠는가. 그래서 마지못해 모시고 다니기 시작한 게 나중에는 다달이 그날은 비워놓은 월례 행사가 되고 말았다. 그러나 불심이 동해 어머니를 기쁘게 해드리는 일은 끝내 일어나지 않았다. 그 절은 비구니들만 있는 꽤 유서 깊은 절로 공부하는 비구니들도 여럿 있었는데도 법회날 모셔오는 고승이란 분들은 당연히 남자였고 또 늙은 스님이었다. 자리도 부처님 버금가는 높은 대를 만들고 붉은 비단 방석을 깔아 으리으리하게 꾸몄고 스님이 거기 정좌하면 보살님들은 부처님한테 올리는 큰절을 올려 경배했다. 열심한 보살님들 중에는 그런 경배를 수도 없이 거듭해서 법문 시간을 다 늦추는 이도 있었다. 그렇게 열심히 맞았음에도 불구하고 너무 어려운 얘기 아니면 잡소리에 가까운 농담으로 시간을 때우는 스님도 있었고, 자기가 얼마나 먼 산중에서 거기까지 왔다는 걸 강조하고 생색을 내는 데 시간을 다 보내는 스님도 있었다. 오시기로 돼 있는 스님이 사정이 생겨 못 오실 때도 있었다. 그럴 때는 그 절의 주지스님이나 열심한 학승이 법문을 대신해도 좋으련만 아무도 감히 그 존엄한 자리를 채우지 못하고 비워놓고 잡담이나 하다가 점심 먹고 헤어졌다.

그때나 이때나 나는 그런 데 민감한지라 그걸 불교의 가부장적 사고라고 못마땅해하는 소리를 어머니에게 여러 번 했다. 그러면 어머니는 내 말을 어떻게 알아들으셨는지 "야, 망측하다. 난 부처님이 옳은 말씀만 하셨으니까 믿는 게지 남자라서 믿은 적 없다"라고 말씀하셔서 나도 그냥 웃을 수밖에 없었다. 어머니한테 더 큰 무안을 당한 적도 있다. 그 절에서 대대적인 보수공사와 증축 공사를 한 적이 있었는데 절의 공사가 흔히 그렇듯이 공사비의 많은 부분을 신도들의 시주에 의지했었다. 소문나게 많이 시주한 보살님들이 그 절 스님들로부터 귀빈 대우를 받는 게 눈에 띄게 나타났다. 적어도 내 눈엔 그렇게 비쳤다. 그 건물 초석이나 기둥에 새길 이름도 시주한 액수에 따라 크기를 다르게 하리라는 건 거의 기정사실인 듯했다. 사월 파일 불탄일에 신도라면 누구든지 하는 인등 시주도 시주한 액수에 따라 인등의 크기나 규모가 여러 등급으로 나뉘어지는 걸 곱지 않은 시선으로 바라본 적이 있는 나는 그 일을 그냥 보아 넘기지 못했다. 어머니한테 그 절에 이제 그만 다니시라고까지 말했었던 듯하다. 어머니는 나를 경멸하는 듯 냉랭한 눈길로 바라보시며 말씀하셨다. "개 눈엔 똥밖에 안 보인다더니 네 눈엔 왜 그런 것만 보이냐. 난 부처님 우러르기도 바빠 그런 거 못 봤다." 어머니는 워낙 좀 매몰찬 데가 있는 분으로 어려서도 매질을 당한 적이 없는 반면 매질 이상으로 호된 야단을 맞은 적은 많다. 그러나 그렇게 자존심을 상하게 하는 소리를 듣긴 처음이었다. 아마 자존심을 먼저 다친 것은 어머니였는지도 모르지만.

어머니는 말년에 눈 위에서 미끄러져 다친 게 중상이었는 데다 처음 수술이 잘못되어 한쪽 다리의 엉치뼈를 잘라내고 관절을 금속으로 잇는 대수술을 받아야 했다. 그 결과 다리를 절게 되셨을 뿐 아니라 엉치를 일정한 각도 이상은 구부릴 수가 없는 뻗정다리가 되셨다. 의자나 침대 생활엔 지장이 없었지만 방바닥에 그냥 앉으려면 상당한 불편을 겪어야 했다. 그러나 다리를 좀 절기는 해도 걷는 데는 별 지장이 없었음에도 불구하고 돌아가실 때까지 십 년 가까운 동안을 일절 바깥 출입을 안 하고 사셨다. 다리를 전다는 걸 그렇게 자존심 상해하셨다. 그렇게 열심이던 절에도 안 가신 건 아마 자존심 때문이 아니라 절에서 절을 할 수 없는 몸이 되셨다는 게 더 큰 원인이었을 것이다. 법문을 들을 때는 물론 절에서 하는 행사의 대부분이 바닥에 앉아서 하게 돼 있는 것도 문제였다. 그러나 절에 못 가게 된 것을 비관하거나 원망하는 말씀을 하신 걸 들은 적이 한 번도 없는 건 그때는 몰랐는데 나중에 생각할수록 신기하다. 외출을 못하시는 어머니를 조금이라도 덜 답답하게 해드리려고 자식과 손자들이 번갈아가며 몇 달씩 모셔가곤 했는데 그때마다 집집마다 의자식 양변기가 있는 것만 행복해하셨다. 그건 우리도 마찬가지였다. 어머니의 말년의 불구는 재래식 변소나 요강으로는 도저히 문제를 해결할 수 없는 희귀한 불구였기 때문이다. 집에서 모실 때면 아침마다 어머니가 나직하고 그윽한 목소리로 천수경이나 반야심경 외는 소리를 듣는 게 낙이었다. 아, 어머니가 와 계시구나 하는 그지없이 화평한 느낌을 맛보았고 어머니가 절에 못 다니시면서도 고통스러워하지 않는 까닭을 알 것 같았다. 그러나 나는 어머니가 불구로 계신 동안 가톨릭에 입교하게 되었고 어머니는 찬성도 반대도 안 하셨다. 나는 누구의 전도나 좋은 신앙생활을 보고 그리스도를 받아들인 게 아니라 성경을 교양 삼아 읽는 사이에 나도 모르게 그분을 닮는 걸 생활의 지표로 삼아보고 싶은 생각이 생겨나서였다. 그러나 개신교 쪽을 택하지 않고 가톨릭을 택한 건 어느 정도 어머니에 대한 배려가 아니었던가 싶다. 내가 어머니의 염불 소리를 조금도 거부감 없이 받아들이는 것처럼 어머니 또한 내 입교를 섭섭해하지를 않기를 바랐다. 그래서 잘은 모르지만 개신교보다는 가톨릭이 타종교에 대해 너그럽고 서로 대화도 있다는 데 마음이 끌렸던 것이다. 영세를 받고 보니 가톨릭 또한 남성만이 사제가 될 수 있고 수녀는 수도자에 불과하다. 그러나 그걸로 신앙생활에 별로 갈등을 느끼지 않으면서 법문을 하는 고승이 왜 꼭 남자여야만 하느냐고 절을 비웃어 어머니 마음을 상해드린 생각을 자주 한다. 내가 갈등을 안 느끼는 건 딴 회의도 많아 그 정도는 고민거리도 안 되는 때문에 있지만 과연 주님 보시기에도 신부가 수녀보다 높아 보일까 하는 꽤 앙큼한 생각 때문이기도 하다. 어머니 보시기에도 고승의 높은 대나 붉은 비단 방석이 속기스러워 보였을 뿐 그다지 잘나 보이진 않았음직하다. 그러나 어머니의 핀잔 말씀을 빌지 않더라도 개 눈엔 똥만 보이는 저급한 경지를 졸업하려면 아직 아직 멀었다.

내가 영세를 받은 후 어머니는 우리집에 오시면 어린이를 위해 쉽게 풀이한 성경이나 성인전, 종교적인 묵상집들을 골라서 즐겨 읽으셨다. 책 읽기를 워낙 좋아하시고 또 말년에도 전혀 호기심이 쇠퇴하지 않으셨으니까 그건 조금도 이상한 일이 아니건만 나는 그만 엉뚱한 오해를 하고 말았다. 그래서 개종하실 것을 권했다. 어머니는 굉장히 화를 내셨다. 소싯적에 과부가 됐어도 한 번도 일부종사에 대한 믿음이 흔들려본 적이 없을 뿐 아니라 남한테도 개가改嫁의 권유를 받아본 적이 없거늘 딸년이라는 게 어찌 그런 망측한 소리를 하냐는 것이었다. 개종과 개가의 동일시에 나는 웃음을 터뜨렸지만 어머니가 자신의 일부종사를 그렇게 자랑스러워하고 있다는 건 나로서는 참으로 뜻밖이었다. 어머니는 우리가 어렸을 적에도 혹시 딴 데로 시집을 가면 어쩌나 근심하거나 고민할 필요가 전혀 없을 만큼 완벽하게 처신을 하셨다. 당신이 그러했음에도 불구하고 과부나 이혼녀의 재혼에 매우 너그러우셔서 육이오를 겪고 나서 이웃이나 집안 내에 무더기로 생겨난 청상과부들한테 적극적으로 재혼을 권하는 소리를 여러 번 들었다. 재혼에 성공해서 잘사는 사람을 보면 그렇게 기뻐하실 수가 없었다. 그 정도가 지나쳐 보여 나는 속으로 혹시 어머니는 당신이 팔자를 못 고친 게 후회스러워 남이 그렇게 해서 행복해진 걸 보는 걸로 대리 만족을 얻으려는 게 아닌가 하는 불손한 생각을 종종 했었다. 그러나 그게 아니었다. 그럼 당신은 개가를 그다지도 망신스러워하면서도 남에게는 왜 그렇게 적극적으로 권장을 했을까. 어머니의 그런 이중성이 나의 마음을 두고두고 아프게 했다. 육이오 때 아들을 잃은 어머니는 당신보다 더 일찍 과부가 된 며느리를 거느리지 않으면 안 되셨다. 손자가 둘이나 되었으니 차마 며느리에게 개가를 권하지는 못해도 며느리를 인습으로부터 자유롭게 해줄 필요성을 느끼신 게 아니었을까. 또 며느리가 혹시 딴 생각을 품는 일이 있어도 놀라지 않고 흔연히 받아들이기 위한 연습이 아니었을까 싶어, 다행히 어머니가 그런 꼴을 보시지 않았건만도 딸로서 찐한 마음을 금할 수가 없다.

나는 어머니의 장례 의식을 불교식으로 하고 싶었지만 상주인 장손 내외가 다 가톨릭이라 그게 여의치 않았다. 그렇다고 영세도 안 받은 분을 천주교식으로 할 수도 없고 결국은 녹음한 염불이나 틀어놓는 정도로 어중간하게 치렀지만 나는 그게 두고두고 마음에 걸렸다. 상중에는 황망하여 어쩔 수 없었다고 해도 탈상만은 불교적인 예절을 갖춰드리고 싶어 질부姪婦를 간곡하게 설득해 어머니가 다니시던 절에서 치를 수가 있었다. 백일재를 올리고 나서 옷 한 벌을 비롯해 고인의 유품을 태우는 차례가 있었다. 질부가 가져다 불 속에 넣는 유품 중 문득 어머니의 필적이 눈에 띄었다. 불구덩이에서 황급히 꺼내보니 어머니가 필사한 금강경 중 보문품이었다. 어머니의 붓글씨 솜씨는 참으로 단아하고 유려했었는데 붓이 아니라 사인펜으로 쓴 거였다. 다리가 불편해지신 후로는 손에도 힘이 빠져 물건을 잘 놓치고 밥숟갈도 흘린다고 자주 호소하셨으니 어쩔 수 없으셨으리라. 그러나 나는 그 필적이 약간 치졸한 듯해서 더 정이 갔다. 내가 간직하고 있는 가장 소중한 어머니의 유품이다.

여자만 출가외인인가

얼마 전 일이다. 장마중에 휴가 떠난 아이들이 걱정돼 일기예보를 들으려고 아침부터 텔레비전을 이리저리 돌리다가 흥미 있는 프로를 발견하고 채널을 고정시켰다. 〈아침마당〉인가 하는 프로였다고 생각되는데 맏아들의 문제를 다루고 있었다. 맏아들 부부가 직접 출연했고, 정신과 의사와 여성학자가 초대 손님이었고, 방청객도 있었다. 처음부터 보지 않았는데도 관심을 갖게 된 것은 맏아들의 문제를 비교적 진지하게 다루고 있었고, 맏아들의 문제는 곧 맏며느리의 문제고, 거의 외아들 외딸이 될 앞날에 있어서의 우리 모두의 문제라는 보편성 때문이었다. 먼저 들어본 맏며느리의 불평인즉 이러했다. 그들 부부는 서울에서 따로 살고 고향인 울산에는 시

부모만 남아 있다. 시부모 곁에는 결혼한 둘째아들과 시누이가 살고 있어서 외롭게 사시는 건 아니다. 허나 맏아들의 도리가 있기 때문에 그들 부부는 설, 추석, 제사, 생신 등 일 년에 너덧 번 이상은 반드시 부모님을 찾아뵙는다. 거기 대해서는 맏며느리도 불만이 조금도 없다. 아내가 고통스러워하는 건 남편보다 며칠 먼저 시댁에 내려가 명절이나 제사를 차리고, 돌아올 때도 남편은 먼저 보내고 열흘 정도는 혼자 시댁에 남아 있어야 하는 데 있고, 더 큰 불만은 시댁에서 멀지 않은 친정에 가볼 기회는 거의 없다는 데 있었다. 아내는 시댁에는 그렇게 자주 가 오래 머물러야 하고, 정초에도 양력 음력을 두 번 다 시댁에서 쇠야 하니, 양력만이라도 친정 부모를 찾아뵙고 싶다는 지극히 타당하고 작은 소망을 가지고 있었다.

거기 대한 남편의 대답은 뜻밖에 매우 서정적이었다. 맏아들의 도리로 아내를 윽박지를 줄 알았는데 부모님과 고향에 대한 간절한 느낌을 섬세하고 설득력 있게 말했다. 어려서부터 아버지한테 느낀 각별한 자애와 신뢰감, 방학 때 고향 갈 때, 조급한 마음에 비해 너무 느린 기차, 반대로 서울로 다시 돌아올 때의 눈물나도록 빠르게 느껴지는 기차 등 그의 부모 사랑이 단지 의무가 아니라 마음으로부터 우러나는 감정이라는 걸 그는 조리 있고도 부드럽게 말했다. 첫애를 낳았을 때는 이 주일 만에 아내를 데리고 고향에 내려간 얘기도 나왔다. 부모님이 얼마나 첫손주를 보고 싶어하실까 싶어 삼칠일이나 지나거든 내려가자는 아내를 설득해 가깝지도 않은 고향으로 내려간다. 그러나 그때를 추억하는 아내의 태도는 남편과는 달리 원망스러워하는 빛이 역력하다. 그렇게 기를 쓰고 내려갔건만 시댁에선 섭섭한 소리만 들었다고 했다. 첫애가 아들이 아니라 딸이었던 것이다. 그래도 남편이 말하는 태도에서는 첫아기를 부모님에게 빨리 보이고 싶다는 것 외에 아들딸에 대한 편견이 거의 느껴지지 않아서 보기 좋았다. 그의 부모 사랑 고향 사랑 자식 사랑에 조금도 거짓이 없어 보였고, 그런 사랑이 누구보다 풍부한 사람이라는 것도 알 만했다. 그래서 낡은 인습으로 억압하려는 것보다 훨씬 호감이 갔다. 그러나 그가 억압적이지 않았다고는 말 못하겠다. 어쩌면 누구보다도 교묘하게 억압적이라고 볼 수도 있었다. 자기가 사랑하는 것들을 아내도 무조건 같이 사랑해야 된다는 생각은 얼마나 억압적인가. 그건 그 남자의 처가에 대한 너무도 당당한 무관심에서도 스스로 증명하고도 남음이 있었다.

사랑의 능력 중 가장 중요한 것은 서로 입장을 바꾸어 생각할 수 있는 능력이다. 그게 빠진 사랑은 욕심이나 이기지 사랑이랄 게 없다. 그가 그렇게 고향을 사랑하고 부모님을 기쁘게 해드리고 싶은 생각이 절절한 것만큼 아내 또한 같은 감정을 지닌 인간이란 생각을 왜 못했을까. 그러나 문제는 텔레비전에 나온 남편이 특별한 사람이 아니라 전형적인 한국 남자라는 데 있다.

우리는 예로부터 부모 공경을 가장 중요한 사람 노릇으로 여겨서 불효하면 금수만도 못하다는 소리를 들어도 싸다고 생각했다. 그러나 그건 어디까지나 남자에게 해당하는 소리지 여자는 출가하면 친부모에 대한 효도는 죄악시한 경향마저 있다. 결국은 여자는 인간도 아니란 소리와 다를 바가 없다. 남자의 효도란 자신은 손끝 하나 까딱 안 하고 순전히 아내를 비인간화시킴으로써 얻어낸 경우가 대부분이라는 것은 굳이 어머니 할머니들의 시집살이의 예를 들 것 없이 현대에도 도처에 널려 있다. 시어머니가 오셨을 때는 더운밥 짓고 고기 반찬을 대접해 용돈 드려 보내드려도 친정어머니가 오셨을 때는 먹던 밥에 숟갈만 하나 꽂아 내놓고 택시값으로 오천원쯤 드릴까 말까 하다가 못 드리고 속상한 얘기는 아직도 라디오 여성 프로의 단골 메뉴다. 물질적으로뿐 아니라 정신적인 애정 표시나 자식 노릇도 친정 식구한테 하는 것은 시댁과 남편의 눈치가 보인다는 말을 흔히 듣는다. 아들이 그랬을 때는 가족적으로뿐 아니라 사회적으로도 못된 놈이라는 지탄을 받을 짓이 딸이 그렇게 했을 때는 아름다운 부덕이 되는 게 바로 이 부모를 대하는 태도이다. 아무리 자식 덕 볼 생각 안 하는 세상이라 해도 같은 정성과 교육비를 들여 기른 아들딸이 결혼과 동시에 이렇게 달라지는데 누가 딸을 낳고 싶겠는가.

딸은 출가외인이라는 우리의 인습이 현대 과학과 결합할 때, 여자를 비인간화시킬 뿐 아니라 우리의 앞날에 얼마나 가공할 재난을 가져올지는 최근에 나타난 남녀 성비율의 현격한 불균형만 봐도 알 수가 있다. 남녀의 법적 제도적 차별이나 임금의 격차, 취업 기회의 불평등 따위는 그 폐해가 나타나고 나서 고쳐도 늦지 않을 수도 있다. 그러나 2010년이 되면 아들 넷 중 한 명이 짝을 못 찾는 일이 생겼을 때는 대책이 없게 된다. 딸 낳기를 그때 가서 장려한다고 욕망이 절정에 달한 청년의 짝이 될 수는 없지 않은가. 현대를 사는 우리는 지금 돌이킬 수 없는 재난의 씨를 뿌리고 있다. 이왕이면 남의 자식을 데려올 수 있는 자식을 낳아야지 출가외인을 낳고 싶지 않다는 너무도 단순하고도 이기적인 생각으로 무서운 환경 파괴를 일삼고 있다. 우린 이걸 방관해서는 안 된다. 남자나 여자나 똑같이 결혼을 하면 일단 낳아준 부모로부터 멀어지는 것이지 여자만 출가외인이 되는 게 아니라는 것을 먼저 부부끼리 터놓고 얘기할 수 있어야 한다. 밀착 관계에서 멀어진다 뿐 부모자식 간의 애틋한 정과 은혜에 대한 감사는 인간 공통의 정서, 즉 인간성이지 여자와 남자가 차이가 나는 것이 아님을 정직하게 그리고 기회 있을 때마다 대화로서 풀어나가야 한다. 아무리 그 역사가 유구해도 거짓인 것은 사라져야 한다. 특히 부부 사이엔 그렇다. '너에게 원하는 건 어려운 고백이 아냐. 날 사랑하는 것만큼 표현해주는 것. 내가 느낄 수 있도록……' 유행가 가사지만 입장을 바꾸어 생각하는 능력은 대화가 없이는 생겨날 수 없다는 걸 생각할 때 귀담아 들을 만한 신선하고 건전한 구절이다.

남자도 해방돼야 하는 까닭

남편 모르게 자식 부정 입학도 시키고, 별도 팔고 사고, 재산 형성도 과도하게 해서 남편을 망신시키거나 몰락을 재촉한 잘난 아내가 한때 화제가 되더니 요샌 잠잠하다. 남편 모르게 그게 가능할까 의심하는 소리도 더러 있었지만 나는 충분히 그럴 수도 있다고 생각했다.

남편 입장을 옹호할래서가 아니라 소위 큰일을 한다는 남자일수록 안에서 하는 일에 대범한 걸 남자답게 여기고, 아내는 시시콜콜한 걸로 남편이 신경을 안 쓰도록 하는 걸 부덕으로 삼은 게 우리 문화의 뿌리이기 때문이다.

어려서 할머니한테 들은 옛날얘기 중에 이런 게 있다. 끼니가 간 데 없는 가난한 선비의 집안이 있었다. 벌써 며칠째 남편에게만 겨우 곡기 있는 걸 먹였을 뿐 아내는 촐촐히 굶고 있다. 그러나 아내가 뒤주 바닥을 긁건 울타리를 헐어서 굴뚝에 연기를 내건 아랑곳없이 사랑에선 글 읽는 소리가 낭랑하다. 마침 선비에게 친구가 찾아온다. 이 아니 기쁘겠는가. 선비는 안에다 대고 유붕有朋이 자원방래自遠方來함을 알리고 술상 차려내오라고 호기를 부린다. 이윽고 좋은 술과 안주가 오른 술상이 나온다. 종을 부리는 처지도 아니니 손수 술상을 들고 나온 아내는 머리에 수건을 쓰고 있다. 삼단 같은 머리를 베어 다리꼭지를 만들어 팔아 술과 고기를 샀다는 얘기였다.

끔찍한 얘기였지만 할머니는 그 아내를 본받을 만한 현숙한 부인으로, 수건 쓴 아내가 다시 쪽을 찔 수 있을 때까지도 거기 대해 일언반구 아는 척을 안 하고 지낸 선비를 장차 큰 인물 될 재목인 양 말씀하셨다. 그러나 만약 머리가 자라기도 전에 아내가 꼭 얼굴을 내밀어야 할 혼사나 상사가 집안 내에 생겼어도 그 남편은 그렇게 대범할 수가 있었을까. 모름지기 그 사실을 처음 안 것처럼 노발대발 남편을 망신시킨 아내를 더이상 못 데리고 살 것처럼 단죄하지나 않았을까?

지금은 물론 그런 옛날이 아니다. 그러나 그런 역할 분담이 양상만 달라졌다 뿐 본질적으로는 조금도 달라진 게 없다. 경제 규모가 엄청나게 커져서 여자도 구태여 제 몸의 머리털까지 베어 팔지 않더라도 돈을 만질 수 있는 길이 쏠쏠히 열려 있다. 그러나 대개 세금을 내지 않은 음성 수입이라는 걸로 수건으로 가린 머리카락 팔기와 다를 바가 없다. 간혹 남편 잘 만난 여자는 머리카락보다 더 존엄한 남편의 지위나 권세를 몰래 야금야금 파는 데 재미를 붙일 수도 있다. 그러나 그건 보통 여자들에겐 가당치도 않은 얘기고, 대개는 곗돈 만지기로부터 발전해서 소규모의 부동산 투기 등으로 진전해 갔다. 보통 남편 중에도 자기 집이 이사하는데 어디로 이사하는 줄도 모르고 있다가 퇴근할 때 번지수를 가지고 찾아갔다는 걸 자랑삼는 남자도 적지 않다. 그런 남자는 이사간 집이 어떻게 해서 18평에서 30평 아파트가 됐는지도 알려고 하지 않는다. 그러면서도 자신의 이런 대범함과 황금의 알을 낳는 아내를 만난 행운을 은근히 동료에게 자랑을 한다. 얼핏 보기에는 모든 공을 아내에게 돌리는 것 같아 듣기 좋지만, 벌어다주는 걸 쪼개 쓸 재주밖에 없는 아내를 만난 동료를 은근히 우울하게 만들고, 그런 우울증은 무능한 아내에게 이만저만한 스트레스가 되지 않는다. 그뿐이 아니다. 그들의 대범함에는 잘됐을 때는 누리고 못됐을 때는 발뺌을 하자는 지극히 교활한 속셈이 숨어 있다.

은행 문이 지금보다 훨씬 높아 사업이나 주택 마련 자금을 거의 곗돈에 의지하던 70년대엔 계가 연쇄적으로 무너지면서 이혼당한 여자가 속출해서 그런 가정 파탄 사례가 연탄가스 중독사만큼이나 자주 신문 사회면을 장식했었다. 잘되면 그 과실을 누리고, 못됐을 때는 발뺌을 하기 위해 단죄도 서슴지 않는 대범한 남자에게는, 잘돼도 절대로 공치사를 안 하고 못됐을 때는 모든 죄를 뒤집어쓸 부덕을 갖춘 아내가 가장 어울리는 짝일 것은 말할 것도 없다.

그러나 절대로 공치사를 안 하려는 소리 죽임을 전제로 한 수입에는 떳떳지 못해도 된다는 암시가 들어 있다.

여성이 해방되고 싶어하는 욕구는 경제활동이건 주부생활이건 하는 일에 보람을 느끼고 떳떳하고 싶은 사람 노릇 찾기에 다름 아니다. 남성 또한 그 비인간적인 남성다움에서 해방되지 않으면 안 되는 까닭도 마찬가지일 것이다.

내 식으로 먹기

어려서부터 몸이 약하단 소리를 들었다. 잔병치레도 큰 병치레도 한 적이 없건만도 단지 살이 찌지 않고 말랐다는 것만으로 어른들한테 약골 대접을 받았다. 중학교 시험 칠 때 어머니가 신체검사에 떨어질까봐 속바지에다 당신의 은반지랑 무게 나갈 만한 쇠붙이를 주섬주섬 집어넣어주신 것만 봐도 체중과 건강을 같은 것으로 생각했었던 듯하다. 식생활이 크게 바뀌면서 요새는 집집마다 비만아가 걱정거리고 몸무게로 우량아를 뽑는 풍속도 언제부터인지 없어져버렸다. 어린이들뿐 아니라 어른들도 배가 나오면 돈푼깨나 벌었나보다고 알아주던 건 옛날이고 요새는 궁상맞다는 소리나 듣게 돼 있다. 여자들은 더하다. 수영으로 살을 빼는 것은 중노년층이고 젊은 여성들은 더 적극적이어서 동네 상가마다 여성 비만을 예방하고 고운 몸매를 지켜준다는 각종 시설의 간판이 날로 늘어나고 있다.

시대의 그런 변화 탓인지 요새는 나도 건강해 보인다는 소리를 자주 듣고 산다. 금년에는 아주 젊지는 않지만 나보다는 젊은이들하고 한 보름 동안 여행을 한 일이 있는데 일행 중 가장 젊은이가 쉬 지쳐서 스케줄대로 움직이지 못하고 가끔 숙소에 혼자 남아 쉰 반면 나는 잘 따라다녀 정정하단 소리를 여러 번 들었다. 특별한 건강법이 있느냐고 꼬치꼬치 묻는 이까지 있었다. 솔직히 말해 이 나이에 정정하단 소리를 들으면 찬사라기보다는 욕으로 받아들여져 조금은 서글프게 마련이다. 나이들고 운동도 안 하니 어쩔 수 없이 불필요한 곳에 군살이 붙고 체중도 늘었건만도 십 년도 넘게 고혈압으로 하루도 빠짐없이 약을 복용하고 있다는 것조차도 믿어주려고 하지 않았다. 고혈압은 뚱뚱하고 혈색 좋은 사람이나 걸리는 것이라는 고정관념 때문일 것이다. 나도 고혈압 진단을 처음 받은 당시만 해도 믿어지지 않기도 하고 겁도 나고 해서 이 사람 저 사람에게 병 자랑 겸 엄살을 좀 부려보았지만 차츰 안 그러게 되었다. 사람마다 권하는 약과 식이요법이 하도 다양해서였다. 들이나 산에 널린 풀도 약 안 되는게 없었다. 아무리 진실된 충고라 해도 어차피 다는 들을 수 없는 거라면 병의 전문가인 의사의 지시를 따를 수밖에 없지 않을까 싶어 그 후부터는 일절 병 자랑을 삼가게 되었다. 처방해준 약을 거르지 않고 먹는 것으로 그럭저럭 정상 혈압을 유지하고 있다. 의사도 식이요법은 권하는 것이지만 짜고 매운 것을 조심하는 것만 빼고는 내 식으로 먹고 있다. 먹는 것을 즐기는 것도 빼놓을 수 없는 사는 재미인 이상 그것을 희생시키는 건강이 무슨 의미가 있을까 싶어서이다. 그래서 먹는 것은 철저히 내 육체의 욕구에 따르고 있다. 육체의 욕구인 입맛이라는 것도 실은 고정된 게 아니어서 젊어 한때는 서양식으로 멋을 낸 요리가 좋아 외식도 양식을 하고 싶어하고, 집에서도 비슷한 흉내를 자주 냈었는데 나이들면서 옛날 맛으로 돌아가고 있다. 나물, 된장찌개가 좋고, 빵보다 밥이 좋다. 밥도 흰밥이 좋다. 잡곡밥은 아마 쌀을 아껴 먹어야 했던 일제 말기나 육이오 전쟁중의 넌더리가 아직도 남아 있어서 그런지, 남들이 아무리 좋다고 해도 한두 끼면 모를까 줄창 먹기는 싫다. 채식 위주라지만 채식주의자는 아니다. 고기가 먹고 싶을 때는 먹는다. 단것을 평소 안 좋아하다가도 가끔 진하게 단것을 먹을 적이 있는데 별안간 먹고 싶어서이다. 느닷없이 뭐가 먹고 싶은 건 그만큼 몸에서 필요로 하기 때문이거니 내 나름으로 판단하고 먹고 싶은 걸 참거나 하지 않는다. 그러나 평소의 식사도 그렇지만, 아무리 먹고 싶어서 찾아 먹은 음식이라도 너무 많이 먹지는 않는다. 다음에 또 맛있게 먹기 위해서이다.

정신의 건강을 위해서는 하루 적어도 두 차례 정도는 죽음에 대해서 생각한다. 인간의 운명 중 가장 확실하고 평등한 것은 죽음밖에 없다. 더 깊이 생각해도 좋지만 그 정도만 생각해도 마음이 평화로워진다. 처음부터 정신 건강을 목적으로 그런 생각을 한 것은 아니고 사랑하는 가족을 잃고 나서 그 비통 때문에 생긴 습관인데 마음의 평화뿐 아니라 욕심을 줄이는 데도 도움이 되고 있다. 내 식대로 먹다보니 가리는 음식은 없지만 인스턴트 식품이나 수입한 농수산물은 안 먹기로 작정을 하고 열심히 실행하고 있다. 그것 또한 죽음 때문이다. 사후에도 건강은 있다고 생각한다. 사후의 육체의 건강은 육체가 잘 썩어 흙으로 돌아가는 일일 것이다. 살아 있는 동안 생명의 근원이었던 흙에다 약간의 거름이라도 보탤 수 있으면 더욱 좋을 것이다. 가공식품이나 수입 상품에 들어 있을 수밖에 없는 여러 가지 첨가물 중 방부제가 인간의 몸이 흙으로 돌아가는 것조차 방해하여 미라로 남게 될까봐 두려워서 그것만은 안 먹으려는 것이 나의 최소한의 건강법이자 요즘 누리는 최고의 사치가 되고 있다. 국산이 수입한 것보다 훨씬 비싸기 때문이다. 국산 중에도 살아 있는 흙에서 난 것은 더욱 비싸지만 우리의 건강과 흙의 건강을 위해 외롭게 악전고투하는 이들에겐 차라리 약소한 대가고, 우리가 누리는 딴 낭비에 비해선 더욱 그러하다.

서태지와 아이들

추석 무렵이었을 것이다. 상표랑 가격표를 너덜너덜 붙이고 다니는 손자의 농구화에서 그걸 떼내 버렸다가 도로 찾아내라고 떼를 써서 혼이 난 적이 있다. 멍청하게도 나는 그때 처음으로 그게 '서태지와 아이들' 패션이라는 걸 알았다. 참 별난 유행도 다 있다 싶었지만 나도 가끔 새 옷에서 상표를 떼내는 걸 잊어버리고 붙이고 나갈 뻔한 적이 있고, 세탁해 온 옷에 붙은 작은 꼬리표는 그냥 붙이고 나가서 무안을 당하고 나서야 떼낸 적도 있기 때문에 묘한 친근감을 느꼈다. 그 후 과연 그들이 어떻게 생긴 젊은이들일까 하는 호기심에서 주의깊게 보았음에도 불구하고 내가 텔레비전을 보는 시간이 많지 않아서였는지 그들이 자주 나오는 편이 아니어선지 최근에야 그들을 볼 수가 있었다. 신발에도 상표가 붙어 있었는지는 잘 못 보았고 모자에는 과연 상표지 가격표지가 대롱거리고 있었다. 더운데 털모자였고 무슨 필요에 의해선지 불분명한 배낭을 메고 있는 이도 있었다. 멋있어 보이기보다는 남달라 보이려고 마음먹은 장난스럽고 파격적인 복장이었다. 마침 그들이 사회를 보는 프로였는데 처음 사회를 봐서 떨리지 않느냐고 물으니까 안 떨린다고 대답하는 걸 들으면서 물으나마나 도대체 떨게 생기지 않은 젊은이들인데 뭘, 하는 게 그들에 대한 나의 첫인상이었다. 대중 앞에서 떨리는 건 대중이 나를 어떻게 생각할까 궁금해하는 마음과 대중의 마음에 들고 싶은 마음 등 대중의 눈치를 살피게 되기 때문인데 그들의 기발함과 당돌함은 눈치 같은 것하고는 거리가 멀어 보였다. 흔히 인기인은 유행의 첨단을 걷는 이로 알려져 있다. 첨단이란 가장 앞선 것이란 뜻도 있지만 뒤따르는 사람이 없을 때 앞선 건 아무런 의미가 없다. 특히 유행에 있어서 첨단은 줄줄이 흉내내는 이를 거느리다가 어느 틈에 따돌리고 재창조한다는 뜻 같은 걸 내포하고 있다. 대중이 줄줄이 뒤따르게 하려면 대중이 스스로도 미처 알아내지 못한 감추어진 심미안 같은 걸 눈치채는 능력이 남달라야 하리라. 그런 뜻으로 서태지네의 멋내기는 너무 튀어 아이들이라면 모를까 일반

대중이 쉽게 추종할 수 있는 유행을 창조한 것 같지는 않았다. 그러나 또다른 기발함과 당돌함으로 이어진다면 눈치보기에서 자유롭고 싶은 우리들의 숨은 욕망은 충분히 읽어낸 것이 아닐는지.

며칠 전에는 중늙은이들이 야외에서 노래하고 춤추는 걸 본 적이 있는데 그게 또 서태지의 흉내라는 것이었다. 아이들만 좋아하는 줄 알았더니 뜻밖이었다. 나는 노래를 잘 못 부르기 때문에 알아듣는 귀도 둔해서 서태지의 노래라는 걸 옆에서 누가 귀띔해주지 않았으면 전혀 딴 노래로 알았을 만큼 다르게 불렀다. 내 귀엔 남대문시장 난전에서 "골라 골라 골라잡아 단돈 오백원" 하고 외치는 가락처럼 들렸다. 요즈음 난전의, 연예인 뺨치게 익살스럽고 흥겨운 가락과 몸짓이 아니라 지금보다 훨씬 살기가 어려웠던 6, 70년대의 싸구려판에서 외치는 소리처럼 청승과 비애와 절박함이 흥에 질펀히 녹은 소리였고 몸짓은 춤이라기보다는 몸부림에 가까웠다. 아아 저렇게 부를 수도 있구나, 그게 그 아이들이 남겨놓은 여백인지 그 중늙은이가 발견한 공감댄지는 알 바가 아니지만 나는 괜히 감동을 하고 말았다.

당치않은 연상인지도 모르지만 서태지와 아이들의 기존의 것에 대한 눈치보지 않는 태도를 처음 보았을 때, 나는 요새 집중적으로 보게 된 새로운 작가들의 새로운 글쓰기에 대해 생각이 미쳤다. 나는 처음 문단에 나올 때 얼마나 떨었는지 모른다. 이게 과연 소설이 된 것일까 하는 기존의 소설 문법에 대한 눈치보기 때문이었다. 그러나 요새 신인들은 조금도 그런 눈치보기를 안 한다. 눈치를 보기는커녕 대뜸 기존의 것을 깔아뭉갠 자리에 서 있으려는 것처럼 보일 적도 있다. 그중의 어떤 것은 표절의 혐의를 받고 있는 것도 있지만 나는 아직 표절했다는 원전에 접하지 못했으니, 표절이 사실이라 해도 그렇고, 무고한 혐의라도 그렇고 안타깝다는 소리밖에 할말이 없다. 다만 새로움 그 자체로도 반짝하는 기쁨이 됐다는 건 숨기고 싶지 않다. 물론 읽고 나서 무언가 남기를 바라는 나의 고전적인 독법讀法을 만족시킬 만한 것까지 그 새로움마다에 다 있었다고는 말 못하겠다. 그러나 이 나이에 좀 주책없다 싶을 만큼 새로움 그 자체를 반겼던 것은 시대에 뒤떨어지고 싶지 않아서였을까, 새로움에 대한 갈망 때문이었을까. 어쩌면 둘 다일지도 모르겠다.

이 시대 속에는 기존의 위선을 깔아뭉개고 싱싱하게 태어날 새로움에 대한 갈망이 얼마나 오랫동안 억압돼왔던가. 고약한 팔자소관처럼 선택의 여지가 없는 정치판의 변하지 않는 얼굴들을 볼 때마다 느끼는 한숨과 무기력감을 우리는 우리도 모르게 그렇게 풀고 달래고 있는 거나 아닐는지. 정치판을 단호하게 외면하려는 마음속에 더 교묘하게 그 판에 얽매여 있는 의식의 흐름을 읽게 된다.

잘 가라, 5월의 풍경들이여

봄은 숨가쁘게 달려오더니 미처 붙들 새도 없이 가버렸다. 그래도 5월이 가기까지는 봄이라고 여기고 싶지만 가로수는 짙푸르고 공원과 아파트의 철책마다 줄장미가 만개해 있다. 한낮의 더위 또한 찌는 듯하여 그나마 아침저녁 서늘한 게 그렇게 상쾌할 수가 없다.

동이 트면 물통을 들고 슬슬 산책을 나간다. 단지 내에 지하수가 있지만 아침 바람이 좋아 이웃 동네까지 한 바퀴를 돈다. 아직 물까지 사먹기는 싫어서 지하수를 길러 다니지만 수돗물보다 더 낫다는 믿음이 있어서는 아니다. 수돗물이고 지하수고 끓여서 마신다. 생수에 대한 믿음도 별로 없다. 그러니까 물을 긷기 위해서라기보다는 맨몸으로 동네 한 바퀴 도는 것보다는 빈 물통이라도 들고 휘적휘적 걷는 게 속 편해서 들고 나왔다고나 할까.

백발의 노신사가 차를 닦고 있는 모습이 좋아 보인다. 백발에 잘 받는 화려한 티셔츠와, 정정한 자세와, 민첩하고 꼼꼼한 일솜씨도 좋아 보이지만 그 나이에 중형차를 손수 운전하고 출근할 수 있는 현역이라는 것도 복돼 보인다. 그러나 돌아오는 길에 보니 그 차에 올라타는 건 그가 아니라 그의 아들인가보다. 젊은 아내와 예쁜 꼬마가 배웅나와 출근하는 아빠에게 나비처럼 손을 흔들고 아빠 또한 처자식에게만 정신이 팔려 차를 소나기 지나간 후의 신록처럼 싱그럽게 닦아놓은 노부老父에겐 미처 눈길을 보낼 새도 없다. 나는 그게 괜히 민망해 차에 올라앉은 사내가 옆 거울을 보며 지은 부드러운 미소가 저만치 뒤에 처진 아버지한테 보낸 친애의 정이거니 생각하려든다.

아침 산책길에 물통을 든 건 거의 나 같은 늙은이들이고 젊은이들은 대개 맨손으로 조깅을 한다. 가족 단위로 산책을 하는 모습도 적지 않게 눈에 띈다. 앞서거니 뒤서거니 조깅을 하던 부녀가 갑자기 멈춰 섰다. 아빠가 땅에 공손히 무릎을 꿇더니 딸의 풀어진 조깅화 끈을 단단히 매주고 있다. 그동안 얼굴은 앳돼 보이지만 키는 아빠 어깨에 닿을 만큼 다 자란 소녀는 미안해하는 기색도 고마워하는 기색도 없이 다만 공주처럼 천진하고 당당하다. 요새 아빠들 딸 예뻐하는 것은 엄마가 봐도 눈꼴이 실 지경이라고들 하더니만, 그게 바로 저런 거로구나 싶어 슬그머니 웃음이 난다.

아침이 아니라 낮의 일이다. 어린이가 자전거를 타고 있었다. 유치원밖에 안 다닐 것 같은데도 두발자전거였다. 보조바퀴를 뗀 지 얼마 안 된 듯, 몸의 균형 감각이 잘 잡히지 않아 천사 같은 얼굴이 긴장으로 굳어 있는 게 그렇게 귀여울 수가 없다. 귀엽기도 하지만, 미숙한 솜씨가 곧 도와줘야 할 것처럼 아슬아슬해 보여 나는 나도 모르게 발길을 멈추었다. 단지 안은 촘촘히 주차한 차와 드나드는 차들 때문에 아이들이 자전거도 마음놓고 탈 만하지가 못하다. 그래서 아마 롤러스케이트들을 그렇게 많이 타나보다. 차 사이를 요리조리 비집고 다니기에는 그게 차라리 나을지도 모르지만 난 롤러스케이트로 맹렬하게 달려오는 청소년을 보면 겁부터 나면서 내 쪽에서 먼저 방향감각을 잃게 된다. 보조 바퀴를 막 뗀 어린이한테도 차뿐 아니라 큰아이의 롤러스케이트도 위협적으로 보일 듯싶었다. 아니나다를까 아이가 휘청하더니 주차해 있는 보라색 차에 머리를 꼬나박으면서 자전거와 함께 나동

그라졌다. 아이는 물론 자지러지게 울었다. 어머머머…… 비명을 지르며 어른이 화급히 뛰어왔다. 그러나 그 어른은 우는 아이는 본 체도 안 하고 아이와 부딪힌 차체만 여기저기 쓰다듬고 들여다보고 난리였다. 애엄마가 아니라 차 주인이었던 것이다. 손톱만큼만 긁혔어도 용서 안 할 듯 영악하고 단호한 기세였다. 좀 늦게 달려온 애엄마도 아이가 크게 다친 데가 없는 것을 확인하자 차가 어디 긁힌 데 없느냐고 물어보고 나서 떠나갔다. 아아, 그놈의 차. 사람 나고 차 난 게 아니라 차 나고 사람 난 것일까? 내 자식은 천금 같아도 남의 자식은 내 차의 털끝만도 못함인가?

전업주부도 꼭 차가 있어야 하는 까닭 중에 자식 과외 공부 길을 안전하게 실어날라야 하는 것을 빼놓을 수가 없다. 자식들 중에도 특히 딸자식을 위해서 그 정도의 부모 노릇은 필수적이다. 오륙 세의 어린이도 성폭행을 당하는 세상이니 사춘기의 딸자식의 안전에 신경이 써지는 건 당연하다. 제 딸자식이 그런 일을 당한다는 건 생각만 해도 치가 떨리는 일이다. 그런 문제가 생길 때마다 전전긍긍하는 것은 으레 딸 가진 부모 쪽뿐이고 아들 가진 부모는 마치 딸이 없어 얼마나 다행이냐는 듯 느긋하고 태평스럽기만 한데 그래도 되는 것일까? 딸이 성폭행을 당하면 세상이 끝장나는 게 되고, 성폭행을 한 아들은 전도가 양양하단 말인가? 우리 자랄 때만 해도 '맞은 놈은 다리 뻗고 자도, 때린 놈은 오그리고 잔다'는 정도의 가해에 대한 경고는 줄창 들어왔다. 그러나 요새 아들 기르는 법은 이유 여하를 막론하고 맞고 들어오면 야단맞고, 때리고 들어오면 신통해한다. 용기와 폭력을 분별하도록 가르치기 전에 무조건 난폭하도록 부추긴다. 그렇게 기른 아들이 어떤 형태로든 부모에게도 가해자가 되지 말란 법이 없을 것이다.

환청으로 소나기 소리를 들으며

삼십팔 도가 넘는 더위는 남쪽 내륙 지방만의 일인 줄 알았더니 드디어 서울까지 그 더위가 북상을 했다. 열병을 앓는 사람의 체온이 우리 몸을 고루 감싸고 있는 셈이니 생각만 해도 끔찍하다. 그러나 관상대에서 발표한 최고 기온이란 백엽상 속의 자동 관측기가 기록한 기온일 터이니, 서울에서 일상생활을 하면서 가장 더웁게 느낀 장소나 시간의 온도는 그보다 훨씬 더하다고 생각하면 더 끔찍해진다. 도시의 이런 고온 현상을 콘크리트 건물과 아스팔트 길, 그리고 에어컨, 자동차 등에서 배출하는 인공 열들로 풀이하는 소리를 흔히 듣는다. 오후의 뙤약볕 아래 서보면 그 말이 맞는 것 같다. 하늘에서 내리쬐는 볕은 양산이나 건물의 그늘로 잠시 피할 수도 있지만 아스팔트와 고층 건물에서 끼쳐오는 열기는 출구 없는 화덕 속이나 다름이 없다. 곧 쪄 죽을 것 같아 살인적인 더위란 말이 실감이 난다. 아무리 해가 진 후라고 해도 도시에 직립한 무수한 열 기둥 속의 한 방에서 자는 잠이 편안할 리가 없다.

그러나 오후의 아스팔트 길보다 더 뜨거운 데가 있으니 그곳은 한낮의 주차장이다. 도처에 차가 넘치는 세상이니, 자기 차가 있건 없건 차들이 늘어선 사이를 통과해야 할 일은 하루에도 몇 번씩 있을 것이다. 그럴 때마다 느끼는 건데 열을 받은 차체에서 되쏘는 열기는 아스팔트보다 몇 배 더 잔혹하다. 전국의 차량 대수를 헤아릴 것도 없이 당장 눈앞에 보이는 아파트 주차장이나 밀리지 않을 때가 없는 도로 사정만 보고 짐작해도 길이란 길이 아스팔트가 아니라 철판으로 포장됐다고 가정해도 크게 틀리지는 않을 것이다. 일전엔 오랜만에 시내에서 만난 친지의 차에 동승하기 위해 도시 한가운데 있는 대형 주차장 한가운데로 걸어들어가야 할 일이 있었는데, 꼭 시뻘겋게 달아오른 프라이팬에 던져진 기분이었다. 비명을 지르며 도망치고 싶은 걸 가까스로 참고 겨우 찾은 그의 차에 오르려고 하자 잠시만 기다리라고 했다. 잠시 후 환풍을 하고 에어컨을 작동시켰다고는 하나 차 안의 더위 또한 굉장했다. 핸들이 펄펄 끓어 잡을 수가 없었다고 했다. 집이 같은 방향만 아니었어도 태워주겠다는 그의 호의를 거절했으련만, 하고 후회막급이었다. 이윽고 차 안은 어느 만큼 시원해졌지만 차가 밀리기 시작하자 평소 점잖고 말수가 적던 친지가 투덜투덜 욕을 하기 시작했다. 차들의 정체가 심해질수록 그의 입도 믿을 수 없을 만큼 험악해졌다. 마치 그도 어찌할 수 없는 고약한 힘이 그를 뚫고 들어와 그를 차지한 것처럼 그는 전혀 딴사람이 되어 자신을 뺀 모두를 적으로 돌리고 으르렁대고 있었다. 온 세상을 향해 적의를 곤두세운 그는 당연하게 외로워 보였다.

비단 그 친지 아니라도 남의 자가용이나 택시를 타고 가다가 교통 혼잡을 만나거나 매너가 좋지 못한 딴 차 때문에 주행에 지장이 생겼을 때, 운전대 잡은 이가 돌연 난폭한 욕쟁이로 변하는 건 흔히 보는 일이다. 그럴 때는 자기만 옳고 딴 사람들은 다 형편없는 무법자에다 '놈' 아니면 '년'이 된다. 차가 편리한 것인지는 몰라도 존엄한 것은 아닐진대 차 타고 앉았다는 이유 하나로 타인을 그렇게 저주, 능멸해도 되는 것인지, 차가 편리하다는 기능 외에 인간의 심성에 미치는 그런 영향을 볼 때마다 나라도 차를 안 가진 게 참 다행이다 싶어진다. 남이 가지니까 나도 가져야 된다고 생각할 때는 차의 편리함만이 보이지만, 나라도 안 가져야지 생각을 바꾸고 나면 안 가져서 편한 것이 한두 가지가 아니다. 주차할 걱정 없지, 전철을 이용하면 시간 약속 못 지킬 까닭 없지, 출퇴근 시간을 반 시간만 넘기거나 미리 타도 전철 안이 서늘하고 안락하기는 이 복중에도 가히 천국이다. 설사 출퇴근 시간이라 해도 사람들끼리 좀 부대끼기는 해도 저만 잘났다고 남을 미워하고 욕하는 일은 없다. 노인에게 자리를 양보하는 학생을 만날 수도 있고, 남의 업은 아기가 숨 막힐까봐 사력을 다해 버팅기고 섰는 청년을 만날 수도 있고, 시시콜콜한 사람 사는 얘기를 슬쩍슬쩍 엿들으면서 미소를 지을 수도 있다. 그리고 무엇보다도 우리는 누구나 다 우리가 이렇게 무작정 차를 늘려서는 안 된다는 걸 알고 있다. 나라도 안 갖는 것은 나라도 해서는 안 되는 일에 동조를 안 하는 짓일 수도 있다. 남이 가지니까 나도 가져야 된다는 생각 속에는 나 혼자 안 가져봐야 환경오염이나 교통 체증에 무슨 도움이 되겠느냐는 생각이 깔려 있게 마련이지만 심한 교통 체증도 한두 대의 차의 접촉사고나 염치없이 대가리를 잘못 디민 단 한 대의 차에 기인할 적이 많다. 나라도 그 한 대의 차가 안 될 수 있다면 크나큰 공헌이 되는 셈이다. 환경오염도 마찬가지일 것 같다. 자연도 재기할 수 없이 죽는 마지막 선이 있을 테고 내가 무심히 흘려버린 한줌의 합성세제 거품이나 오염 물질이 그 최후의 보루를 무너뜨릴 수도 있다고 가정하면 나라도 안 하는 의식 있는 행위가 얼마든지 위대한 일이 될 것이다.

자정이 지나서야 가까스로 든 잠이 새벽녘에 쏴아 하는 소나기 소리에 깨어났다. 반가워서 허둥지둥 바깥을 살피니 구름 한 점 없는 하늘에 동이 터오고 쏴아 소리는 마음껏 속력을 내는 차소리였다. 하필 차소리에 깰 게 뭐였을까. 비는 아니더라도 지친 나무들을 흔드는 바람 소리라도 되었으면 좋았을 것을.

고궁에서

단풍이 곱게 물든 어느 토요일이었다. 고궁을 낀 돌담길에도 낙엽이 지천으로 쌓여 딱딱한 보도블록이 마치 흙길처럼 부드러웠다. 그런 길에서 우연히 아는 사람을 만났다. 안녕하십니까? 오랜만입니다, 정도의 인사로 스쳐가고 말아도 되는 사이보다 조금 더 친하고 반가운 사람이었다. 어디 가서 차라도 한잔하고 헤어져야 할 것 같아 머뭇거렸다. 요새 바쁘지 않으면 간첩이란 말이 있을 정도로 내남 할 것 없이 바쁘다, 바쁘다가 입에 붙은 세상이라 그 정도의 시간을 빼앗기도 먼저 말을 꺼내기가 망설여졌다. 바쁘지 않으면 고궁에 들어가 잠시 바람을 쐬지 않겠느냐고 상대방이 먼저 말했다. 마침 덕수궁 돌담길이었다. 차라도 한잔, 소리보다 어찌나 신선하게 들리는지 순간적으로 살맛이 다 나는 것 같았다. 덕수궁 안의 은행나무들이 자즈러지게 예쁜 빛으로 물든 잎을 아낌없이 떨구고 있었다. 우리는 폐부 깊숙이 고궁의 가을 공기를 들이마셨다. 늘 숨막히게만 여겨오던 서울 한복판의 공기가 무슨 약수나 되는 것처럼 달게 느껴졌다. 담 하나 사이로 어떻게 공기가 달라지겠는가, 그건 환상에 불과할 터이나 천만 인구 도시 한복판에 그런 환상이 가능한 여유로운 공간이 있다는 게 그렇게 고마울 수가 없었다.

소슬한 바람에 황금빛 잎을 분분히 떨구는 은행나무 아래서 아리따운 신부가 면사포 자락을 길게 끌며 사진을 찍고 있었다. 신부의 허리를 팔로 살짝 감고 있는 신랑도 건강하고 잘생겨 참으로 어울리는 한 쌍이었다. 우리는 마치 하객이나 되는 것처럼 발길을 멈추고 그들에게 선망과 축복의 미소를 보냈다. 좋은 때, 라는 소리가 저절로 나왔다. 그러나 발길을 옮길 때마다 신랑 신부가 없는 곳이 없자 조금씩 질리기 시작했다. 덕수궁 내에서 혹시 합동 결혼식이 있었나 싶을 만큼 도처에 쌔고쌘 게 신랑 신부였다. 그 근처에서 식을 올리고 고궁의 단풍이 하도 고와 사진이나 몇 장 찍고 싶어 들른 신혼부부가 그렇게 많을 리가 없었다. 알고 보니 계절에 상관없이 사시장철 길일이나 토요일엔 고궁이나 공원을 촬영장으로 이용하는 신랑 신부로 그렇게 넘쳐난다는 것이었다. 그러고 보니 사진사도 신랑 신부의 친구가 아니라 전문적인 기사였고, 사진뿐 아니라 비디오도 같이 촬영하고 있었다. 사진사는 마치 영화감독처럼 주문이 많았다. 김치 하라는 건 고전에 속했다. 살짝 안아라, 꼭 껴안아라, 허리를 감아라, 기대라, 마주봐라, 볼을 대라, 입술을 대라, 온갖 주문을 다 하고 신랑 신부는 그런 주문에 부끄러움이라곤 없이 잘도 응했다. 면사포 자락을 활짝 펴서 석조전 계단이 좁아라고 뒤덮고 앉은 신부의 어깨에 손을 얹은 신랑의 얼굴엔 화장기가 뚜렷했고, 같은 장소에서 같은 포즈를 취하려고 대기중인 또 다른 한 쌍은 NG를 안 내려고 안달하는 신인 배우처럼 방금 촬영중인 쌍을 진지하게 바라보며 연습까지 하고 있었다. 혹시 결혼하고 남는 것도 사진밖에 없다고 생각하는 건 아닐까. 그렇지 않고서야 저렇게 기를 쓰고 획일적인 사진을 찍어댈 수는 없는 일이었다.

동행이 한숨을 쉬면서 말했다. "진작 결혼하길 참 잘했다 싶네요. 요새 결혼하려면 저 짓을 해야 할 테니, 이것저것 많이 참고 살았다 싶은데도 저 짓 하는 자신만은 도저히 참아내지 못할 것 같으니 말예요" 그는 사십대 중반이었다. 나도 비슷한 생각을 하고 있었다. 나 결혼할 때야 워낙 형편없이 가난할 때였으니까 지금과 비교할 것도 없지만, 내 자식들을 저런 풍속이 생겨나기 전에 다 결혼시킨 게 얼마나 다행인지 몰랐다. 십 년 전까지만 해도 그런 유행은 없었다. 그래도 자식 하나 결혼시키는 일은 허리가 휘게 고달픈 노릇이었다. 사진에 저 정도로 돈을 쓰자면 그 밖에 혼수나 패물은 얼마나 넘치게 장만했을까, 보지 않아도 본 듯했다. 무엇무엇이 두 사람에게 필요한가, 보다는 요샌 다들 그 정도는 하는 거라고 새록새록 품목을 늘려가며 부추기는 결혼 시장 상인의 상술에 복잡하면서도 획일화된 혼수를 끝도 없이 장만해야 하는 부모의 비애를 저들은 알까. 세대 차란 문명이 생겨날 때부터 있어왔다고 전해진다. 그러나 우리가 여지껏 겪은 세대 차는 부모가 물질적이고 현실적인 데 비해 자식들은 이상에 치우쳐 반항적이고 독창적인 데서 비롯됐다. 그러나 근래에는 젊은이들이 더 타산적이고 물욕적이고 남들이 한다면 맹목적으로 덩달아 하는 경향이 있는 것 같다. 아무리 많이 줘도 아깝지 않은 게 자식이라지만 넘치게 가진 자가 결코 높은 이상을 가질 수 없다는 걸 감안할 때, 모자라게 주는 게 가장 값진 것을 주는 거라고 생각할 수도 있으련만.

아아, 가을인가봐

지난여름은 길었다. 라고 써놓고 보니 아직 과거형을 쓰기는 이를지도 모른다는 생각이 든다. 노염老炎이라는 것도 얼마든지 있을 수 있으니까. 도무지 끝날 것 같지 않은 더위는 공포스럽기조차 했다. 신문과 방송은 관상대 생긴 이래 초유의 기록적인 더위라는 것을 거의 매일매일 외쳐대는데도 뭐가 부족한지 나는 나대로 아이들에게 내 생전에 처음 겪는 더위라는 걸 강조하곤 했다. 마치 내가 관상대보다 더 나이를 먹은 것처럼.

확실히 나이를 먹으니까 더위를 더 타는 것 같다. 과격한 운동이나 일을 하는 것도 아니고, 뙤약볕을 무릅쓰고 나다닐 필요가 있는 것도 아니고, 가만히 있어도 혈기가 들끓는 것도 아니면서 그다지도 참을성 없이 굴었던 것은 미체험未體驗에 대한 공포감이 아니었을까. 몇십 년이 여일한 경험의 반복 때문에 매사가 시들하다가도 막상 안 겪어보던 일에 부딪히면 낯가림부터 하게 된다. 올핸 매미 소리 또한 처음 들어보는 것처럼 유난스러웠다. 아파트 단지가 오래되면서 나무도 무성해져 성장이 빠른 나무는 거목으로 자란 것들도 있다. 그 녹음을 바라볼 때마다 어린 날 원두막에서 듣던 매미 소리가 생각나 아련한 그리움에 잠기곤 했었다. 그러나 그건 매미 소리를 거의 들을 수 없었을 때 얘기고, 마치 쨍쨍한 더위가 음향으로 바뀐 것처럼 작열하는 소리로 울어대는 매미 소리를 온종일 들어야 한다는 것은 얼마나 고역스럽던지. 저것들만 저렇게 번성해서 극성을 떨어도 되는 것일까? 마치 그것들 때문에 가뭄이 들고, 햇볕이 그렇게 무진장 달아오르는 것처럼 싫고 짜증스러웠다.

나는 에어컨 바람을 싫어하고 체질에도 안 맞는다고 생각했었는데 올핸 그것도 들어맞지 않았다. 즐겨 찾던 찻집도 냉방이 잘 안 돼 있다 싶으면 즉시 발길을 돌려 에어컨을 세게 틀어놓은 집을 찾아다녔고, 냉방이 잘된 백화점이나 빌딩에서 필요 이상 오래 어슬렁거리기도 했다. 몸을 충분히 얼렸다고 생각하고 폭염 속에 나왔을 때의 불쾌감을 무엇에 비길까.

살갗에서 냉기와 열기가 기분 나쁜 층을 이루면서 뒤통수가 물혹이라도 생긴 것처럼 부풀어오르는 느낌은 지나친 냉방 때문인지도 모르는데 더위 탓만 했다. 곧 몸은 다시 달구어지고 이마를 타고 내린 땀이 눈으로 흘러들어 부옇게 흐려진 시각으로 불덩어리 같은 태양을 피할 수 있는 곳은 아무데도 없다는 걸 발견했을 때의 기분은 정말 미칠 것 같았다. 고작 이방인의 뫼르소가 태양 때문에 아랍인을 죽이는 장면이나 떠올리면서 살의殺意까지는 안 가더라도 이유를 설명할 수 없는, 대상도 분명치 않은 증오가 지글지글 끓어오르는 걸 느끼곤 했다. 어쩌면 그 더위에도 들에서 가뭄과 싸우면서 곡식과 푸성귀를 가꾸고 수확하는 농사꾼이 있다는 생각을 할 수 있는 일말의 양심조차 없었는지. 올여름은 그렇게 파렴치하기도 했다. 식구들이나 친지들하고 더위를 피해 잠시 야외 나들이를 다녀와서도 딴 사람들은 거기서 즐거웠던 일 서늘했던 일만 기억하는데 나는 가느라고 고생한 일, 가서 꼴 보기 싫었던 일, 돌아올 때 더 더웠던 일만 기억에 남겨가지고 불쾌감을 상승시킬 생각만 했다.

이러다 가을이 안 올지도 모른다는 망령된 생각이 들 만큼 허구한 날 계속되는 더위, 잠 못 이루는 수많은 열대야 끝에 마침내 상큼한 가을 바람을 느꼈다. 처음에 그것은 너무 기다린 끝에 오는 착각이 아닌가 싶을 정도로 어렴풋해 촉감이라기보다는 냄새에 가까웠다. 그러나 이제는 아니다. 새벽녘이면 여름내 구박하던 홑이불을 끌어 덮어야 할 만큼 그 어렴풋하던 것은 확실해졌다. 추석을 한 달 앞둔 백중 달은 또 어찌나 휘영청하던지, 이마에 달빛이 차오르자 샘물에 적신 것처럼 심신이 쇄락해지는 걸 느꼈다. 강력한 일급 태풍도 못 밀어낸 열대성 고기압을 어느 누가 그렇게 가볍게 살짝 밀어낸 것일까. 자연의 섭리에 대한 신뢰감은 거의 행복감에 가깝다. 아마 올여름이 보통 여름이었다면 가을바람이 이렇게 반갑고 기쁘지만은 않았을 것이다. 우리의 정서는 찬바람만 나면 으레 산다는 것의 쓸쓸함, 허망함에 잠기게끔 길들여져 있다. 그러나 올해는 그런 감상에 잠기는 대신 앞으로 하고 싶은 일이 연달아 생각나면서 꼭 하고야 말 것 같은, 다 잘될 것 같은 의욕이 꿈틀대는 걸 느꼈다. 의욕적으로 하고 싶은 일이라고 해서 남에게 내세울 만한 일이란 소리는 아니다. 규칙적인 아침 산책, 적당한 일, 행복한 독서, 외로운 여행, 격조했던 친구들과의 담소 등 철저하게 개인적인 일들이다. 그러나 이런 것들이 조화롭게 이루어질 수만 있다면 나에게는 대단한 일이 될 것이다.

더위 먹은 개인에게도 찬바람과 함께 이성과 감성의 균형이 돌아오듯이, 다소 무엄하게 들리겠지만 아무리 곱게 봐주려도 더위 먹은 짓이라고밖에는 달리 해석할 수가 없는 미숙한 용기, 더욱 미숙한 찬양, 과장된 증오, 분주한 편 가르기로 들끓던 우리 사회도 헛된 열기를 식히고 이성을 회복하기를 간곡히 바란다.

하늘에서와 같이

달력이 한 장만 남고 나서부터는 송년 모임이란 이름이 붙지 않은 자리라 해도, 사람들이 몇 사람만 모이면 자연스럽게 올 한 해를 돌이켜보는 소리를 하게 된다. 그동안 용케 목숨을 부지하고 또 한 살을 먹게 된 걸 서로 축하하며 대견해하는 소리를 들으면 마치 지뢰밭을 건너온 사람들 같다. 금년이 개해였다는 것을 빗대어 '실로 개 같은 한 해였다'고 자조하는 소리도 들은 것 같은데, 개가 들으면 예끼 이 사람아, 무슨 그런 모욕적인 소리를…… 하고 화나 내지 않을라나 모르겠다. 내년은 돼지해니까 재물복이나 식복을 돼지에 빗대어온 오랜 관습상 서로 돈 많이 벌어 잘 먹고 잘살자고 축수하는 덕담을 주고받을 날도 멀지 않았다. 그런 뜻으로 돼지는 십이

간지의 짐승 중 우리 민족의 사랑을 가장 많이 받는 짐승이 아닌가 싶다. 그러나 뭐니뭐니해도 우리가 가장 바라는 것은 사람답게 사는 것이고, 남에게 받고 싶은 최상의 대접도 사람 대접이다.

한 해를 보내기 전에 성탄절이 있는 것도 올해라고 다를 리가 없다. 택시를 타도 캐럴이 들리고 백화점 아니라도 상점마다 크리스마스 장식이 볼만하다. 밤의 번화가에서 온몸에 불을 켠 나목의 아름다움은 환상적이지만 허구의 미라는 것으로는 우리의 잘사는 모습과 유사하다. 성탄절을 맞기 전에 가톨릭 신자는 고백성사를 받아야 한다. 나도 신자의 한 사람으로 올 한 해를 돌이켜보며 가장 여러 번 입술에, 그리고 마음에 떠오른 생각이 하느님이 과연 계실까? 하느님이 계시긴 뭐가 계셔, 계시면 이럴 수는 없을 거야, 하는 거였다는 걸 고백하지 않을 수가 없다. 하필 꽃답고 순결한 여학생들과 선량하고 근면한 월급쟁이들이 건너갈 시간에 그놈의 다리가 무너진 것하며, 도처에서 연달아 터지는, 순전히 사람의 잘못으로 인한 인명 살상을 책임질 사람이 나타난 적이 없는 것하며, 살인마가 감히 사람 위에서 사람을 심판할 듯이 지존至尊을 자처한 것하며, 세금 떼어먹는 솜씨하며, 못된 짓일수록 많이 하고, 크게 할수록 안 걸리고, 잘살고, 잘되는 것하며, 정말이지 하느님이 계시다면 이럴 수는 없는 일이었다. 이런 일은 하느님도 손을 뗀 땅에서나 있을 수 있는 일이었다.

젊은 목숨을 아주 끔찍한 사고로 잃은 유족들 앞에서도 나는 속으로 또 그 생각을 했고, 어떤 문상객은 큰 소리로 나와 똑같은 생각을 입 밖에 내서 말했다. 그러나 유족의 한 사람은 이렇게 말하는 것이었다. “아뇨, 저는 주님이 우리 아이가 고통받을 때 같이 고통받고, 우리 아이가 죽을 때 같이 죽으셨다고 생각합니다. 앞으로 또 이런 일이 있을 적마다 주님은 같이 고통받고 같이 죽으시리라고 믿습니다.” 그 소리는 어떤 신앙 간증보다도 충격적이어서 잊을 수가 없다. 우리가 금년에 업신여기고, 고통을 주고, 무참하게 죽인 것은 귀중한 인명인 동시에 하느님이었다고 생각한다는 것은 무서운 일이지만 맞는 말일 것이다. 그분은 없는 곳 없이 도처에 있는 분이고, 가장 고통받는 사람, 보잘것없는 사람들 곁에는 반드시 같이 계시는 분이니까.

우리가 바라는 의로운 세상은 좋은 사람은 잘되고, 나쁜 사람은 안되고, 부지런한 사람은 잘살고, 게으른 사람은 못살고, 능력 있는 사람은 상석에, 무능한 사람은 말석에 앉는 세상이다. 사람이 그렇게 살기를 하느님이 바라시리라고 믿기 때문에 그것과 정반대로 세상이 돌아가는 것을 보면 에잇, 하느님이 있긴 뭐가 있어라는 소리가 저절로 나오게 되는 것이다. 그러나 세상이 하느님의 뜻과 정반대로 돌아가는 것을 보고 하느님이 안 계시다고 생각하는 심보를 뒤집어보면, 마치 정의를 실현할 책임이 인간에게 있지 않고 하느님이 그렇게 해주길 바라고 있는 것 같은 인간의 또다른 무책임과 맞닥뜨리게 된다. 만일 하느님이 척척 의인은 높여주고 악인은 벌 주어서 이 세상이 걱정 없는 세상이 된다고 하면 그때도 인간이 존엄할까. 그렇게 되면 인간은 하느님이 천상에서 조작하는 대로 움직이는 커서일 뿐 결코 인간이 아닐 것이다. 인간이 존엄한 것은 뭐가 옳고 그른가라는 하느님의 뜻을 알고 있기 때문일 것이다. 우리가 기도중 하늘의 의가 땅에서도 이루어지기를 비는 것은 그것을 공짜로 내려달라는 것이 아니라 우리의 자유 안에서 그것을 실현시킬 수 있는 힘을 비는 것이다.

주여, 당신을 가장 많이 죽인 해가 저물어갑니다. 당신을 골백번도 더 죽인 우리의 죄를 사하시고, 새해에도 높고 화려한 제단보다는 어둡고 그늘지고 낮은 데로 임하시어 영광 받으소서.

4부
시인의 묘지

시인의 묘지

며칠 전에 천상병 시인의 사십구재가 지났다고 한다. 그의 죽음도 보도를 통해 알았을 뿐 문상도 못 갔었다. 그의 육신은 흙에 묻혔을까? 곧장 하늘로 돌아갔을까? 그것도 모르고 있다. 그와는 생전에 의례적인 인사를 나눌 기회조차 없었다. 인사동 하면 그를 떠올린다고 말하는 사람까지 있는 것으로 보아 건강이 괜찮을 때는 하루 한 번씩 인사동 나들이를 한 것 같지만, 그 거리에서 그와 스치는 우연도 나에게는 없었다. 이렇듯 그의 시를 멀리서 사랑한 독자일 뿐이지만 그의 일거수일투족 어눌한 말씨까지 생생하게 기억하고 있는 것처럼 느끼곤 한다. 나의 이런 친밀감은 그가 생전에 비교적 자주 글이나 모습으로 신문 잡지에 오르내려서이기도 하거니와, 작년에 텔레비전을 통해 본 그의 사는 모습 때문이기도 하다. 그게 방영된 건, 그가 죽은 줄 알고 문우들이 내준 그 유명한 시집 『새』를 어느 뜻있는 출판사에서 초판본의 모양 그대로 번각한 시문학 사상 초유의 사건을 기해서였다. 그때 화면을 통해 그의 사는 모습을 보면서 그의 건강이 세상에 알려진 것보다 더 나빠 보이는 것도 안타까웠지만 그가 연루됐던 사건에 대해 말할 때의 모습은 도저히 지우거나 흐려질 수 없는 영상이 되어 남아 있다. 그가 동백림 사건에 연루되어 심한 고문을 받고 나서 몸이 결정적으로 망가졌다는 것은 널리 알려진 대로이다. 착하고 어리숙해 보이기만 하는 그가 어떻게 간첩 사건에 연루됐나 궁금해하는 물음에 그는 반복적으로 더듬거리는 특이한 말투로 이렇게 대답했다. 동백림에서 북한을 다녀온 친구가 그에게 북한을 갔다 왔다는 얘기를 했는데도 그가 그걸 당국에 고발하지 않은 죄였노라고.

친구를 고발하지 않은 죄가 그리도 무거울 줄이야. 우리 역시 그와 같은 시대를 살았건만 잊고 지낸 한 시대의 악몽이 소름 끼치게 되살아나는 장면이었다. 그러나 그는 조금도 흥분하지 않고 담담하게 말했다. 그의 어눌함은 담담함의 극치였고, 함성보다 훨씬 충격적이었다. 한 시대를 온몸으로 온 정신으로 고통받은 건 그였지만 나는 단지 그 프로를 듣고 보았다는 것만으로 상처받은 것처럼 느꼈고 위로받고 싶어 견딜 수가 없었다. 그리고 나서 며칠 후 번각본 『새』를 몇 권 사서 좋아하는 친구와 딸에게 선물하고 나도 한 권 소장하게 됐지만 순전히 자신을 위로하기 위한 몸짓에 지나지 않았다.

그의 시집이 그의 사후에도 꾸준히 잘 팔린다고 한다. 베스트셀러에 올라 있는 서점도 있다고 들었다. 이제 그가 흙에 묻혔을까 곧장 하늘로 돌아갔을까 궁금해하는 건 부질없는 생각이다. 묘지를 잘 꾸미고 싶은 건 생전에 육신의 사치를 누린 자들의 관심사일 뿐 그에게 그따위 천박한 호화 묘지가 아랑곳인가. 그는 그를 사랑하는 독자들의 선한 마음 속에 묻혔고 묻혀서도 부드럽게 숨쉬고 있다. 그는 그에게 합당한 묘지를 갖게 되었다. 그의 시는 그의 어눌한 말씨만큼이나 천진무구한 걸로 알려져 있다. 동시처럼 편안히 읽힌다고도 하고 해학이 넘친다고도 한다. 그러나 그가 오래 사랑받는 까닭은 기교를 안 부린 듯 독자를 안심시켜놓고 허를 찌르는 날카로움, 웃겨주면서 슬프게 하는 천재성에 있지 않을까. 그가 병상에서 쓴 듯한 시 「너무나도 점잖으신 의사님께서」에 이런 게 있다.

필자가 88년도 5월 17일 퇴원한 그 일주일 전날쯤에 매일 10시 무렵에 회진 오시던 구내과 과장 선생님이 두 간호원과 함께 또 오셔가지고는 필자의 만삭이던 복부를 이리저리 진단하면서 "일주일만 있으면 깨끗이 퇴원되겠습니다" 하시는 거였습니다. 그 말씀을 듣고 안심해야 할 필자가 되려 과장님의 소매를 붙잡으며 애걸했습니다. "과장님 그런데 이 배꼽 좀 봐주세요. 왜 이리 일 센치쯤 배 위에 올라와 있는지 큰 걱정입니다" 했더니 "아닙니다. 그 배꼽도 차차 뱃속으로 가라앉는 정도가 아니고 드디어 침대 밑으로까지 빠질 겁니다!" 하시지 않겠어요!

아무렇지도 않게 읽다가 배꼽이 침대 밑으로 빠질 거란 대목에서 그가 아무렇지도 않은 시인이 아님에 정신이 번쩍 나게 된다. 지금쯤 요놈! 요놈! 요놈! 요 이쁜 놈! 하며 염라대왕과 희롱하고 있을지도 모를 시인이여, 같잖은 평을 용서하소서.

치악산과 면장갑

글을 써보고 싶어하기 훨씬 전부터 나에겐 팬레터를 쓰고 싶은 욕구가 있었지 않았나 싶다.

읽던 책의 마지막 장을 덮으며 뿌듯한 감동을 받았을 때뿐 아니라, 우연히 눈에 띈 단 몇 줄의 글에 신선한 충격을 받았을 때도 그 글을 쓴 사람에게 표하고 싶은 경의나 걸고 싶은 말이 가슴에서 불어나 터질 듯해서 마음속으로 길고 긴 편지글로 풀어내곤 했었다. 그런 버릇은 교과서 외에 책을 읽는 재미를 알고부터니까 십대에 비롯됐으련만 지금까지 팬레터와 유사한 글이나마 써본 일은 한 번밖에 없다.

70년대 중반, 암울한 유신 시절이었다. 나는 사십대 중반이었지만 문단에 얼굴을 내민 지는 몇 년 안 되는 신출내기였다. 그런 나에게 역시 창간된 지 얼마 안 되는『한국문학』으로부터 박경리 선생님에게 보내는 편지를 써달라는 원고 청탁이 왔다.『토지』 1, 2부가 완간됐을 때였고 김지하 시인은 옥중에 있을 때였다. 작가로서 최고의 찬사와 존경을 한몸에 모으며 개인적으로는 참아 받기 힘든 환란을 겪고 있을 무렵이었다.

마침 나는 삼성출판사에서 나온 열 권짜리『토지』 1, 2부를 읽고 나서 기진맥진해 있을 때였다. 처음 느껴보는 이상한 느낌이었다. 감동이라기보다는 전율이나 공포에 가까운 충격을 맛보았다. 특히 서문은 처음엔 무심히 읽었는데 토지를 다 읽고 나서 신중한 마무리 작업처럼, 또는 엄숙한 의식처럼 다시 한번 읽지 않을 수가 없었다. 그 소설에 그 서문이었다.

소름이 돋는 것 같았다. 단지 약간의 재주를 타고난 것 같아서 작가의 길로 들어선 나에겐 작가의 운명에 대한 냉엄한 계고처럼 들려서 솔직히 무서웠던 것이다. 그가 이룩한 것이 존경스럽고 부러우면서도 그가 그것을 이룩하기까지 당당히 맞서온 고난이 내 앞엔 없기를 바랐고, 있어도 우회할 수 있기를 바랐다. 한 작가를 글로뿐 아니라 생활로서도 외경스러워한다는 것은 나로서는 벅찬 일이었다. 그 고통스러운 독후감으로부터 빨리 놓여나고 싶었다.

이런 심정에다 툭하면 팬레터를 쓰고 싶어하는 못 말리는 버릇까지 겹쳐 그 원고 청탁을 쉽사리 승낙했지만 잡지에 게재되는 걸 전제로 한 편지글이었다. 장수의 제약도 문제였지만 그런 글이 그렇게 어려우리라는 걸 미처 모르고 있었다. 나는 가슴이 후련하게 다 말하고 싶었고, 솔직하고 싶었고, 잘 보이고 싶었고, 무엇보다도 한참 힘든 그분에게 따뜻한 위로가 되고 싶었다. 그러나 결국은 내 감정을 절제하는 데 급급한 나머지 극히 상투적인 위문문밖에 못 쓰고 말았다. 그 편지글이 실린 다음 호에 그분의 답장이 실렸었는데 나는 지금 둘 다 간직을 못하고 있어서 자세한 내용은 생각나지 않는다. 다만 선생님이 자신의 삶을 행, 또는 불행으로 간단히 재단당하는 것을 얼마나 싫어한다는 것을 알면서도 위로한답시고 몇 번씩이나 불행이란 말을 쓴 것은 잊혀지지 않는다. 나도 이제사 조금은 알 것 같다. 그분이 그 말을 왜 그렇게 모멸스러워했는지.

그분한테 편지를 쓰게 된 것도 타의에 의해서였지만 최초의 만남도 그러했다. 어떤 출판사에서 그분을 초대하면서 나도 같이 초대를 해주었다. 아마 그 편지 때문에 그분하고 나하고 친하다고 생각했던 게 아닌가 싶다. 여름이었고, 벽제에 있는 어떤 갈빗집에서 저녁을 먹기로 돼 있었다. 그분은 정릉, 나는 보문동 살 때였다. 초대한 쪽에서 정릉에 먼저 들러 그분을 태우고 우리집으로 나를 태우러 왔다. 우리 아이들이 박경리 선생님이 밖에 오셨다고 흥분해서 우루루 몰려나와서 인사를 했고, 나는 잠시 들어왔다 가시자고 했지만 그분은 안 들어오시고 우리가 사는 한옥이 참 좋다는 칭찬만 해주셨다. 나는 그분의 우리집에 대한 호감이 기뻤다. 그날 갈빗집에 갔으니 갈비를 먹었으련만 먹은 생각은 잘 안 나고 옥외의 평상에 앉아서 바람을 쐬며 온통 짙푸른 들판과 동산이 서서히 어두워가는 걸 바라다본 생각만 난다. 감미롭고도 쓸쓸한 시간이었다.

원주로 이사가신 후에도 늘 누가 가는 길에 묻어서 갔지 혼자 가 뵌 적이 없다. 주로 한국일보의 장명수 부장 아니면 소설 쓰는 이규희씨하고 같이 갔더랬다. 원주에 갈 때마다 이번엔 뭘 얻어먹을 수 있을까 그분의 음식 솜씨에 대해 군침 먼저 돌고 실컷 얻어먹고 올 때는 또 뭐 꿍쳐갈 게 없을까 휘휘 휘둘러보게 된다. 대추나무를 흔들어 욕심껏 주워온 대추를 일 년 내내 귀하게 쓴 일도 있고, 고추를 따온 적도 있고, 자두술을 얻어온 적도 있다. 밭에 나가 배추라도 몇 포기 뽑아 와야 직성이 풀린다. 거기에는 먹을 것도, 얻어올 것도, 그 밖의 모든 것이 넉넉해서 좋다. 내가 차마 참아내기 힘든 비통중에 있을 때도 원주에 가는 차편이 생겼을 때는 떨치고 일어나 따라나섰다. 그때 거기서 싱싱한 배추속대를 안주 삼아 술을 억병으로 마시면서 절절히 맛본 서러움과 그분 인품의 인자함과 넉넉함을 어찌 잊을까. 댁은 혼자 사시기에도, 손님을 맞기에도 넉넉하고, 시름을 털어놓기에도 넉넉하다. 뜰도 넉넉하고, 경치도 넉넉하여, 그 뜰에서 치악산을 바라보노라면 각박하던 마음까지 넉넉하고 편안해져 내가 여기 오고 싶었던 것은 맛있는 걸 얻어먹기 위해서도, 그 땅에서 난 것을 꿍쳐가기 위해서도 아니고, 바로 이 맛을 보기 위해서였다는 걸 슬그머니 깨닫게 된다. 만약 그 댁이 거기 없다면 치악산 기슭이 얼마나 허전할까 싶어 그 댁이 꼭 거기 있어야만 할 것 같다. 때로는 대작가의 넉넉한 치마폭이 치악산을 저만치 거느리고 있는 것처럼 보일 적도 있다. 편안할 만큼 넉넉하되 결코 호화롭지 않은 것도 대작가의 거처답다. 글과 생활이 함께 저렇게 되고 싶다는 본보기를 후학에게 보여주기는 참으로 어려운 법인데 그분은 아무렇지도 않게 그것을 해내고 있다. 글이 빛나면 생활이 무질서하거나 너무 궁색하기 일쑤고, 건실한 생활인이다 싶으면 매문의 명수가 돼 있기 십상인 세상에 둘 다 흠모할 수 있는 본보기를 가지고 있다는 건 그분의 복이라기보다는 우리 모두의 복이다. 그러나 그분이 아무렇지도 않게 그 일을 해내고 있다는 것은 티 안 내고 한다는 소리지 힘 안 들이고 저절로 그렇게 됐다는 뜻은 아니다. 언젠가 그 댁 이층 베란다에 널어놓은 고추를 보러 올라갔다가 난간 가득히 빨아 널어놓은 수많은 면장갑을 보고 놀란 적이 있다. 빨았다고는 하나 흙에 찌들은 장갑들이었다.

그건 그분의 매일매일의 엄청난 노동의 흔적이었다. 그분의 작품이 재치나 관념으로 빛나는 게 아니라, 시류의 바람을 타지 않는 거목 같은 건강으로 빛나는 것은, 그분이 대작가라는 데 아무도 이의를 달 수 없음은, 엄청난 양의 정신노동과 육체노동과의 기막힌 균형에 있다는 것을 역력하게 들여다본 것 같았다.

그렇게 많은 면장갑을 버려놓고도 그분의 손은 늘 투박하고 거칠다. 그 손은 대작을 쓴 손일 뿐 아니라, 찾는 이 누구에게나 후하게 대접한 손이고, 열 마리도 넘는 고양이를 손수 지은 밥으로 먹인 손이고, 밥풀 한 톨 우거지 한 줄기도 함부로 버리지 않은 손이고, 땅 파고, 씨 뿌리고, 김매고, 거두면서 흙과 깊이깊이 교감한 손이다. 딴 장편이나 중단편은 그만두고라도 『토지』 5부까지만 해도 원고지로 삼만 장 분량이다. 그 많은 원고를 기계나 남의 손의 도움 없이 혼잣손으로 썼다는 것도 놀라운데 원고를 안 쓰는 동안도 손은 쉬지 않고 그런 일을 해냈으니 실로 위대한 손이라 아니할 수가 없다.

동시대에 위대한 작가를 가졌다는 건 우리 모두의 기쁨이요, 자랑이요, 복이다.

소설 나부랭이, 책 나부랭이

오래간만에 만난 소설 쓰는 후배가 몹시 지쳐 보였다. 살도 좀 빠진 것 같았다. 나도 마침 독감을 앓고 난 끝이라 반갑잖은 손님이 그 친구네도 거쳐간 줄 알았더니, 그게 아니라 그동안 단편을 한 편 쓰고 났더니 진이 그렇게 빠졌노라고 했다. 나는 '푯푯 그까짓 소설 나부랑이 쓰느라……' 이렇게 말하다 말고 얼른 입을 다물었다. 소설 나부랭이라니, 나도 모르게 소설을 그렇게 비하하고 나서 어찌나 무안하던지 주워 담을 수 있는 거라면 주워 담고 싶었다. 한번 뱉은 말이 주워 담아지지 않는 까닭은 형체가 없기 때문만은 아닐 것이다. 역설적이든 직설적이든 품은 마음이 드러나게 돼 있는 게 말이다. 한창 죽기 살기로 소설쓰기와 고투를 벌이고 있는 후배

앞에서까지 그 소리가 튀어나올 만큼 소설 나부랭이, 글줄 나부랭이라는 말은 요즈음 내 입술 끝에뿐 아니라 마음속에까지 눌어붙어 있다.

소설 나부랭이라니, 내가 감히 어떻게 그 따위로 소설을 능멸할 수가 있을까. 그건 내 본심이 아니다. 그러나 전혀 본심이 아닌 것도 아니다. 가벼운 글쓰기를 즐기는 젊은 작가들한테는 웃기는 소리가 될지 모르지만 나는 소설을 아주 대단한 것인 줄 알고 시작한 사람이다. 책상 위에다는 교과서를 펴놓고, 책상 밑 무릎 위에다 몰래 펴놓고 읽은 이상李箱의 짧은 글들, 길고 긴 『안나 카레니나』『백치』『죄와 벌』『폭풍의 언덕』『쿠오바디스』『레미제라블』을 어떻게 글줄 나부랭이, 소설 나부랭이라 할 수 있을까. 그것들은 교과서 이상의 그 무엇이었고, 그것을 만든 사람들은 내가 도달할 수 없는 아득한 곳에서 빛나는 제신諸神과 다름없었다. 비록 지금 늙고 무력해져 영혼 또한 아무것도 꿈꾸지 않는 무기력증에 빠져 있다고는 하나, 가끔은 가슴을 단근질하듯 뜨겁게 불꽃을 일으킬 때가 있다. 그 맛에 산다고 해도 좋을 만큼 내 안에 아직도 열정이나 아름다운 부분이 남아 있다면 그건 앳된 시절 몰래 읽은 책으로부터 형성된 것이다. 내 인간성에 그렇게 지대한 영향을 끼친 것들을 나부랭이라니, 다른 것이면 몰라도 문학에 대해 내가 그렇게 오만방자할 수는 없는 일이다.

그럼에도 불구하고 툭하면 소설 나부랭이, 글줄 나부랭이라는 생각과 말이 나한테서 떠나지를 않는 게 요즈음의 내 거친 심사이다. 한술 더 떠서 책들을 함부로 내던지면서 '이 쓰레기들' 하면서 넌더리를 낼 적도 있다.

각종 사보를 비롯해서 거저 배달되는 출판물의 양이 주체할 수 없이 늘어나고부터일 것이다. 책 읽기를 좋아하는 게 어려서부터의 고질병이긴 해도, 책을 소장하거나 진열하고 즐기는 장서 취미는 거의 없다. 읽지 않을 책은 아예 두지도 않는다고까지는 말할 수 없지만, 읽고 애정을 갖게 된 책, 앞으로 읽으려고 벼르는 책, 좋아하는 작가가 보내준 책, 자료로서 필요한 책, 수시로 필요한 각종 사전류 외에는 보관할 수가 없을 만큼 내 서재는 좁다.

서재 외에 공간을 차지하게 할 수도 있지만 내 서재 정도의 넓이가 무슨 책이 어디 꽂혀 있다는 것을 내 머릿속에 대강이라도 갈무리해두기에 적절한 공간인 것을 알기 때문에 더 늘릴 생각이 없다. 자연히 아무리 좋아하는 작가의 책이라도 중복되는 것은 가차없이 솎아낸다. 딴 것도 아니고 책을 어떻게 공간에 맞춰 소장할 수 있느냐고 내 자식들까지 엄마의 난폭한 짓을 비난하지만, 필요한 책을 찾는 데 지장이 있을 만큼 불필요한 책을 갖고 있기가 싫다. 보기만 해도 배부르던 책에 대한 무조건적인 신앙이 없어진 지 오래이다. 거저로도 엄청나게 쏟아져들어오는 활자의 물량 중에는 뜯자마자 폐지로 분류되는 것도 있고, 잠깐이라도 훑어봐야 할 것 같은 의무감을 주는 것도 있고, 아파트 내의 작은 독서방으로 보내고 싶은 것도 있고, 읽으려고 머리맡에 갖다놓는 것도 있다. 한 열흘만 여행을 갔다 와도 그렇게 분류해야 할 물량이 어깨를 휘게 할 만큼 쌓여 있다. 그럴 땐 이 쓰레기들, 하는 소리가 저절로 나오는데 그 소리가 딴 쓰레기를 취급할 때와는 다른 각별한 애조를 띠는 것은 어디 가서 비슷한 구박을 받고 있을지도 모르는 내 책에 대한 연민 때문일 것이다.

내 소설한테라고 소설 나부랭이라는 소리를 안 하는 게 아니다. 실은 소설 나부랭이라는 고약한 말버릇은 내 소설로부터 비롯됐다고도 볼 수 있다. 이제야 소설이 뭔지 보이기 시작한다고나 할까. 남의 책에서도 함부로 써갈긴 거나, 돈 될 궁리만 했으면서도 상품을 만들려는 최소한의 노력도 고통도 없이 다만 잔재주만 부린 것이 그렇게 잘 보일 수가 없다. 그럴 때도 소설 나부랭이라는 구박을 거침없이 하게 되지만, 죽을 맛으로 어렵게 쓴 내 소설한테 거는 바람이 기껏 활자 공해나 안 됐으면 전전긍긍하는 게 고작일 때도 이까짓 소설 나부랭이 만들려고 그 고생을 했나 하는 자탄의 소리를 하게 된다. 남한테 하는 그 소리는 속시원하지만 자기모멸은 참담하다. 소설가라고 불리기 시작한 지가 이십오 년째 된다. 딴 기술을 익혔다면 숙련공이 되고도 남을 기간이다. 그러나 어떻게 된 게 이 짓엔 숙련이라는 게 없다. 생판 새로 시작하는 것처럼 고통은 매번 생급스러워 다시는 안 하고 싶어진다. 소설의 그 숙련을 허락하지 않는 오만함이 얄미워서 제까짓 소설 나부랭이가 뭐관데, 하고 우습게 여기는 척이라도 해야 견딘다.

나는 그러면서 남이 그러는 것은 듣기 싫은 것은 또 무슨 심사인지. 나처럼 그렇게 직접적으로 말하진 않더라도 은근히 글쓰기를 얕잡거나 우습게 여기는 소리를 누가 하면 즉시 발끈해진다. 그 또한 자격지심 때문일 것이다. 이를테면 분량이 얼마 안 되는 잡문 같은 걸 부탁하면서 이쪽에서 내키지 않아 하거나 시간이 없어 거절을 하면, 그까짓 여남은 장 앉은자리에서 쓰실 분이 뭘 그러느냐고 핀잔을 주는 사람이 있다. 나는 그 소리가 왜 그렇게 모욕적으로 들리는지 모르겠다. 여남은 장쯤 앉은자리에서 쓸 수 없는 열등감 때문인지도 모르고, 내 글만은 설사하듯이 써갈긴 글하고는 다르게 취급받고 싶은 가당찮은 자존심 때문인지도 모르겠다.

책 읽는 소년

옆자리의 소년이 열심히 책을 읽고 있었다. 전철 안에서 책이나 신문을 읽는 일은 흔한 일이지만 그 소년의 책 읽는 모습은 특이했다. 한 페이지에 적어도 서너 군데씩은 밑줄을 치면서 읽고 있었고, 표정도 영어 단어를 달달 욀 때처럼 고통스럽고도 절박해 보였다. 시력이 시원치 않은 내 곁눈질로는 무슨 책이길래 그렇게 밑줄을 칠 만한 명문이 많은지 알아낼 수는 없었다. 대화체가 많은 걸로 봐서는 소설책 같은데 소년의 표정은 소설책을 읽는 사람의 표정과는 얼토당토않게 초조해 보였다. 소년이 먼저 내리면서 책을 덮었는데 표지의 큰 글씨가 '고등학생이 꼭 읽어야 할 소설'로 돼 있었다. 순간 흠칫 무안해졌다. 본고사가 부활하고 새로 생겨난 논술 시험과 관계가 있는 독서가 아닐까 하는 생각 때문이었다. 대학에 들어가기 위한 치열한 경쟁은 입시생이 있는 가정뿐 아니라 거의 모든 가정의 가풍, 질서, 도덕을 종속시키고 뒤바꿀 만큼 그 영향이 심각한 것이었다. 입시의 폐해를 줄이기 위한 제도적인 수정은 해마다 꾸준히 있어왔으나 그중에도 논술고사는 획기적인 변화였던 것 같다. 그후 아이들이 책을 많이 읽게 됐단 소문을 듣고 나쁠 것도 없다고 생각했는데 그 실상은 소설마저도 마침내 입시 지옥을 거드는 데 한몫을 톡톡히 하게 된 것이나 아닌지 모르겠다.

입시 제도뿐 아니라 교육 전반에 걸친 개혁 논의가 요즈음처럼 활발한 때가 없는 것 같은데 사법 개혁이나 의료 개혁에 대한 구상을 봐도 고급 인력일수록 먼저 사람이 되지 않고는 아무것도 아니라는, 여지껏 등한시해왔던 교육의 기본 이념으로 돌아가려는 나름대로의 고민을 읽을 수가 있다. 여북해야 명심보감을 가르치는 대학이 다 생겨나겠는가? 학생들 스스로도 그걸 환영하고 있다지만 다 알다시피 명심보감은 예전에 가정이나 서당에서 어린이들에게 사람 노릇의 기본을 가르치던 한문책이다. 고려 시대에 편찬했다고 전해지는 이 책을 한문을 배우기 위한 교재로 삼는다면 모를까, 거기 나오는 지켜야 할 구체적인 덕목이 오늘날에도 유효하다고 보긴 어렵다. 물론 일관되게 흐르는 악을 멀리하고 선을 권장하고, 부귀나 권세보다는 사람다움의 귀함을 으뜸으로 친 정신은 현재에도 얼마든지 권장할 만하나 그건 우리 아이들이 유치원에서 배우기 시작해서 초등학교에서는 이미 체질화됐어야 할 사람 노릇의 기본 덕목이다. 그래서 아이들이 지금보다도 훨씬 늦되던 예전에도 어린이들 훈육용으로 쓰던 책이다. 이제 와서 대학에서 그걸 가르치는 게 나쁘다는 소리가 아니라 오죽해야 대학에서 그걸 가르치지 않을 수가 없었을까 그 고충을 알 것 같아서 하는 소리이다. 대학에서 사람 노릇의 기본을 가르칠 수밖에 없다는 것은 사람 노릇의 기본을 익혀야 할 시기에 그걸 안 가르쳤단 소리이다. 뭐가 그렇게 급했던지 유치원에서는 초등학교에서 배워야 할 것을 가르치느라, 초등학교 저학년 때는 고학년 거를, 고학년 때는 중학교에서 배워야 할 것을 가르치느라 정작 그 시기에 배워둬야 할 것은 건너뛰고 만 것이 아닐까. 앞으로는 자원봉사 경력을 입시에 반영시키는 대학까지 나올 모양이지만 『명심보감』을 뒤늦게 가르치는 것처럼 어떻게든 사람을 만들어보려는 대학 당국의 고충은 이해가 가나 위선자를 양성하는 결과나 되지 않을까 미리 겁이 난다.

외국 유학에서 돌아와 대학 강단에 선 지 얼마 안 되는 젊은 교수한테 이런 얘기를 들은 적이 있다. 리포트만 내라고 하면 으레 베껴서 내는 게 거의 관례화되다시피 한 것을 참을 수 없어 한 그는 시험을 안 치고 리포트로만 학점을 줄 테니 성실한 리포트를 작성해달라고 누누이 당부했다고 한다. 그러나 결과는 마찬가지였다고 한다. 그놈의 컴퓨터 덕으로 각자 재주껏 활자체를 바꾸고 문서를 미려하게 꾸민 것만 달라 보일 뿐 내용은 한 자의 실수도 없이 똑같은 게 무려 팔십 퍼센트 이상인데 분노한 젊은 교수는 경고한 대로 모조리 낙제점을 주려고 했더니 나이 지긋한 교수들이 그애들이 어떻게 들어온 대학인데 그렇게까지 가혹하게 할 게 뭐 있느냐고 되려 타이르더라고 했다. 대학생으로서의 최소한의 책임감과 정직성이 결여된 채 대학생이 된 걸 이상해하지 않고 오직 대학생이 된 것만 대견해하는 풍토를 개탄하는 그가 외롭고 안쓰러워 보였다. 문제는 '어떻게 들어온 대학인데'에 있는 게 아닐까. 들어가기만 하면 과정의 온갖 부실함은 눈감아줘 버릇해온 연장선상에 우리 사회의 목적을 위해 수단 방법을 안 가리는 한탕주의가 판을 치고 있을지도 모르겠다.

재미로 또는 오기로 읽은 책들

교과서 외에 처음으로 책다운 책을 읽은 것은 국민학교 5학년 때였다. 단칸 셋방일지라도 어린이가 있는 집이면 으레 세계명작동화 한 질쯤은 갖추고 있는 요즘 세태로는 상상이 안 될 일이나, 그 시절엔 대체로 그러했다. 우리는 빈촌에 살았기 때문에 남이 가진 걸 부러워하거나 빌려 볼 기회마저 없었다. 그래서 더욱 처음으로 동화책이라는 걸 본 게 5학년 때였다는 게 잊혀지지 않는 것 같다. 국어 교과서에 도서관이라는 단원이 있었는데 그걸 배우고 나서 선생님이 도서관에 가서 실제로 도서 열람을 해보라는 숙제를 내주셨다. 실상 그런 숙제는 해도 그만 안 해도 그만인 거였다. 그런데도 기를 쓰고 해내려 했던 건 너무 고지식했다기보다는 어떤 호기심 때문이었다. 단짝 동무하고 묻고 물어서 소공동에 있는 부립 도서관 아동 열람실이라는 데를 처음 가보게 되었는데, 그때의 황홀감이 잊혀지지 않는다. 교실만한 넓이의 방 한쪽 벽면을 온통 책장이 차지하고 있었다. 교과서에서 배운 대로라면 굉장히 어렵고 복잡한 절차를 거쳐야 책 한 권을 빌려볼 수 있어야 하는데 거기는 그렇지가 않았다. 아이들 마음대로 뽑아다 보게 돼 있었고 지키는 어른이 한 사람 있긴 했지만 그는 지킨다기보다는 그 자신 온종일 독서 삼매경에 빠져 있었다. 그러나 거의 천장 높이까지 닿은 책장 위칸에 꽂힌 책을 꺼내고 싶어하는 아이가 있으면 즉각 도와주곤 했다. 지금 생각해보니 개가식이라는 거였다. 진득하니 앉아서 읽지를 못하고 몇 장 넘기다가 또다른 책으로 바꿔보느라 온종일 촐싹대기만 하는 아이도 있었다.

어려서부터 이야기를 바친다는 소리를 들었다. 어른들은 이야기를 바치면 가난하다는데, 라고 걱정을 하면서도 내가 조르는 대로 많은 이야기를 들려주었다. 나에게 어른들한테 조른다고 될 일이 그것밖에 없었던 것처럼 어른들 또한 나에게 아낌없이 해줄 수 있는 건 그것밖에 없었을 것이다. 밑천이 안 드는 일이었으니까. 그러나 학년이 올라가면서 어른들이 해주는 옛날이야기가 성에 차지 않았다. 구수한 것도 촌스럽게 여겨졌고, 맨날 들어봤댔자 뻔한 이야기였다. 나는 점점 이야기를 조르지 않게 되었지만 속으로는 뭔가 세련되고 산뜻한 이야기에 대한 새로운 욕구를 키우고 있었다. 그때 마침 도서관을 만난 것이었다. 토요일 오후와 일요일은 도서관에서 살다시피 했다. 어머니는 도서관이라는 데는 무조건 공부하는 덴 줄 알았기 때문에 중학교도 가기 전에 도서관씩이나 다니며 공부밖에 모르는 딸을 약간은 자랑스러워하기까지 했다. 어머니한테 비밀이라는 것 때문에 더욱 그곳에서 느끼는 재미는 옥시글옥시글했다. 그곳은 또한 내 구차스러운 환경으로부터의 화려한 도피처이기도 했다. 그때 주로 읽은 책들은 일본 취향의 감미롭고도 감상적인 우정이나 가족간의 애정과 갈등을 그린 소녀소설이라는 것들이었으나, 점점 탐정소설 쪽으로 옮겨갔다. '에드거 앨런 포'에서 따온 듯, 필명을 '에도가와 란포'라고 지은 일본 작가의 탐정소설을 하나도 안 빼놓고 탐독하면서 황당한 공상을 즐기기도 했다.

그때 만난 읽을거리 중 『레미제라블』은 잊혀지지 않는다. 물론 원작 그대로는 아니고 아동용으로 번안한 거였는데 표지 그림이 머리털이 곤두서고 인상이 음험한 노인이어서 무서운 탐정소설이려니 하고 빌려보게 되었다. 아동물로는 벅차게 술이 두꺼웠지만 손때가 많이 묻은 낡은 책이라는 것도 마음에 들었다. 새 책인 채로 남아 있는 책일수록 재미가 없다는 것은 도서관 단골이 되고 나서 저절로 알게 된 책 고르는 요령이었다. 제목이 '아아, 무정'으로 돼 있는 그 책을 하루에 못다 읽은 것은 술이 두껍기도 했지만 버릇된 속독을 피하는 마음도 있었을 것이다. 처음으로 재미있는 것 이상의 감동을 경험하게 한 책이 아니었나 싶다. 문 닫을 시간이 되어 못다 읽은 책을 아쉽게 덮어두고 도서관을 나왔을 때 세상이 그렇게 낯설어 보일 수가 없었다. 전에도 책 속에 빠졌다가 현실로 돌아오면 모든 게 구질구질해 보여서 신경질이 나곤 했었는데, 이번엔 그것하고는 또다른 느낌이었다. 세상은 보여지는 면 말고 또다른 면이 가려져 있다는 걸 엿본 것 같았고, 그게 그렇게 충격적일 수가 없었다. 가슴이 터질 듯이 분노스럽기도 했고, 엉엉 울고 싶기도 했다. 내가 몸담고 있는 현실의 어려움과 너절함을 잠시 떠날 수 있는 재미로만 유효하던 책 읽기가, 가려진 현실을 드러내 보여줄 수도 있다는 걸 처음 느껴본 경험이었다. 나는 그때 엉뚱하게도 내 정신의 키가 부쩍 자란 것처럼 느꼈다. 그래서 집에 올 때까지 같이 도서관에 다니던 단짝 동무하고 거의 말을 하지 않았다. 평소 같으면 둘이서 그날 읽은 책에 대해 끝도 없이 재잘거렸으련만 그날은 그래지지가 않았다. 동무가 그날 읽은 동화 줄거리를 들려주는 게 유치하게만 들려 귀기울여지지가 않았던 것이다. '네 눈엔 쫓기는 건 다 나쁜 놈이고 쫓아가는 건 좋은 사람으로 보일 테지만 나는 안 그럴 수도 있다는 걸 알고 있어.' 이런 묘한 우월감 때문이었다. 내 딴엔 그애가 까마득히 내려다보였지만 어쩌면 그렇게 해서 시건방져지기 시작했는지도 모르겠다.

그렇다고 그후 재미있는 동화책이나 탐정소설 읽기를 저버린 건 아니고 곧 그 재미로 돌아갔고 중학교로 진학하면서 달콤한 연애소설을 어른들 눈을 속여가며 읽는 맛도 알게 되었다. '기쿠치 간'이라는 일본 대중작가의 연애소설은 당시 여학생들 사이에 대인기여서 한번 교실에 나돌면 순번을 정해 나달나달해질 때까지 돌곤 했다. 빌려본 책을 기한 안에 돌려주기 위해 학기말 시험 공부를 때려치운 적도 있지만 책에 대한 갈증은 풀릴 줄 몰랐다. 해방이 되고도 사정은 나아지지 않았다. 49년도에 처음으로 종로 거리, 현재의 종로서적 자리에 번듯한 대형서점이 생겨난 건 사건이었다. 그때 이름은 종로서관이었다. 거기 들를 때마다 한글로 된 신간 서적에 황홀한 눈길을 보내며, 슬쩍 책가방 속에 훔쳐 넣고 싶은 열망에 시달리기도 했다.

전쟁중에는 책은 고사하고 단지 활자에 굶주려서 미칠 것 같은 경험도 해보았는데, 일사후퇴 후 서울에 남아 있다가 산골로 들어가 숨어살 적이었다. 마침 좋은 분을 만나 배불리 먹고 등 뜨뜻하게 잠자는 건 별 문제가 없었는데도 달포가 넘게 활자 구경을 할 수가 없자 돌아버릴 것 같았다. 물론 세상과의 완전한 단절 상태에서 오는 고독감 때문이기도 했겠지만 그때 생각을 하면 활자에도 금단현상이라는 게 있을 수 있다는 생각을 하게 된다. 여북해야 몇 군데 흙이 비져나오는 벽에다 덧바른 옛날 신문지를 읽고 또 읽다가 나중에는 반닫이 위에 올라가서 천장을 바른 종이에서까지 활자를 찾아내서 읽으면서 시간을 보냈다. 철 지난 사건, 뜻이 연결되지 않는 활자들이 되려 무한한 상상력을 자극했다.

그후 이 나이까지 수많은 책을 읽어왔지만 닥치는 대로 읽는 편이고 골라서 정독하는 편은 못 된다. 때로는 읽고 싶은 책과 읽어야 할 책을 머리맡에 여러 권 쌓아놓고, 뷔페식당에서 요것조것 조금씩 여러 가지 음식을 맛만 보고 물리듯이 띄엄띄엄 주워 읽고 싫증을 낼 적도 있다. 그런 고약한 독서법은 남한테 읽은 척하기 위해서도, 시대에 뒤떨어지지 않을 정보를 얻기 위해서도 아니다. 책 쪽에서 나를 끌어당겨주길 바라고 기웃대는 것이다. 간혹 그런 책을 만나면 반갑고 곧 기꺼이 빠져들지만 나이 탓인지 줄거리는 곧 잊어버려서 읽었달 것도 없이 돼버린다. 그러나 미묘하고도 개별적인 어떤 느낌으로 남아 있는 것은 나이와 상관이 없다고 생각한다. 그 책과 그 책의 저자와 내밀하게 통한 증표처럼 마음결에다 제각기 다른 무늬를 남기는 것은 기억력과 감수성이 다 같이 왕성하던 시절과 거의 다를 바가 없다. 또한 책을 읽으면서 바라는 욕구가 즐거움과 위안인 동시에 고통과 고문이라는 것도 국민학교 5학년 때 비롯된 이래 거의 변함이 없다.

그러나 기억력과 함께 지구력도 급격히 떨어져 대하소설은 아무리 화제의 책이라도 읽을 엄두를 못 낸다. 여지껏 읽은 중에서 가장 긴 소설은 아마 『토지』 1, 2부 정도가 아닌가 싶다. 내가 읽은 1, 2부는 삼성출판사에서 나온 열 권짜리 전집이었는데 그때는 지금보다 훨씬 젊기도 했지만 그야말로 빨려들듯이 읽었다. 한번 읽기 시작하자 거의 딴 생각을 할 수가 없었고, 다 읽고 나서도 그동안의 팽팽한 긴장감 때문에 긴 소설을 읽어냈다는 생각이 도무지 안 들었다. 읽었다기보다는 헤어나지 못했다는 것이 맞을 것이다. 2부가 끝날 무렵 월선이가 죽는다. 다 읽은 후에도 한동안 월선이를 잃은 허전함에서 헤어날 수가 없었다. 아직도 3, 4, 5부는 읽지 못하고 언젠가는 읽어야지 하고 마냥 숙제처럼 남겨놓고만 있는 것도 월선이를 잃은 상실감과 관계가 있을 듯싶다. 대하소설도 큰 흐름을 따라가기보다는 몇몇 작중 인물에 대해서만 지나치게 애착하는 내 편협한 독법 때문이라고 생각한다. 그러나 특정 작가나 작품, 또는 작중 인물에 대한 나의 못 말리는 편애는 내가 책을 사랑하는 까닭이기도 하고 읽는 목적이기도 하다.

내 취향과는 전혀 안 맞지만 한두 번도 아니고 열 번도 넘어 반복해서 읽고 요새도 곁에 두고 가끔 아무데나 펼쳐놓고 읽는 버릇이 있는 책이 있는데 『현대물리학이 발견한 창조주』라는 책이다. 그 책은 누가 권해서도 아니고, 폴 데이비스라는 저자에 대해서 아는 바가 있는 것도 아니면서 그냥 제목에 끌려서 산 책이다. 그 책의 공인된 가치에 대해 모르기는 지금도 마찬가지이다. 이런 책이 물리학계나 신학계에서 어떤 평가를 받고 있는지, 저자가 학계에서 얼마나 인정을 받고 있는 학자인지 관심도 없고 알려고 애쓸 것도 없이 그냥 좋아하는 책이다. 그 책을 사게 된 경위는 이러하다.

88년, 참척을 겪고 나자, 극락이든 지옥이든 명부이든 사후에도 영혼이 가는 고장이 있어서 다시 만날 수 있다는 걸 믿지 않으면 미칠 것 같았다. 그전부터 가톨릭 신자였지만 사후의 문제에 대해선 저승이란 데가 있어도 그만 없어도 그만이라고 생각해왔다. 천당 가려고 믿는 게 아니라는 데 자부심

비스끄레한 것까지 느끼며. 그러나 졸지에 아들을 앞세우고 나니 그 까닭을 물을 대상이 필요했고 그애를 다시 만날 희망을 만들어내지 않으면 환장을 할 것 같았다. 결국 사후세계가 있을까 없을까는, 신이 있나 없나와 같은 맥락이었고 나는 미친듯이 책에서 그 해답을 찾으려 들었다. 그러나 너무 급하고 또 이성을 잃은 상태였기 때문에 성경이나 신학적인 서적은 별로 읽고 싶지가 않았다. 읽지 않아도 종교에서 죽음에 대해 설하는 소리는 뻔했다. 나는 좀더 실증적인 얘기가 듣고 싶었다. 집에 있는 책 중에서도 죽어봤다는 사람들의 그럴듯한 증언을 모은 것들, 영계와 접신했다는 영매들 이야기 등 주로 초자연적인 현상으로 사후 세계를 경험한 이들의 이야기를 담은 책들을 찾아내어 읽기 시작했다. 평소엔 변변히 거들떠도 안 본 그런 책들이 서가엔 그래도 몇 권 꽂혀 있었다. 그러나 그런 책으로부터 받는 위로는 너무도 순식간에 지나갔다. 마치 소금물로 갈증을 축인 후처럼 위안은 짧고 고통만 진해졌다. 식구들한테 그런 책을 더 구해 오라고 진통제를 찾듯이 호소하기도 했다.

그런 책들 사이에 파묻혀 있을 때 어떤 시인의 방문을 받았다. 그는 나에게 눈빛이 다 이상해졌다고 말하면서 그런 책들을 찡그리고 바라보았다. 그리고 죽으면 그만이지 죽고 난

후에 있긴 뭐가 있냐고 단정적으로 말했다. 야멸차게도 꿈 깨라는 식이었다. 그 무렵 나에게 그런 식으로 말한 건 그가 처음이었다. 남의 유일한 위안거리를 그렇게 모욕하고 난 그는 그다음날 다시 왔는데 스티븐 호킹의 『시간의 역사』(까치)라는 책을 사가지고 왔다. 책으로 미쳐가는 사람이니 혹시 책으로 고쳐질지도 모른다는 그 나름의 우정이었을 것이다. 그때만 해도 스티븐 호킹이 우리나라에 대중적으로 잘 알려지지 않았을 때였다. 나도 물론 그 이름을 들어본 게 그때가 처음이었다. 책날개에는 그를 우주의 비밀에 가장 가까이 접근한 금세기 최고의 지성 어쩌구 소개하고 있었지만 외국의 학자나 예술가를 소개할 때 그 정도의 허풍은 보통이었으므로 별로 놀라지도 질리지도 않았다. 그러나 그의 불구의 정도는 사진으로 나타난 것만 봐도 충격적이었다. 그 정도의 불구로 유명해진다는 것은 불구를 팔지 않으면 불가능할 것 같은데 물리학이라니. 나에게 물리학이 뭐냐고 누가 묻는다면 아는 척할 수 있는 말이 고작, 서울대 물리학과는 이과 계통에서도 제일 우수한 학생이나 갈 수 있는 과라는 걸로 밑천이 다하게 돼 있었다. 그런 주제에 세계적인 물리학자의 저서가 아랑곳인가. 그러나 호킹은 과학이나 수학의 맹문이들의 무조건적인 경원까지를 꿰뚫어본 듯 그 책이 지극히 통속적인 저서라는 걸 맨 앞에 밝혀놓고 있었다.

우주는 어디서 왔을까? 우주는 어떻게, 어떤 원인으로 시작됐을까? 우주에 종말이 올 것인가? 그렇다면 어떻게 올 것인가? 이런 의문들은 우리 모두에게 흥미가 있다. 그러나 현대의 과학은 너무나 전문화되어서 극히 소수의 전문가들만이 그것을 설명하는 데 쓰이는 수학을 터득할 수 있다. 그렇지만 우주의 기원과 앞날에 관한 근본적인 생각은 수학을 쓰지 않고서도 과학에 대한 지식이 없는 사람들이 이해할 만한 형태로 설명할 수 있다. 이 일을 나는 이 책에서 해보려고 한다.

저자가 그렇게 장담했음에도 불구하고 내가 그 책을 읽고 이해할 수 있었던 부분은 그 서문이 전부였다. 그 책은 통속적이지도 쉽지도 않았다. 솔직히 말해서 뭐가 뭔지 하나도 모를 소리 천지였다. 그 시인이 나에게 이 책을 선물한 까닭은 뭐였을까? 고작 남의 무식이나 드러내서 뭘 어쩌자는 걸까? 저나 나나 못 알아듣긴 마찬가지련만, 하는 생각도 들었다. 예전 문과 출신들이 수학이나 과학에 대해 몽매하긴 막상막하였기 때문이다. 곧 그가 왜 하필 그 책을 선물했는지 알게 되었는데, 그것도 본문을 통해서가 아니라 서문에서였다. 호킹의 동료 물리학자일 것으로 짐작되는 이가 쓴 서문의 마지막 부분은 이렇게 돼 있었다.

이 책은 신에 관한 혹은 신의 부재不在에 관한 책이라고도 할 수 있다. 신이란 말이 여러 페이지를 메꾸고 있다. 호킹은 신이 우주를 창조했을 때 어떤 선택 의사를 가졌을까 하는 아인슈타인의 유명한 질문에 대한 대답을 시도한다. 호킹은 그가 분명히 말했듯이 신의 마음을 이해하려고 노력하였다. 그 때문에 그 노력의 결론이 더욱 뜻밖인 것으로 느껴진다. 그것은 공간적으로도 끝이 없고 시간적으로도 끝이 없는 우주, 그래서 조물주가 할 수 있는 일이 없는 우주라는 것이다.

내 꼴을 보고 걱정해준 시인도 그 책을 읽어보고 좋다고 생각해서 산 건 아니었을 것이다. 호킹의 명성에 대해서 나보다 많이 알고 있었던 것은 확실하지만 수학이나 물리학에 대한 이해는 나하고 비슷하게 상식 수준에도 못 미친다는 건 내가 알고 있는 대로였다. 그는 다만 영계靈界와 접선을 할 열망에 미쳐가고 있는 나에게 찬물을 끼얹을 수 있는 책이 없을까 찾아다니다가 그 서문이 눈에 띄었을 뿐 아니라 마음에 들었을 것이다.

그러나 어떻게든 신이든 귀신이든 찾고야 말겠다고 나선 사람한테 이 안에 그런 것은 없다는 단정적인 팻말이 붙은 영역이 뭐 그리 들어가보고 싶었겠는가. 그 책은 나의 과학적인 몰상식 때문에도 난해했지만 미리 느낀 거부감 때문에도 어렵기만 했다. 그런 반발감은 한편 물리학으로 신이 없다는 걸 증명한 책이 있다면 물리학으로 신이 있다는 걸 증명한 책도 있을 법하다는 생각을 불러일으켰다. 신처럼 있다는 걸 증명하기도, 없다는 걸 증명하기도 불가능한, 따라서 얼마든지 있다면 있고 없다면 없는 게 될 수도 있는 존재가 또 있을까. 나는 단지 어려운 물리학으로 신이 없다는 걸 증명한 책을 구해준 친구가 야속한 나머지 같은 물리학으로 신이 있다는 걸 증거한 책도 꼭 있을 것만 같았다. 그래서 떨치고 일어나 그런 책을 찾아나섰고, 대형 서점에서 앞서 말한 『현대물리학이 발견한 창조주』라는 제목만 보고도 바로 이거다라고 느꼈다.

그 책도 어렵긴 마찬가지였다. 그러나 과학이 종교보다 하느님을 발견하는 데 더 확실한 길을 제공할 수도 있다는 전제에서 출발한 저술이라는 걸 도처에서 느낄 수가 있었기 때문에 난해한 부분을 이해하려고 노력하다 안 되면 건너뛰는 한

이 있어도 그 책을 놓지 못했다. 마치 한 편의 소설을 문자에도 담을 수 있지만 녹음테이프나 영상 매체에도 옮겨 담는 게 가능하듯이 뇌세포가 죽은 후에도 의식이 허공이나 초목이나 시간 속에 옮겨질 수가 있다고 한다면, 의식 속의 육체와 관계된 부분들은 어떻게 되는 걸까? 그렇게 생각할 때 의식의 대부분은 육체와 관련된 것들이다. 육체를 떠난 성욕이나 식욕을 생각할 수는 없지 않은가. 육체와 관련된 것을 벗어버리고 남은 것은 과연 무엇일까. 육체와 관련된 모든 부정적인 걸 벗어버리고 남은 어떤 것이 있을 수 있고, 그게 영혼이라고 한다면 영혼끼리 무슨 수로 알아본단 말인가? 내가 보고 싶은 건 망자의 영혼인가 육체인가? 그럼 그가 의심할 여지 없이 그일 수 있고 내가 나일 수 있는 자아自我란 무엇인가? 느끼고 생각하고 고통받는 게 나라면, 내가 현재 그렇게 생각하고 있다는 걸 남처럼 관찰하고 있는 능력은 누구의 것인가? 지금 느끼고 생각할 수 있다고 해도 기억력이 끊겨도 내가 나일까? 생각의 내용이란 거의 기억인 것을. 종교에서 말하는 신의 뜻과 운명은 어떻게 다른가? 만약 인간의 운명이 미리 결정된 대로 진행되는 거라면 인간이 최대의 가치로 치는 자유의사와 노력은 얼마나 우스꽝스러운 게 되나? 그럼 신은 인간을 놀려먹기 위해 창조한 것밖에 되지 않는다.

사후 세계를 믿고 싶어서 신의 문제와 부딪칠 때마다 떠올리게 되는 이런 조잡한 질문들이 이 책 속에는 낱낱이 제기돼 있었다. 그러면서도 도처에 신이 개입할 여지랄까 흔적을 세심하게 마련해놓고 있었다. 그래서 안 따라갈 수가 없었고 잡힐 듯 잡힐 듯 어렴풋한 신의 그림자 때문에 거듭 읽지 않을 수가 없었다. 거듭 읽는다고 이해될 것 같지 않은 양자론 같은 건 건너뛰었지만, 그래도 읽을수록 재미가 있었다. 그 책으로 인하여 덜 고통스럽게 밝힌 수많은 불면의 밤을 생각할 때마다 그 책과의 만남이 고맙다. 그 책의 의존도에서 어느만큼 벗어났을 무렵 그게 별난 책인 줄 알고 빌려달라는 친구가 있었다. 나보다 훨씬 유식한 그는 통속적인 과학책이라면서 시큰둥한 평을 한 것까지는 좋았는데 어디 갔는지 없어졌다고 돌려주지를 않았다. 그 책이 없어지자 이상하게도 다시 의존성이 도지는 걸 느꼈다. 잠이 안 오거나 마음이 헝클어질 때마다 그 책만 있으면 안정을 되찾을 것처럼 안절부절을 못했다. 영락없이 더러운 모포 쪼가리나 해진 곰 인형 따위에 병적으로 집착하는 어린이 꼴이었다. 다행히 절판이 안 되고 남아 있어서 다시 사다가 곁에 두고 있다. 이런 건 그 책의 질이나 진실성 여부를 떠난 특별한 인연이라고 생각한다.

그와 비슷한 예가 최근에도 있었다. 자주는 못 그러지만 가끔 수녀원에 들어가 쉬다가 오는 적이 있는데 금년에도 일주일가량 그런 기회를 가졌다. 부산에 있는 베네딕도 수녀원이 그곳인데, 쉬고 싶다는 것은 말과 글로부터 놓여나고 싶다는 뜻도 되는지라 활자로 된 것은 일절 안 가지고 들어간다. 내가 들어갈 수 있는 방엔 텔레비전도 라디오도 없는 것은 물론이다. 그래도 자상한 이해인 수녀가 그곳에 계신지라 읽을거리를 이것저것 챙겨다준다. 그렇게 챙겨다준 책 중에서 『침묵의 세계』(성바오로출판사, 막스 피카르트 지음, 박갑성 옮김)라는 책을 뒤적이다가 문득 그윽한 꽃의 향기에 접한 것처럼 정신이 정화되는 듯한 느낌을 맛보았다. 제목은 침묵의 세계이지만 침묵에 대해서만 말하고자 하는 책은 아니다. 아주 섬세하고도 친절하게 말에 대해서 말하고 있다. 그가 침묵에 대해 그렇게 많은 말을 할 수 있었던 것도 말은 침묵으로부터 출현할 때 충만된다는 것을 알고 있기 때문일 것이다.

> 음악 소리는 말소리처럼 침묵과 대립하는 것이 아니라 침묵과 병행한다. 음악 소리는 마치 침묵의 표면을 굴러가는 것 같다. 음악은 침묵이다. 꿈속에서 소리내기 시작하는 침묵이다. 음악의 마지막 소리가 사라진 다음보다 침묵이 더 잘 들릴 때는 결코 없다.

위에 인용한 구절은 그의 책을 읽다가 침묵에 귀 기울일 때의 더할 나위 없는 평화에도 그대로 해당된다. '인간의 본질은 언어이고, 신의 본질은 침묵이다. 그러나 신에게 있어서 침묵과 언어는 하나이다'라는 그의 말대로 언어에서 비롯된 인간이 모태에 잠시 회귀해서 느끼는 평화처럼 감미롭고도 아늑했다. 침묵이 없는 언어가 몸서리쳐지게 무의미한 거라면 신이 없는 인간도 마찬가지란 생각이 자연스럽게 들었다. 나는 그 책을 아주 갖고 싶었으나 수녀님은 수녀원에 비치된 책이라 줄 수 없다고 했다. 나는 그 책에게 『현대물리학이 발견한 창조주』처럼 심하게 집착할 것 같지는 않았지만 음악을 듣듯이 침묵과 번갈아가며 귀기울이는 평화를 누리고 싶었기 때문에 서운했다. 절판된 지 십 년이 넘은 책이라 살 수 있을 것 같지도 않았다. 그러나 수녀님이 내 마음을 어찌 알았는지 훗날 복사를 해서 보내주셔서 곁에 두고 자주 읽고 있다.

그러나 여지껏 장황하게 늘어놓은 두 권의 책은 내 독서 경험 중 예외에 속하는 것이고 나는 몇 십 년에 걸쳐 한결같은 소설의 애독자이다. 소설 말고 시나 수필도 좋아하니 문학 애호가라고 하는 게 약간은 더 그럴듯할지도 모르겠다. 좋아하고 많이 읽다보니 저절로 눈썰미라는 게 생겨 소설도 쓰게 된 것이지, 독자임이 시시해서 그만두려고 소설가가 된 것은 아니다. 만일 내가 나도 모를 큰 잘못을 저질러 작가를 그만둘 거냐? 독자를 그만둘 거냐? 둘 중 하나를 택하라는 형벌이 내려진다면 작가를 그만두는 한이 있어도 독자를 그만두고는 못 살 것 같다.

최근에 재미있게 읽은 소설로는 『메디슨 카운티의 다리』 『영원한 제국』 등이 생각난다. 『메디슨 카운티의 다리』는 앉은자리에서 다 읽어버려서 그런지 한 권의 책을 읽었다는 기분이 안 들고 상큼한 단편을 한 편 읽고 난 기분이었다. 읽는 동안 즐거웠지만 읽고 나서 좋은 소설이란 생각이 들진 않았다. 그 소설을 읽고 나서 얻은 가외의 즐거움이 있었다면, 장기간 미국 내의 베스트셀러였다는 걸 상기하면서, 미국 문학 수준도 별건 아니군, 하고 어깨를 한번 으쓱하고 나서 책을 가볍게 내던질 수 있었다는 사실이다. 그까짓 베스트셀러로 어떻게 그 나라의 문학 수준을 가늠하느냐고 하는 지당한 소리가 들린다면 할말은 없지만, 나로서는 큰 나라를 가볍게 여길 수 있는 기회는 잡고 보는 편이다. 그 또한 열등감의 소치가 아니겠느냐는 비웃음이 들리는 듯하지만.

『영원한 제국』은 여행을 가면서 비행기 안에서 단숨에 읽었다. 그렇다고 『메디슨 카운티의 다리』처럼 가벼운 소설이라고 말하려는 것은 아니다. 재미와 함께 저자의 세심한 고증과 박식을 따라가는 기쁨까지 누렸다면 소위 고급 독자를 겨냥한 작품이 아니겠는가? 여행에서 돌아오는 길엔 동승한 친구에게 읽어보라고 권했다. 평소 소설책 같은 걸 잘 안 읽는 친구였는데 오랜 비행 시간을 한잠도 안 자고 끝까지 읽는 걸 보고 놀랐다. 지적인 즐거움에 대중성까지 갖춘 작품이 바로 이런 거렷다, 하는 생각이 들었다. 그러나 작가의 말 중 『장미의 이름』을 비롯해서 그가 모티브를 응용한 몇몇 작품을 나열한 건 지나친 혹은 때늦은 결벽증으로 보였다. 그가 끌어온 기법이나 문자의 출처를 밝혔어야 할 곳은 그의 처녀작인 『내가 누구인지 말할 수 있는 자는 누구인가』에서가 아니었을까? 또한 그가 응용했다고 밝힌 추리소설이 네 편이나 되는데도 매스컴에서는 『장미의 이름』만 가지고 떠들어대는 것도 잘 이해가 안 된다. 『장미의 이름』은 나도 꼼꼼히 씹어가며 읽고 느낀 게 많은 잊을 수 없는 소설인데, 그 소설이 감동스러운 까닭은 그 추리소설적인 기법 때문이 아니다. 우리는 그 소설을 통해 독선, 맹신, 광신, 아전인수의 문화에 대한 무자비한 파괴력을 보게 된다. 나아가 제각기 확신에 차 있는 우리 사회는 지금 어디로 가고 있는 걸까? 까지를 전율스럽게 되돌아보게 한다. 나는 아둔해서 그런지 『영원한 제국』이 재미 말고 우리의 삶 읽기에 뭘 보태려고 했는지 잘 모르고 읽었다. 그 두 소설을 비슷한 것으로 인식시킬 의도가 작가에게 있었다고 생각하진 않지만, 한 번 어떻다더라는 딱지가 붙으면 그게 돼버리는, 확신이 너무 쉬운 우리 풍토가 다시 한번 『장미의 이름』의 강력한 메시지를 생각나게 하는 건 묘한 아이러니이다.

내가 반드시 재미만 취해서 소설을 읽는 건 아니라는 걸 밝히기 위해 지금 읽고 있는 소설을 소개하면 김원우의 『우국의 바다』이다. 한 번도 그의 소설을 아기자기한 재미가 있다고 생각한 적은 없지만 이건 좀 더하다. 독자를 끌어당기기는커녕 밀어내는 것 같은 느낌이 들 지경이다. 그런 소설을 왜 읽기 시작했냐 하면 같은 시대 배경에 대한 내 나름의 관심 때문이다. 더 솔직히 말하면 그 시대를 배경으로 나도 소설을 쓴 적도 있고 앞으로 더 써야 할 것 같아서 그가 고증한 걸 힘 안 들이고 도용할 속셈이 있는 것이다. 그 시대라면 별로 고증이 어렵지 않은 시댄데 왜 하필 소설이냐 하면 소설만큼 당대의 분위기를 파악하기 쉬운 것도 없기 때문이다.

그러나 소설만큼 아닌 걸 기처럼 보여주기 쉬운 것도 없다. 그러니까 소설을 공부처럼 읽기 위해서는 그 작가의 성실성에 대한 여간한 믿음이 있지 않으면 안 된다.

그러나 힘 안 들이고 되는 일이 뭐가 있겠는가? 읽다가도 이 작가는 도대체 무슨 권리로, 무슨 배짱으로 이렇게 독자를 힘들게 하나 화가 나지만 한편 네가 이기나 내가 이기나 보자는 오기가 솟아 다시 읽는다. 그의 문장은 독자에게 아양을 떨지 않는 대신 이렇게 도전을 하게 만든다. 도전씩이나 해가며 소설을 읽는 까닭은 어딘가에 내가 찾고저 하는 진실이 숨겨져 있을 것 같은 예감을 주는 특이한 문장 때문인데, 작가가 의식했든 안 했든 간에 그것도 일종의 기교가 아닐까. 아무리 그래봤댔자 총 여섯 권 중 아직도 세 권째를 읽는 중이지만 아무쪼록 나의 도전과 예감이 헛되지 않길 바라고 있다. 읽는 속도에 차츰 가속이 붙는 것도 결국은 내가 이길 것 같아 즐겁다.

신경숙씨 보셔요

안녕하세요? 우리가 가장 최근에 만난 게 원주 박경리 선생님 댁 마당에서였지요, 아마. 토지 완간 기념 잔칫날이라 사람들이 많기도 했지만 한번 얼핏 스쳤을 뿐 다시 만난 것 같지는 않네요. 참 그보다 사나흘 전에도 만났었지요. 내가 동인문학상 탈 때 와주었던 생각 납니다. 그때는 사람들이 많지 않은 조촐한 자리였는데도 역시 한번 얼핏 보았을 뿐 무슨 얘기를 하거나 나중에 또 본 것 같지가 않군요. 그리고 작년 가을 신경숙씨하고 비슷한 연배의 여성 작가하고 동무해서 우리집에 왔었던 적이 있었지요. 그때가 초면이었구요. 별로 사교적이지 못한 사람끼리의 초면은 어색하기 마련이지요. 무슨 얘기를 했는지 생각나지 않습니다. 그러니까 우리의 만남은 통틀어봤댔자 세 번밖에 안되고 그중 두 번은 얼핏 스쳤을 뿐인 그런 사이네요.

얼핏 스쳤을 뿐이라 해도 그때의 느낌이 참 좋습니다. 아아, 저 사람도 여기 왔구나, 그렇게 생각하는 것만으로도 그 자리가 편안해지는 마음이 우러나는 사람이 그렇게 흔한 건 아니거든요. 나처럼 낯가림이 심한 사람에겐 더군다나 그렇습니다. 이렇듯 나의 신경숙씨에 대한 느낌이 특별한 것이긴 해도 편지를 쓸 정도인가는 아직도 잘 모르겠습니다. 신경숙씨한테 이런 글을 써달라는 청탁을 받았을 때 나는 너무 쉽게 선선히 승낙을 하고 말았습니다. 좀 잘난 척하는 것처럼 들릴지도 모르겠습니다만, 마음먹고 붙들고 있는 일도 있고 해서 어떤 원고 청탁도 거절부터 하고 보는 게 요사이의 내 사정이거든요. 마감이 지났다는 독촉을 받고서야 내가 왜 이런 글을 쓰겠다고 했나 이상해지기 시작했습니다. 왜 하필 나에게 그런 청탁을 했을까도 궁금했구요. 편지란 사실 얼마나 간절한 사이에나 하는 짓입니까? 편지글의 형태를 빌어 신경숙 문학을 논하게 하려는 의도라 해도 더군다나 적격자가 아니지요. 나는 남의 글을 읽고 좋다, 참 좋다, 그저 그렇다, 별로다, 안 썼으면 좋았을걸, 정도의 평밖에 할 줄 모릅니다. 왜 좋은가, 왜 별로인가를 타인에게 논리적으로 납득시키는 일은 내 능력 밖의 일이지요.

내가 그때 왜 그랬지? 하고 자신이 한 짓을 되짚어가면서 미로에 든 것처럼 우두망찰을 하는 것은 요즈음의 내 못 말리는 버릇입니다. 그런 버릇은 건망증에서 비롯됐다고 생각되는데 이를테면 잘 간직해야 될 물건이나 누가 맡긴 물건이 있을 때는 이걸 어디다 둬야 나중에 잘 찾을 수가 있을까 그것부터 우선 걱정이 됩니다. 잘 둔다고 둔 물건일수록 찾기 어렵다는 걸 알기 때문입니다. 찾는 걸 포기하고 잊어버리고 있다가 먼 훗날 우연히 엉뚱한 데서 발견했을 때 반갑다기보다는 기분이 나쁩니다. 자신에 대한 불신이지요. 찾다 찾다 못 찾아 결국 포기하고 만 귀한 음악회 초대권이 몇 달 후 신발장 구두 밑에서 나왔을 때 어찌 자신이 혐오스럽고 기분이 나쁘지 않겠습니까. 그럴 때 구제받는 길은 그때의 마음을 차근차근 더듬어가는 일입니다. 그러면 초대권이나 청첩장을 어디다 뒀는지 몰라 낭패를 본 또다른 전과와 만나고, 이번에는 비싼 음악회니까 그런 일이 안 생기게끔 철저하게 대비를 한다는 게, 현관을 나서면서 구두를 신을 때 대령해 있도록 그날 신고 나갈 구두 밑에 두었다는 걸 알게 됩니다. 따로 떼어놓고 볼 때 미친 짓같이 여겨지던 것도 이렇게 연결 고리를 찾고 나면 귀여운 짓이 될 수도 있습니다.

개인적으로 결코 친하다고 할 수 없는, 연배로 봐서도 까마득한 후배한테 보내는 이런 글을 무슨 생각으로 그렇게 선선히 쓰겠다고 했을까? 청탁에 몰리니까 후회스럽기는 해도 곰곰히 되짚어 생각하니 언짢거나 이해할 수 없는 짓은 아니었습니다. 이유는 간단했습니다. 신경숙을 예뻐하는 마음 때문이었습니다. 신경숙을 예뻐하는 마음은 물론 신경숙 문학을 예뻐하는 마음이기도 하구요. 하고많은 남자와 여자가 그중 하나의 이성과 사랑에 빠지는 최초의 감정은 어딘지 달라 보이는 거라고들 흔히 말하죠. 신경숙의 소설을 처음 읽었을 때의 느낌도 그랬습니다. 잘됐다는 느낌보다도 내가 읽은 수많은 소설과 다르게 느껴졌고, 그건 모처럼만의 신선한 충격이었습니다. 앞서 말한 내가 읽은 수많은 책이라는 건 약간은 과장기가 있지만 나는 워낙 다독하는 버릇이 있거든요.

정독이 아니라 다독 말입니다. 앉을 자리나 머리맡에 읽을거리를 흐트려뜨려놓고 찔끔찔끔 읽는 버릇은 문학소녀 시절부터였는데 근래에는 거저 생기는 읽을거리도 많은 데다가 불면증까지 겹쳐 고질병처럼 돼버렸습니다. 너무 일찍 깨버려 날 밝기까지 다섯 시간이나 더 남았다든가, 마감은 지났는데 글이 한자도 안 써질 때 달리 할 수 있는 게 아무것도 없어서 헛손질하듯이 닥치는 대로 이것저것 활자로 된 것을 주워 읽는 것은 독서가 아니라 활자중독증 같은 것이지요. 건강에 해로운 줄 알지만 담배를 못 끊는 것과 다르지 않습니다. 실지로 그런 시간에 책을 읽느니 차라리 담배를 배워볼까 노력해본 적도 있지만 실패하고 말았습니다. 나의 책 읽기가 줄담배 피우기와 같은 또다른 까닭은 읽고 나서 남는 것은 띵한 두통과 마음의 혼란뿐, 내용은 즉시 까먹는다는 사실입니다. 참으로 한심한 일이지요. 그러나 전적으로 한심한 것만은 아닌, 그래도 봐줄 만한 신통한 점도 하나쯤 자신에게 있다고 여기고 싶은데, 그것은 줄거리 대신 남아 있는 개별적인 느낌입니다. 물론 느낌조차 남아 있지 않은 글도 있습니다만 대개는 설명될 수는 없는, 그러나 명확한 어떤 느낌으로 남아 있어서 딴 데서 같은 작가의 딴 글에 접해도 같은 느낌으로 그 사람의 글이라는 걸 알아맞히게 됩니다. 만약 그런 감수성마저 없어지게 된다면 글도 못 쓰게 되겠지요. 쓸쓸한 일이지만 피할 수 있는 일도 아니라고 생각합니다. 남의 글을 읽지 않고 내 글을 읽어주기를 바라는 것은 도둑놈의 심보일 테니까요.

신경숙씨 소설이 딴 소설과 달라 보였다는 건 작가마다 다른 그런 개별적인 느낌을 말하는 것은 아닙니다. 요새는 조화를 만드는 기술이 어찌나 정교해졌는지 거의 생화와 구별할 수 없는 것이 많습니다. 조화는 조화 나름의 아름다움이 있어 그걸 주장하려고 일부러 조화임을 강조한 조화도 나오고 있지요. 추상화와 구상화의 차이처럼 다 같이 그 나름의 존재가치가 있을 뿐 어떤 것이 더 낫다든가 더 옳다든가 하는 우열이 있는 것은 아니지요. 그런 중에도 하나 신기한 것은 아무리 정교하게 만든 조화도 생화와 섞어놓고 볼 때 구별이 된다는 사실입니다. 똑같은 녹색 같으면서도 인공으로 낸 녹색과 자연의 녹색이 달라 보이는 까닭을 논리적으로 설명할 수 있는 것은 아니지요. 설명할 수는 없지만 그걸 분별해냈을 때 기쁨을 느끼는 것은 자신의 건강과 감각에 대한 신뢰감과, 살아 있는 자연에 대한 찬탄을 합친 거라고 생각합니다. 신경숙씨 소설이 딴 소설과 달라 보인 것은 조화의 녹색과 자연의 녹색이 달라 보인 것과 닮은, 미묘하지만 분명히 있긴 있는 차이점이었고, 그걸 발견했을 때 기쁨을 느꼈습니다.

신경숙씨가 글을 잘 쓰는 것 말고 또하나 부러운 게 있는데 그건 시골 출신이라는 겁니다. 시골 중에서도 호남 쪽이라는 게 여간 부럽지가 않습니다. 나는 근래에 그 지방에 반해서 종종 여행을 가곤 하는데 오다가다 만난 그쪽 지방 사람들이 주고받는 천연덕스러운 말 중에서 그대로 받아쓰기를 하고 싶을 만큼 그 자체가 해학 넘치는 문학인 걸 발견하고 놀란 적이 한두 번이 아닙니다. 허름한 음식점에도 꽤 괜찮은 그림이 한두 점 걸려 있더라는 것으로 그쪽이 예향이라는 것을 설명하려 들기도 하지만 나는 비슷한 느낌을 그쪽 사람들의 말하는 방법에서 받곤 합니다.

나도 시골 출신이고 그걸 매우 자랑스럽게 여기고 있습니다만 그쪽 시골에다 대면 은근히 열등감을 느낍니다. 부모님이 시골 분이고 아직도 고향을 지키고 생존해 계시다는 것도 부럽구요. 아무도 흉내낼 수 없는 신경숙 문학의 진국스러움을 더듬어내려가면 뿌리가 그런 데 닿아 있을 것 같은 느낌을 받곤 합니다.

마지막으로 기특하다는 말을 해주어도 실례가 안 되겠지요. 작년부터 비롯된 신경숙 문학에 대한 문단의 관심과 대중적인 인기는 그야말로 폭발적이지 않았습니까. 문단 사정에 정통하달 수는 없어도 아주 모르지 않는 선배로서 그 와중에서 얼마나 자기 관리를 제대로 해낼 수 있을까, 걱정도 되고 안쓰럽기도 했지요. 일단 인기 작가의 반열에 오른 작가한테는 너도 나도 덤벼들어 박박 긁어 바닥이 보이고 샘이 마른 것을 본 후에나 등을 돌리는 게 무자비한 문단 상업주의 아닙니까. 멀리서 지켜보기에 신경숙씨는 그런 고비를 바닥을 드러내지 않고 비교적 잘 견디어온 걸로 알고 있습니다. 흔히 우리는 돈 욕심이 지나치면 추악하게 여기고, 일 욕심은 많을 수록 미덕으로 여겼는데 이건 대단히 잘못된 생각이 아닐까요. 돈 욕심이 먹고 산다는 생존권에서 비롯된 거라면 일 욕심은 물질욕에다가 헛된 명예욕까지 합친 거니까 더 추악하고도 위험천만인 게지요. 일 욕심을 부추기는 건 물질과 명예의 유혹이고 거기 놀아나다보면 날림을 만들어낼 수밖에 없는 건 글쟁이의 세계라고 해서 예외가 될 수는 없다고 생각합니다. 끼치는 해독 또한 부실공사 못지않구요. 신경숙씨는 그 고비 또한 진득하니 잘 넘기고 있는 게 기특하고 믿음직스럽습니다. 알맞은 칭찬을 해주고 싶었는데 혹시 좀 인색하지나 않았나, 또는 넘치지나 않았나 걱정스럽습니다. 칭찬으로는 과부족이 있더라도, 격려로는 넉넉하기를 바라며 이만 쓰겠습니다.

건강과 행복을 빕니다.

내가 잃은 동산

내가 살던 고향은 개성에서 이십 리가량 남쪽의 박적골이란 시골이다. 개성에서 우리 마을까지 가려면 고개를 네 개나 넘어야 하는 산골이고 네 고개 중 제일 가파른 고개가 농바위고개고 제일 긴 고개는 긴등고개였다. 긴등고개는 고개라기보다는 산의 능선을 타고 한없이 가야 하는 완만하고 지루한 고개여서 시골 사람들도 밤에 그 고개를 넘는 걸 꺼렸었다. 어머니가 여우를 만난 것도 그 긴등고개라고 했다. 문득 나타난 누런 짐승을 처음엔 큰 개인 줄 알았다가 여우인 걸 알고 놀랐지만 동네 개 보듯이 전혀 동요하는 기색 없이 지나갔노라고 했다. 아무 일 없이 고개를 다 넘고 나서 마을이 보이자 비로소 식은땀으로 등이 축축하더라는 것이었다. 우리 어릴 때의 여우 이야기는 거의 사람 홀리는 이야기였기 때문에 소름이 끼쳤고 무사히 돌아온 어머니가 얼마나 자랑스러웠는지 모른다.

고향을 산골이라고 느낀 것은 도시에 와보고 나서이지 어려서는 사람 사는 데는 다 그런 줄 알았다. 우리 마을뿐 아니라 고개 너머 이웃 마을도 다 산자락에 안겨 있었다. 우리는 우리 마을을 삼태기처럼 얼싸안고 있는 산을 그냥 뒷동산이라고 불렀다. 마을마다 뒷동산이 있었으니까 그건 고유명사가 아니었다. 고개는 아무리 낮은 고개도 이름이 있었는데 동산엔 이름이 없었다. 산과 들의 경계는 분명하지 않았다.

호수가 이십 호가 될까 말까 한 작은 마을이었는데 아랫말 윗말로 나뉘어 있었다. 윗말은 산에 바싹 붙어서 울타리 밖이 바로 산이었다. 우리집은 아랫말이었는데 산기슭을 따라 반달 모양으로 드문드문 인가가 산재한 윗말보다 지대가 낮고 인가의 배열도 드문드문하고 불규칙했다. 윗말과 아랫말 사이엔 동산이 치마폭을 펼치고 앉은 형상으로 경사가 완만한 밭들이 있고 아랫말은 집집마다 논이 바로 마당가까지 들어와 있었다. 그 논은 부채를 펴놓은 것처럼 활짝 넓은 들이 되지만 부채의 양쪽 살 노릇을 하는 것은 역시 동산이었다.

부챗살이 한껏 펴진 지점에 시냇물이 흐르고 있고 시냇물

건너로는 더 넓은 들이지만 그 들의 끝은 지평선이 아니라 역시 능선이 부드러운 동산이었다. 그 동산에 안긴 마을은 우리 마을에서 보이지 않았다. 아마 잘못 탄 가르마처럼 꼬불꼬불한 황토고개 너머일 것이다. 그렇다고 이웃 마을이 그렇게 먼 것은 아니었다. 앞벌을 향해 점점 넓어지는 산자락도 직선은 아니어서 산모롱이가 있고 그 산모롱이를 돌면 우리 마을보다 더 작은 마을이 나타났다. 뒷동산 너머에도 마을이 있었으니까 고개가 마을과 마을을 잇는 통로라면 동산은 마을과 마을을 구별짓는 울타리였다.

마을엔 핏줄처럼 도처에 개울이 흘렀다. 어린애도 깡충 뛰어넘을 수 있는 실개천이, 걸레도 빨고 닳아 빠진 놋숟갈로 감자도 한 양푼씩 깎던 개울물이 되기도 하고 장마철엔 폭포수 소리를 내는 여울물이 되기도 했다. 우리집도 실개천을 끼고 있었다. 뒷간이 텃밭머리에 있었는데 실개천을 건너야 했다. 뛰어넘을 수 있는 넓이였는데도 아이들을 위해서 다리가 있었다. 흙다리였다. 우리 고장엔 흙다리가 많았다. 실개천보다 훨씬 넓은 시냇물에도 흙다리가 놓여 있는 데가 많았다. 기둥목을 두 개 걸쳐놓고 그 사이를 새끼줄이나 칡뿌리 따위로 엮고 그 위를 진흙으로 싸바르는 공법이었다고 기억하는데 확실하지는 않다. 흙다리는 황톳길과 다름 없어서 외나무

다리나 징검돌보다도 안정감이 있었다.

이렇게 풍부한 물이 앞벌에 논물을 넉넉히 대주면서 더 큰 시냇물로 흘러들어갔지만 논에는 또 군우물이라는 걸 두고 있었다. 군우물은 논 한쪽 귀퉁이에 파놓은 우물보다는 크고 연못보다는 작은 웅덩이였는데 어린이에게는 깊이를 알 수 없는 충충한 것이었다. 딴 고장에선 본 적이 없으니 우리 고장에만 있는 게 아닌가 싶은데 그 안에서 샘이 솟는 건지 흐르는 물을 가둔 건지도 확실하지 않지만 작은 저수지의 구실을 하지 않았나 싶다. 논마다 있는 건 아니어서 겨울이면 허허벌판 여기저기에서 하얗게 얼어붙은 군우물이 동그란 거울처럼 빛나곤 했다. 어른들은 논에서 썰매 타는 아이들한테 군우물엔 숨구멍이 있어서 어떤 강추위에도 거기는 단단히 얼지 못하고 살얼음으로 남아 있으니까 위험하다고 주의를 주곤 했다. 그러나 겉으로 보기엔 단단히 얼어붙은 것처럼 보여서 거기 살던 수많은 물벌레들은 어떻게 되었을까, 어린 마음에 그게 궁금해지곤 했었다.

윗말 아랫말에 하나씩 있는 우물과는 달리 군우물 물은 지저분하고 온갖 물풀과 물벌레가 살았다. 올챙이가 알에서 깨어나오는 것도 군우물에서였고 여름의 모기가 들끓는 것도 군우물 때문이었을 것이다. 그 밖에도 물방개, 소금쟁이, 물장군, 장구애비, 물땅땅이 등이 푸르고 느글느글한 물풀 사이를 떠다녔다. 아이들은 곧잘 해진 체나 삼태기를 가지고 개울로 고기를 잡으러 다녔지만 군우물에서는 그런 짓을 안 했다. 군우물에 사는 물고기는 버들치밖에 없었는데 버들치는 크기가 금붕어만하고 꼬리가 무지갯빛이어서 군우물에 사는 유일한 미인이었지만 못 먹는 물고기였다. 먹을 수 있는 물고기는 주로 흐르는 물에 살았다.

그러나 넓은 벌 한가운데를 흐르는 시냇물이나 저멀리 저수지로 천렵을 나가는 건 부녀자들이 물 맞으러 가는 것처럼 남자들이 날 정해서 하는 일이고, 아이들이 물장난 겸해서 삼태기나 체로 고기를 잡는 건 개울물에서였다. 가장 흔하게 잡히는 게 보리새우였다. 체로 하나 가득 보리새우를 건져 가도 어른들은 반기지도, 야단을 치지도 않고 저녁에 아욱국 끓이는 데다 떨어뜨리곤 했다. 된장국 속에 보리새우는 새빨간 빛깔로 변해 국맛을 구수하고 달착지근하게 해주었다. 요새도 입맛 없을 때는 그때의 그 국맛을 생각하곤 한다.

그런 고마운 물들이 다 우리 마을을 삼태기 형상으로 둘러싼 산에서 발원하고 있었다. 그러나 내 기억이 잘못됐는지는 몰라도 산에서 계곡물을 본 것 같지는 않다. 그냥 밋밋한 동산이었고 깊은 골짜기도 없었고 암벽도 없었다. 여름에 물을 맞으러 가는 산은 따로 있었는데 그건 우리 마을에서 십 리는 가야 하는 곳으로 정자도 있고 나중에 서울 와서 본 정릉 골짜기처럼 암벽 사이를 흐르는 계곡물도 있었다.

물이 풍부한 마을이었음에도 불구하고 유둣날이나 복날 중 하루를 받아 마을 부녀자들이 그 골짜기로 물 맞으러 가는 건 대단한 행락이었다. 치마를 허리띠로 가뜬하게 졸라맨 부녀자들이 머리에다 하나씩 임을 이고 신나게 수다를 떨면서 허옇게 줄을 서고 아이들이 춤을 추며 그 뒤를 따랐다. 쌀자루나 푸성귀 광주리 말고도 온갖 부엌 세간이 다 동원이 되었다. 그중에 무쇠솥도 빼놓을 수 없었다. 양은 냄비 같은 건 모르고 살 때라 밥도 솥에다 지어야 하지만 특히 솥뚜껑은 유용했다. 뚜껑도 됐다가 요샛말로 프라이팬 구실도 할 수 있었기 때문이다. 어른들이 발을 씻고 화덕을 만드는 동안 아이들은 산속으로 흩어져 삭정이 나무를 해 왔다. 삭정이에다 청솔가지를 조금 섞는 건 괜찮았지만 나무를 함부로 꺾는 건 금지돼 있었다. 자연보호니 그런 말은 알지도 못했고 단지 불이 안 붙는다는 이유 때문이었다.

밥도 꿀맛이었지만 밥 먹고 나서 아이들이 발가벗고 물로 뛰어들고 나면 어른들은 남은 불에다가 솥뚜껑을 제쳐놓고 부침질을 했다. 물장구치다 나와서 밀가루에다 호박이나 부추 따위를 썰어 넣고 부친 부침개를 먹는 맛이야말로 물놀이의 절정이었다. 아이들 입치다꺼리 하느라 어른들은 번갈아가며 물을 받았다. 엄마들은 윗도리만 벗고 베속곳은 입은 채 골짜기에 가서 바위에서 떨어지는 물줄기를 등에 맞았고, 아이들은 아래쪽 낮은 물에서 놀았다. 떨어지는 물이 더 찬지 입술이 새파래져 나와서 불을 쬐기도 했다. 저녁때는 다시 한번 불을 지펴 남은 밀가루로 뜨덕재비를 해먹고 왔다. 우리 고장에선 수제비를 뜨덕재비라고 한다.

물을 맞을 계곡물이 없는 것만 빼고는 우리 마을 동산엔 없는 게 없었다. 그가 두 팔 벌려 얼싸안은 벌판을 넉넉한 물로 축여주었을 뿐 아니라 무진장한 땔감과 먹거리와 신선한 바람과 철 따라 아름다운 경치를 보여주었다. 바위나 돌이 귀한 동산이어서 그러했는지 나무가 울창한데도 바닥도 맨 흙을 드러낸 데가 없이 잡초가 무성했고 잡초 사이엔 온갖 풀꽃과 산나물과 버섯이 자랐다. 그래서 산속을 걸으면 겨울에도 쿠션을 밟는 것처럼 탄력이 있었고 봄에는 산이 아기처럼 새근새근 숨쉬는 것을 닳아 빠진 고무신 바닥을 통해 분명히 느낄 수가 있었다.

우리 뒷동산에선 삽죽나물이 많이 났다. 삽죽은 우리 집안 어른들한테 가장 환영받는 산나물이어서 종댕이가 넘치게 삽죽나물을 한 날은 얼마나 자랑스러웠는지 모른다. 여름에 도라지나 무릇을 캐는 것도 신나는 일이었다. 도라지는 텃밭머리에도 자생했지만 산에서 캐온 산도라지를 어른들은 귀히 여겼고 도라지나 무릇이 다 소박하고 고운 꽃으로 자신의 존재를 알렸다. 잎이 마늘잎처럼 생겼고 길다란 꽃줄기가 나와 연보라색 자디잔 꽃이 밑에서부터 차례로 피는 무릇은 달래보다 큰 그 뿌리를 고아서 먹으면 부드럽고 달콤해서 노인과 아이들이 간식으로 즐겼다. 습하고 그늘진 골짜기에는 잎이 넓고 밥풀 같은 흰 꽃이 조롱조롱 달리는 둥굴레가 쫙 깔렸었는데 꽃이 피기 전엔 그 잎도 나물을 해 먹었다. 꽃이 피면 그 감미로운 향기가 눈감고도 그 골짜기를 찾아갈 수 있을 만큼 강렬했다. 나중에 서울에 와서야 그 꽃이 소녀들한테 사랑받는 은방울꽃이라는 걸 알게 되었다.

나무는 소나무 잣나무 밤나무 떡갈나무 상수리나무 참나무 등이 주종을 이루었고 돌배나무나 동백나무도 있다는 것은 봄에 꽃 필 때나 드러나곤 했다. 우리 고장에선 이른봄 진달래꽃 필 무렵과 거의 같은 때 가장귀 끝마다 노란 조밥 같은 꽃이 피는 나무를 동백나무라고 불렀다. 붉디 붉은 화려한 꽃이 피는 진짜 동백나무를 본 것은 어른이 된 후였다. 우리 마을은 땔감을 산에 의지하고 있었지만 나무를 베서 장작을 만드는 일은 거의 없었다. 밤, 상수리, 도토리 등 우리에게 풍부한 먹거리를 대주는 나무들은 가을이면 다 잎이 말라 낙엽이 졌다. 가을에 남자들이 산의 낙엽을 긁어다가 갈잎 낟가리를 만드는 일은 여자들의 솜옷 바느질과 함께 빼놓을 수 없는 월동 준비였다.

집집마다 앞마당에 집채만한 갈잎 낟가리를 서너 동씩 쌓아놓고 겨울을 났다. 낟가리 속엔 청솔가지도 알맞게 섞여 있어서 불을 땔 때 화력을 돋을 뿐 아니라 좋은 냄새를 냈다. 청솔가지가 탁탁 기분좋은 소리를 내며 탈 때의 활기찬 불꽃과 향긋한 송진 냄새는 내 향수의 가장 강력한 구심점이다. 낙엽과 청솔가지는 구들을 뜨끈뜨끈하게 덥혀줬을 뿐 아니라 좋은 화롯불이 되었다. 밥을 뜸들이고 나서 붉은 빛이 도는 재를 질화로에 퍼 담고 꼭꼭 누르고, 가운데는 둥근 불돌로 재차 눌러놓으면 그 불이 온종일 갔다. 겉으로 보기엔 보오얀 재만 있는 것 같은데도 화로 언저리는 언 손을 녹이기에 충분할 만큼 따뜻했고 재 속에 밤이나 새끼 고구마를 파묻고 기다리노라면 이윽고 피식 하는 싱거운 소리를 내며 말랑말랑해졌다는 걸 알려왔다. 화로 언저리가 썰렁해졌을 무렵에도 할머니가 불돌 밑으로 담뱃대를 들이밀고 깊이 빨아들이면 곧 장수연에 빨갛게 불이 붙었다.

재는 화롯불이 되었을 뿐 아니라 비료도 되었다. 갈잎을 때니까 자연히 많이 때야 하고 재도 많이 생겼기 때문에 아궁이의 재를 자주 쳤다. 그러나 재 한 움큼도 함부로 버리는 게 아니라 뒷간으로 져내여 오물을 가리게 했다가 오물과 적당히 섞인 재는 다시 들로 쳐내어 거름으로 삼았다. 구들장 밑에서 오래된 구재는 특히 좋은 거름으로 쳐서 삼포蔘圃의 지력을 돋울 때 유용하게 썼다. 그 모든 게 산에서 나는 거였다. 그렇다고 겨울의 땔감을 순전히 산에만 의지했다면 산은 피폐해지고 말았을지도 모른다. 들에서 나는 것도 잘 말려서 땔감을 만들었다. 지붕을 이거나 새끼 꼬고 가마니 치고 남은 짚도 땔감이 되었고, 콩깍지 같은 잡곡을 추수하고 남은 줄기나 껍질도 땔감에 큰 보탬이 되었다.

우리 시골 여자들의 부지런함은 타 지방에도 소문이 난 것이어서 그냥 놀리는 땅이 없었다. 특히 논두렁은 콩 농사의 좋은 터전이었다. 여름날 논두렁길을 걸을 때면 껄끄러운 콩잎이 상쾌하게 종아리를 부벼댔었다. 이렇게 한치의 땅도 놀리지 않고 지은 콩 농사는 메주를 넉넉하게 쑤어 장맛을 달게 했을 뿐 아니라 겨울의 두부, 여름의 콩국 등 중요한 단백질 공급원이 됐다. 나른하고 긴 봄날은 아이들이 들과 산에서 주전부리거리를 얻기가 가장 마땅하지 않을 때여서 곧잘 콩을

볶아 먹곤 했다.

그렇다고 산에 나무를 전혀 베지 않는 건 아니었다. 큰 나무를 밑둥서부터 벌목을 했는지 가장귀만 쳤는지 알 수 없지만 추석이나 설 무렵에는 도회지에 사는 사람들이 좋아하는 참나무 장작을 달구지에 하나 가득 싣고 돈을 만들러 개성으로 가는 남자들을 볼 수 있었다. 그건 돈이 필요할 때 쌀을 내는 것과 마찬가지로 중요한 돈줄이었다. 갈잎을 긁거나 나물을 캐거나 밤을 따고 도토리를 줍는 데는 네 산, 내 산이 없었다. 누구네 산에서나 그것을 할 수 있었고 다만 절도를 지켜 너무 산을 들볶지 않는 건 몸에 배어 있었다. 그러나 돈이 되는 장작을 만드는 일은 자기 산이 아니면 안 되었다.

우리집은 논밭은 일 년 계량할 만큼 됐지만 우리 소유의 산은 없었다.

나는 어른들께 야단을 맞고 나면 뒷동산 무덤가에서 청승을 떨다 내려오길 잘했었는데 우리 조상의 산소는 아니었다. 산 주인의 조상 무덤도 봉분에 떼를 입혔을 뿐 비석이나 상석을 설치하지 않은 소박한 것이었다. 우리 산소는 멀었고 종중산인데 무덤이 너무 많아 산이라기보다는 공동묘지 같은 느낌이 들었다. 산이었다고 해도 남들이 장작 만들어서 돈 사러 가는 걸 부러워하는 것 말고는 산에서 누릴 수 있는 혜택에서 따돌림을 받은 일이 없었다. 산에서 발원한 것이 온 동네를 고루 축여주는 것처럼 산의 혜택도 고루 누렸다. 지형적으로뿐 아니라 정신적으로 우리 마을 사람들은 동산에 아늑하게 안겨서 살았다. 나무를 베는 것 외에는 산에서 나는 것은 수고한 사람의 몫이었다. 그런데도 산이 황폐하지 않은 것은 산과 들과 인구와의 적절한 조화 때문이 아니었을까.

우리 마을은 지주가 따로 없는 자작농들이었고 넓고 기름진 들은 마을 인구를 먹여 살리기에 충분해서 인심이 순후했다. 순하고 넉넉한 인심 때문에 산이 청청했고 청청한 산 때문에 농사가 잘됐고 농사가 잘되니까 인심이 좋을 수밖에 없는 상관관계 중 어떤 게 먼저일까 따진다는 것은 닭이 먼저냐 달걀이 먼저냐를 따지는 것만큼이나 부질없는 짓일 것이다.

그러나 동산이 아무리 기름져봤댔자 보듬어 안고 영향을 끼치고 먹여 살릴 수 있는 식구가 한정돼 있다는 것을 깨달은 건 개성이라는 도시를 처음 보고 나서였다. 우리 마을 사람들이 송도 또는 대처大處라고 부르는 개성을 처음 본 게 여덟 살 때였으니 물론 그 당시에 그런 사고를 할 수 있었던 건 아니다. 그러나 밋밋한 뒷동산이 아닌 수려한 산에 둘러싸인 아름다운 도시를 처음 보고 느낀 충격과 경탄이 결국은 그런 게 아니었을까.

우리 시골에서 개성까지 가려면 네 개의 고개를 넘어야 한다는 건 처음에도 밝힌 바가 있다. 마지막 고개 말고는 다 우리 마을 동산과 다름없는 산을 넘는 거였다. 그러나 마지막 고개인 농바위고개는 경사가 급한 높은 고개였다. 앞에 딱 버티고 선 산세가 우선 굽이굽이 길을 돌게 하고, 마을과 마을을 경계짓고 치마폭을 펼친 것만큼의 들을 만들던 동산하곤 천양지판이었다. 그 산은 뒷동산이라는 보통명사로 부르던 산이 아니라 용수산이라는 이름 붙은 산이었고 그 고개는 농바위고개였다. 농바위고개를 오르며 계곡을 흐르는 상쾌한 물소리를 들었고, 정상에 오르자 발아래 은빛 나는 아름다운 도시가 펼쳐졌다. 아아, 사람이 이렇게도 살 수 있는 거로구나! 이십 리 길을 걸어오면서 여러 마을을 지났지만 나 살던 곳과 대동소이한 마을만 봐온 눈에 발아래 펼쳐진 대지는 확실히 별천지였다.

내리막길엔 이름난 약수터가 있어서 거기서 목을 축이고 지친 다리도 쉬었다. 육면체의 장롱만한 바위들이 샘터 근처에 흩어져 있어 농바위고개라는 말도 거기서 연유됐다고 했다. 그 샘터에선 봉우리가 더 우람하고 잘생긴 산을 마주 바라볼 수가 있었는데 그게 바로 그 유명한 송악산이었다. 송악산 용수산이 두 팔을 벌린 듯한 연봉에 둘러싸인 곳이 송도라는 정갈하고도 풍요한 도시였다. 두 산은 울창하고도 골짜기마다 맑은 물이 넘쳐나 개성 시내엔 도처에 그물처럼 시냇물이 흐르고 그쪽 사투리로 그런 시냇물을 나깟줄이라고 했다. 유난히 정결을 존중하는 개성 여자들의 살림 솜씨와 나깟줄과는 불가분의 관계에 있다.

기차 타고 서울 와서 정착한 동네가 인왕산 기슭에 있는 현저동이란 동네였다. 30년대 당시로는 서울의 유일한 산동네였다. 사대문 안만 서울이었을 적엔 아마 인왕산의 일부였을 것이다. 당시에도 인왕산을 마구 훼손하며 들어선 동네라는 걸 한눈에 알 수 있는 깎아지른 듯한 산동네였고 우리집은 그 동네에서도 고지대여서 우리 골목 끝이 바로 우리 동네의 끝이었다.

금방 오를 수 있는 뒷동산이었지만 내가 놀던 뒷동산하곤 전혀 달랐다. 거의 암벽으로 돼 있었고 흰 바위로 된 깊은 계곡이 있었으나 장마철이나 비가 온 직후를 빼고는 물이 흐르지 않았다. 메마른 계곡을 연해 국사당을 비롯한 굿당 무당집들이 들어서 있었고, 떡이나 북어 따위가 늘 그 앞에 널려 있는 신령한 바위도 있었다. 그런 것들이 나무 그늘 하나 없이 발랑 드러나 있는 게 나에겐 도무지 산이라는 느낌이 들지 않았다. 화강암으로 된 주봉이 동쪽으로 슬그머니 낮아지면서 잡목이 듬성듬성한 동산을 이룬 곳이 있긴 있었지만 그곳 또한 원래는 화강암이었던 곳이 물러져 흙이 된 듯 메마른 바닥에 아무것도 자라는 게 없었다. 나는 나무 그늘이 풀도 잘 안 나는 운동장처럼 딱딱한 땅인 게 그렇게 이상할 수가 없었다. 나무도 어쩌면 다 그렇게 쓸모없는 나무들뿐인지, 따먹을 만한 열매를 맺지 않는 나무가 나에겐 그렇게 보였다.

그래도 여름엔 답답한 셋방 구석을 벗어나 자주 산에 오르곤 했다. 비록 볼만한 꽃도 먹을 만한 열매도 없는 잡목이라 해도 한데 어우러지면 싱그러운 산 내음을 풍기는 게 마음에 위안이 되었다. 그러나 복중엔 그 잘난 숲이 개를 몰래 잡는 장소로 이용돼 어린 마음에 공포감을 불러일으켰을 뿐 아니라 개를 불에 그슬린 자리엔 누린내가 오래 남아 있어 숲의 냄새를 고약하게 만들었다. 몰래 나무를 해가다가 산림 감독한테 붙들려 가는 여자들과 만날 적도 있었다. 가뜩이나 헐벗은 산이 그 아래 빈촌을 거느리고 있음으로써 시달릴 대로 시달리고 있었다.

그 동네에 살면서 국민학교는 사직동에 있는 매동국민학교를 다녔기 때문에 인왕산의 동쪽 자락을 허구한 날 육 년 동안을 넘어 다녀야 했다. 나중에는 서대문구와 종로구의 경계가 됐지만 그때만 해도 문안과 문밖의 경계가 되던 그 산자락은 인왕산 줄기 중에서는 그래도 나무가 가장 많은 데였다. 그러나 아카시아나무가 주종이었던 숲은 역시 바닥이 메마른 푸석바위여서 나물이나 버섯은커녕 풀 한 포기 자라지 않았다. 나는 그게 싫었고, 도시에 정을 붙일 수 없는 거부감의 단서가 되었다. 나는 육 년 동안이나 그 산을 넘어 다녔지만 그 산이 나에게 길 이상이 돼본 적이 없었다. 학교 가고 오는 길에 한눈을 팔면 안 된다는 어머니의 엄한 명령도 있었지만 스스로도 길을 벗어나 숲으로 들어가보고 싶은 호기심이 동하지를 않았다. 우리 시골 뒷동산에 비해 엄청나게 큰 산이었음에도 불구하고 전혀 신비감이 없는 산이었다.

아카시아나무나마 지키기 위해 산림 감독이 있었으나 그 산자락 역시 빈촌 사람들에 의해 주야로 시달리고 있었다. 가시 돋친 나무를 인 채 감독한테 끌려가는 동무의 엄마를 만난다는 것은 유년기의 가장 쓰라린 기억 중의 하나이다. 그 산이 사직공원 쪽 즉 문안의 부촌으로 가까워질수록 숲의 보존 상태가 좋아지는 것도 산과 인간과의 관계의 좋은 표본이었다.

그 산이 가장 볼만할 때는 아카시아꽃 무렵이었는데 온 산이 젖빛 안개를 두른 듯했고 냄새도 비릿하고도 감미로운 게 젖냄새 비슷해서 묘한 그리움을 불러일으켰다. 빈촌의 아이들은 활짝 핀 꽃을 가장귀채 꺾어서 포도송이를 먹어치우듯이 먹음직스럽게 먹어치웠다. 큰 가장귀를 꺾었다가는 역시 산림 감독한테 붙들려 야단을 맞거나 손목을 비틀렸기 때문에 사내애들은 스릴까지 느끼는 듯 극성맞게 꽃 서리를 했다. 우리 시골에는 없는 나무여서 모처럼 꽃이 피는 나무를 본 것도 신기했지만 도시의 숲에도 먹거리가 있다는 게 반가워서 따라 해보았더니 비위에 안 맞아 구역질이 났고, 고향 그리움이 왈칵 치밀어 눈물까지 핑 돌았었다.

근래에 나온 내 자전적인 소설 『그 많던 싱아는 누가 다 먹었을까』는 그때 아카시아꽃을 처음 먹어보고 비위가 상하고 나서 상큼한 싱아맛을 그리워하는 대목에서 제목을 따온 것이다. 책 중에 싱아란 소리는 네 번밖에 안 나오는데 왜 그런 이름을 붙였느냐는 질문을 받은 적이 있다. 또 싱아가 어떻게 생긴 먹거리냐는 질문은 수도 없이 받았다. 싱아가 중요한 건 아니다. 싱아는 내가 시골의 산야에서 스스로 얻을 수 있었던 풍부한 먹거리 중 하나였을 뿐 산딸기나 칡뿌리 새금풀로 바꿔놓아도 무방하다. 내가 말하고 싶은 건 내 어린 날의 가장 큰 사건이었던 자연에 순응하는 삶에서 거슬리고 투쟁하는 삶으로 넘어가는 과정에서 받은 문화적인 충격이랄까 이질감에 대해서이다. 나는 아직도 그런 이질감으로부터 자유롭지 못하다. 어린 날 뒷동산에 안겨서 맛보던 완전한 평화와 조화는 지금도 귀향의 꿈이 되어 나를 끌어당기고 있다.

남도 기행

작년 가을이었다. 시골 바람을 쐬러 가자는 친구가 있었다. 시골 바람이란 소리가 어찌나 듣기 좋던지 선뜻 그러자고 했다. 어디를 언제 어떻게 갈 것인가는 묻지 않았다. 그 친구가 다 알아서 해주려니 믿는 마음에서였다. 그전에도 가끔 그 친구로부터 그가 가본 고장 얘기를 들은 적이 있는데 정말 그렇게 좋은 고장이 이 땅에 있는 것일까 싶게 비현실적으로 들렸던 것도 한번 따라가보고 싶은 유혹이 되었다. 나에게 시골이란 말은 고향과 거의 같은 뜻을 지니고 있었다. 동산이 있고 개울과 시내와 논밭과 작은 마을과 두엄 냄새와 그리고 무엇보다도 땅 파는 사람들이 있는 곳이면 되었다. 그중 어느 하나도 유난스러울 필요는 있었다. 고향이 북쪽이라 못 가게 되고 나서도 관광이나 휴가라는 이름으로 여행을 한 적은 많지만 시골맛을 본 것하곤 달랐다. 나에게 시골맛이란 완전한 평화와 안식을 의미했다. 좋은 계절 골라잡아 여름날 휴양지나 명승고적을 찾아가서 사람에 부대끼고 나서 현지 사정이나 주머니 형편에 따라 민박이나 여관에 묵은 걸 시골맛이라고 볼 수는 없었다. 더군다나 근래에는 세상도 좋아지고 내 경제 사정도 넉넉해져 호텔 아니면 콘도에 묵는다. 그렇다고 만약 나에게 시골에 사는 가까운 친척이 있어 거기서 묵을 수 있다면 귀향과 닮은 맛을 볼 수 있었을까. 아마 그래도 아닐 것이다. 관광지 주변과 고속도로나 국도 주변의 인심과 마을 풍경은 해마다 달라졌다. 그것이 근대화라는 것이었다. 도시 사람이 눈에 불을 켜고 돈과 편리를 추구하는데 농촌이라고 그러지 말란 법이 없었다. 다 같이 고루 잘살자는데 불만을 품는다면 그야말로 도둑놈의 배짱이 아니고 무엇이랴. 그렇게 농촌의 발전을 긍정하면서도 도시의 간교함과 농촌의 촌스러움을 조잡하게 뒤섞어놓은 것처럼 어중간한 시골 인심에 접하는 것은 민망하고도 피곤한 일이었다. 국토는 좁고 인구는 많고 어느 한 군데 도시인이 휘젓고 다니지 않은 데가 없는데 오염 안 된 시골이란 환상에 지나지 않았다. 소위 경제 발전이란 명목으로 기를 쓰고 잘살기만을 추구하다가 문득 무슨 속죄의 의식처럼 전혀 발전이 안 된 시골을 꿈꾼다는 것 자체가 얼마나 사치롭고도 아니꼬운 도시 중심적인 사고인가. 농촌을 대상화하지도 말아야겠지만 속죄양을 만들어도 안 된다는 생각으로 어디에도 이제 고향은 없다는 상실감을 달랠 수밖에 없었다.

친구와 약속한 날은 하필 토요일이었다. 토요일 오후의 서울역 혼잡을 무엇에 비길까. 기차도 타기 전에 어질어질 멀미가 났다. 멀미 중 사람 멀미가 제일 고약한 것은 평소 자신에게 있다고 믿었던 인류애니 인도주의니 하는 것이 실은 믿을 게 못 된다는 자기혐오 때문일 것이다. 그래도 친구가 예매해놓은 기차표는 새마을호였다. 친구 말에 의하면 철저하게 서민적인 여행을 하려고 했는데 마침 목포행 새마을호 표를 예매해놓고 못 갈 사정이 생긴 부부로부터 표를 넘겨받을 수가 있어서 뜻하지 않게 호화 여행을 하게 되었노라고 했다. 호남선은 새마을호가 생긴 지도 얼마 안 되고 또 하루에 한 차례밖에 운행을 안 하기 때문에 표 구하기가 하늘의 별 따기라고도 했다.

새마을호가 호화스러워서가 아니라 표 구하기 어려움 때문에 우리 나들이가 호화 여행이 된 모양이었다. 그러나 송정까지만 호화 여행을 하고 나서 광주로 가 일박하고 다음날 해남 대흥사 일지암에서 일박하고 다시 광주를 거쳐 서울로 돌아오기까지는 순전히 시외버스와 시내버스를 이용했다. 친구의 잘못이었는지 고의였는지 광주에서 해남까지의 장거리도 직행버스도 못 타고 수도 없이 정거하는 그냥 시외버스를 타게 됐다. 그러나 그동안이 그렇게 좋을 수가 없었다. 조금도 예기치 못한 일이었다. 내가 지금까지 해온 여행은 과정을 무시한 목적지 위주의 여행이었다. 그게 얼마나 바보 여행이었던가를 알 것 같았다. 어디를 가기로 정하면 먼저 될 수 있는 대로 빨리 갈 수 있는 교통편을 강구하고 가면서 통과하게 되는 고속도로나 국도변의 풍경은 가능한 한 빨리 스치는 게 수였다. 공업화 산업화 관광지화를 꿈꾸거나 이미 이룩한 지방들은 자연도 인심도 도시의 변두리일 뿐 순전한 시골은 어디에도 남아 있지 않았다. 휴가라는 명목으로 여행을 갔다 오면 더욱이 피곤하고 짜증스러워지는 것은 관광 인파와의 부대낌 때문만은 아니다. 가도 가도, 심지어 산간벽지까지도 골고루 걸레처럼 널려 있는 문명의 쓰레기와 상업주의 때문에 이 땅에서 도시적인 걸 벗어나는 건 불가능하다는 걸 인식한 어쩔 수 없는 결과였을 것이다.

마침 좋은 때였다. 설악산엔 단풍이 절정기라 했지만 이곳은 어쩌다 먼저 든 단풍이 드문드문 꽃보다 요염하게 타오르고 있을 뿐 전체적으로는 아직 푸르렀다. 그냥 지나치면서 보았을 뿐인데도 어딘지 범상하지 않게 보였던 것은 월출산뿐, 수없이 거친 산들이 그저 그만그만한 동산들이었다. 그러나 산마다 넓게 또는 수줍게 치맛자락을 펴서 평야를 거느리고 있지 않은 산이 없었다. 아무리 작은 동산도 품안의 들판을 보듬어안고 물과 정기를 대주고 외풍을 막아주고 있는 것처럼 보였다. 산이 많고 사이사이에 평야가 옹색하게 끼어 있는 것은 조금도 새로울 게 없는 우리나라의 대체적인 지형이다. 곡창이라 일컫는 평야지대라 해도 좀처럼 지평선을 볼 수가 없지만 아무리 산간 지방에서도 일굴 수 있는 밭 몇 뙈기는 있게 마련이다. 지역적인 차이가 있긴 하지만 이 나라 도처에 널린 산과 들과 물의 적절한 조화가 그날따라 마음에 스미듯 아름답게 느껴졌다. 감동이라고 해도 좋았고 개안이라 해도 좋았다. 어찌 이다지도 보기 좋을까. 평범한 시골이 마치 신이 정성을 다해 꾸민 정원처럼 보였으니 말이다. 나의 이런 감동에 친구가 찬물을 끼얹었다. 그 고장이 도시인의 마음을 사로잡을 수 있는 것은 그 고장이 개발에서 소외됐기 때문이라는 거였다. 그 말에도 일리는 있었다. 아파트도 공장의 굴뚝도 안 보이고, 문명의 쓰레기도 널려 있지 않은 순전한 시골이 거기 있었으니까. 그뿐일까. 분주하게 일하는 농사꾼들이 있었다. 가을걷이가 한창이었다. 시외버스는 포장도로의 길섶을 베를 널어 말릴 수 있는 멍석으로 내주느라 가운데로 조심조심 달렸기 때문에 나는 마치 문명의 이기가 아닌 달구지를 타고 가는 듯한 기분까지 맛보고 있었다. 벼를 길에 넓게 펴 말리는 이나, 논에서 기계로 벼를 베는 이나, 탈곡기로 벼를 터는 이나, 일손들은 거의 중년의 아낙이나 할아버지 할머니들이어서 마음이 편하다가도 간혹 청년이 눈에 띄면 그렇게 반가울 수가 없었다. 우리는 하루가 멀다 하고 터지는 대형 부정과 온갖 비리, 그리고 흥청망청 먹고 마시고 쓰고 버리는 낭비와 사치, 그리고 속속들이 썩어 문드러져가는 부도덕에 거의 불감증이 돼버렸지만, 문득 이러고도 이 세상이 안 망하고 지탱해가는 걸 신기하게 여길 적이 있다. 그건 바로 저들 숨은 의인들 덕이 아니었을까? 나는 염치 없게도 우리가 안 망하기 위해서는 의인들이 의인으로 길이 남아있길 바랐다. 그러나 의인하고 속죄양하곤 다르다. 누가 시켜서 되는 것도 더군다나 경제 발전에서 소외된 열등감으로 될 수 있는 건 아닐 것이다. 자유의사와 자존심 없는 의인을 생각할 수 없는 거라면 우리 모두가 의인을 알아보고 공경하고 의인의 땀과 결실을 무릎 꿇어 귀히 여기는 마음 없이는 의인의 소멸 또한 막을 수 없을 것이다. 후졌기 때문에 아름다운 이곳 농촌이 실은 뒤진 게 아니라, 먼저 발전했기 때문에 땅과 인심이 돈맛밖에 모르게끔 천박하고 황폐해진 타고장들이 장차 지향해야 할 미래의 농촌상이길 꿈꾸었다면 내가 너무 철없는 몽상가일까?

해남에서 다시 버스를 갈아타고 대흥사까지 갔지만 들어가진 않고 일지암으로 올라갔다.

발이 넓은 친구가 그 암자를 지키는 여연스님과 연줄연줄로 아는 사이여서 그날밤 숙소는 그 암자로 우리 마음대로 정해놓고 있었다. 그 전날 밤 광주에서는 사제관에 묵은 생각을 하면 괜히 웃음이 났다. 사제관이라곤 하지만 서울의 큰 성당 사제관처럼 부잣집을 닮은 집이 아니라 방 두 칸짜리 작은 아파트였다. 신부님이 마침 시골 공소로 미사를 봉헌하러 출타중이시라 하룻밤 비어 있는 동안을 역시 친구의 친구의 주선으로 하룻밤 묵게 된 것이었다. 잠만 잔 게 아니라 아침엔 쌀독과 냉장고를 뒤져 밥까지 해먹고 떠났으니 무전취식에 이골이 난 무전여행이었다. 물론 일지암에서도 거저 얻어먹고 거저 잘 작정이었다. 낮에 음식점에서 돈 내고 사먹은 점심도 공짜로 나오는 게 훨씬 푸짐하고 맛있었다. 값싼 비빔밥을 시켰는데 웬 진한 갈비탕이 한 대접 나왔다. 잘못 나온 줄 알았더니 먼저 속을 풀라고 그냥 주는 거라고 했다. 한참 시장할 때였고 맛도 좋은데다가 공짜라는 바람에 어찌나 허겁지겁 먹어치웠던지 주인이 큰 양푼에다 국을 가득 더 푸고 국자를 꽂아다가 상 한가운데 놓아주고 갔다. 구이나 찜을 할 만하진 않았지만 힘줄과 살이 넉넉히 붙어 있는 갈비 건더기도 듬뿍 들어 있었다. 그 별나게 후한 음식 인심 때문에 유일하게 돈 내고 먹은 끼니조차 꼭 마음씨 좋은 친척집에서 받은 대접처럼 흐뭇한 기억으로 남아 있었다.

대흥사에서 일지암까지 거리상으로는 얼마 안됐지만 오르막길이라 근래에 등산을 해보지 않은 내 걸음 실력으로는 상당히 힘이 들었다. 가끔 나오는 800미터니, 500미터니 하는 이정표가 꼭 나를 속여먹는 것 같았다. 구두를 신고 온 것도 나의 등산을 힘겹고 꼴불견으로 만들었다. 그러나 허위단심 도달한 일지암의 단순 소박한 꾸밈새와 주인이 있으면서도 없는 듯한 적요는 우리를 말없이 감싸안는 듯했다. 조선 후기의 고승이자 다도의 정립자이기도 한 초의草衣 선사의 당호인 일지암은 그러나 복원한 것이지 초의 선사 때 것은 아니라고 했다. 여연스님의 자상한 설명에 따르면 고건축에 애정을 가진 건축가가 초의 선사가 남긴 문집을 통해 당시의 일지암을 세심하게 고증해서 복원했을 뿐 아니라, 나무 한 그루의 위치까지도 일상의 상념과 정경을 남긴 문집에서 미루어 짐작해낼 수 있는 한도 내에서 최선을 다해 있던 자리에 있도록 했다는 것이었다. 스님의 말씀을 그대로 믿어도 될 것 같았다. 일지암은 복원한 건축물에서 흔하게 볼 수 있는 천격스러운 현대적 가미가 거의 눈에 띄지 않았다. 건축이라기보다는 거기 돋아날 수밖에 없어서 돋아난 버섯처럼 천연덕스럽고도 아무렇지도 않게 자연의 일부가 돼 있었다. 초의 선사는 그의 저서 『동다송東茶頌』에서 좋은 물을 얻어야 좋은 차를 달일 수 있음을 체體와 신神의 조화에 비유했다고 한다. 체란 물을 말하고 신이란 차를 가리킴으로 차는 물의 정신이 된다는 뜻이 된단다. 그러니 일지암에 어찌 좋은 차나무와 맑은 샘물이 없겠는가. 우리는 초의 선사 때의 샘물에 목을 축이고 세수까지 했다. 달고 청량한 샘물이 몸과 정신을 상쾌하게 했다. 들의 차나무에는 차꽃이 드문드문 피어 있었다. 곡우 입하 무렵에 차를 딴다는 소리는 들었어도, 차꽃이 가을에 핀다는 건 처음 알았다. 그러나 지금이 개화기라는 느낌보다는 몇 송이씩 오랫동안 연달아 피고 지는 게 아닌가 싶게 수적으로 많지 않았고, 오히려 열매를 맺은 가지가 더 많았다. 검푸른 잎 사이에 숨어 있어서 그런지 희다못해 푸르름이 도는 고상하고 그윽한 꽃이 향기는 얼마나 현란한가. 벌이 떼로 모여들어 잉잉대는데 하나같이 풍뎅이만큼 큰 벌이었다. 그 큰 벌들이 꽃에 앉기 전에 마치 아양을 떨듯이 꽃 위를 맹렬하게 선회하는 날갯짓을 가만히 들여다보고 있으려니 집에서 오디오에 은빛 콤팩트디스크를 얹고 뚜껑에 달린 조그만 유리 구멍으로 들여다보는 것 같은 느낌이 들었다. 스님이 마루 위에서 차를 권했다. 초의 선사 시절부터 내려오는 물과 차라고 생각하니 황공하고 그 격식 또한 얼마나 엄엄할까 싶어 나는 지레 몸이 굳었다. 스님은 그러지 말고, 편안히 자기 식대로 마시라고 시범을 보여주었다. 스님의 무엇에도 구애됨이 없는 활달한 모습이 우리를 마음놓이게 했다.

공양주를 두지 않고 스님 혼자 거처하시는 암자라 친구가 부엌에 들어가 스님과 함께 저녁을 지었다. 나는 텃밭으로 내려가 고추를 땄다. 어려서부터 빨간 고추만 보면 참을 수 없이 따고 싶은 버릇이 있다. 미처 종댕이를 차고 나가지 않았을 때는 거침없이 치마폭에다 하나 가득 따 담아와 엄마한테 야단을 맞곤 했었다. 바지를 입고 가 그럴 수는 없었지만 수확의 기쁨은 여전했다. 아쉽게 엷어지는 햇살을 등에 지고 고추를 따면서 아릿하고도 감미로운 향수에 젖었다. 넓지 않은 텃밭에 여러 가지 푸성귀를 심어놓아 고추는 한 고랑밖에 안 됐지만 새빨간 고추를 조그만 소쿠리로 하나 가득 따 담을 수가 있었다. 그러나 지금 아무리 빨간 고추는 하나도 안 남기고 다 딴 것 같아도 내일 이맘때면 고추밭은 또 오늘만큼 빨긋빨긋해지리라. 먼저 거둔 고추가 가득 널린 툇마루에 내가 딴 한 소쿠리의 고추를 보태면서 옛날 우리 할머니 말씀이 생각났다. 할머니는 기도 같은 건 하실 줄 몰랐지만 "그저 땅이 화수분이다"라는 소리를 잘하셨고, 그럴 때마다 경건한 얼굴이 되곤 하셨다. 저녁 반찬에 보태려고 고춧잎도 연한 걸로 골라서 좀 땄다.

반찬은 소박했지만 저녁밥은 꿀맛이었다.

손님을 위한 별채에는 벌써 불을 때놓아 구들이 뜨끈뜨끈했다. 장작을 지핀 구들장에 허리를 지져보기는 실로 몇해 만인지, 오늘의 피로뿐 아니라 온갖 신산한 인생고까지 감미롭게 녹아내리는 것 같았다. 다만 근심이 있다면 밤에 측간에 가고 싶으면 어쩌나 하는 것이었다. 손님방에서 측간까지는 작은 연못과 일지암을 거쳐 텃밭머리를 지나야 하는 험난한 길이었다. 그러나 다행히도 구들장이 식어가고 있다는 아쉬운 느낌 때문에 잠에서 깨어났을 때는 아침이었다. 꿈 없는 숙면이었다. 심신이 날아갈 듯 홀가분했다. 친구와 함께 찬물에 세수하는 동안 일지암 쪽에선 인기척이 없길래 친구하고 둘이서만 산책을 나갔다. 길이 난 데로 걸어가다보니 우리가 묵었던 손님방과 비슷한 규모의 정자가 또하나 나타났다.

정자에 오르니 두륜산의 늠름한 연봉과 깊은 계곡이 한눈에 들어왔다. 어느 틈에 스님이 옆에 와 계셨다. 우리가 먼저 일어났다고 생각했는데 아니었나보다. 스님이 북쪽에 솟은 험준한 봉우리를 가리키며 저 산 넘어 또 몇 겹의 산 넘어가 다산 정약용이 오랜 유배 생활을 하던 강진이라고 했다. 다산과 초의의 신분을 초월한 우정은 갖가지 아름다운 일화를 남기고 있다. 그러나 스님의 설명으로 다산이 초의가 달인 차맛이 생각날 때마다 밤이건 낮이건 가리지 않고 넘어왔다는 험준한 산을 눈앞에 바라보는 감회는 각별했다. 어떻게 단지 차를 마시기 위해 저 높은 산을 넘을 수가 있었을까. 믿을 수 없는 일이었다. 그러나 다산을 산 넘어 또 산, 고개 넘어 또 고개를 넘게 한 게 어제 차맛뿐이었겠는가. 청아한 인품과 고담준론에 대한 갈증이 태산도 높은 줄 모르게 했으리라. 다산이 넘었다는 산 빛이 별안간 달라 보인 건 밝아진 햇빛 때문만이 아니었다. 뛰어난 영혼, 빛나는 영혼이 교감하고 머물다 간 자취 때문이었으리라. 자연은 위대한 영혼을 낳기도 하지만 위대한 영혼 또한 자연의 정기가 되어 자연을 빛나게 한다. 정기가 없는 자연은 그냥 경치일 뿐이다. 경치는 아무리 좋은 경치라 해도 눈으로 보는 것으로 족하지 마음속으로 스며오진 않는다. 나는 다산이 넘었다는 크고 험한 산을 눈앞에 보는 것만으로 전율에 가까운 행복감을 느꼈다. 그리고 어제 거친 산천이 그리도 유정했던 까닭을 알 것 같았다. 어찌 위대한 영혼뿐이랴. 이름 없이 살다 간 백성들의 한 많은 사연들이 서리서리 머무는 곳이 우리의 강산이다. 바로 그런 자연의 정기가 지나가는 나그네의 심금을 흔들고, 고향 떠난 이를 죽어서도 뼛골이라도 묻히고 싶도록 끌어당기는 힘이 되는 것이 아닐까.

그날 하산해서 다시 광주에 들렀다. 전날 사제관을 숙소로 내준 신부님을 처음으로 만나 뵙고 어려운 부탁을 드렸다. 망월동 묘지에 한 번도 못 가본 게 나에게는 숙제처럼, 부끄러움처럼 남아 있었다. 누가 시켜서도 불러서도 아니었다. 그냥 그랬다. 신부님이 손수 운전하는 차로 처음으로 그곳에 몇 송이의 꽃을 바칠 수가 있었다. 가장 어린 죽음 앞에는 따로 준비해 간 붉은 장미 몇 송이를 바쳤다. 광주로 돌아나오면서 송강 정철의 시비가 있는 공원도 들르고 느닷없이 내리는 소나기를 맞으며 광주호반에서 무등산을 바라보기도 했다. 무등산을 처음 보는 건 아니었다. 몇 해 전에도 광주 시내에서 무등산을 바라본 적이 있었다. 그저 그런가보다 덤덤히 바라보았었다. 그러나 인적 없는 광주 호텔에서 무등산을 바라보니까 전혀 달라 보였다. 그 또한 그 산이 굽어본 숱한 사연 때문일 것이다. 나는 그때 그 좋은 경치를 몰라보고 일본 비와호湖 유람선상에서 후지산을 바라보면서 천하의 절경처럼 탄성을 지른 나의 천박한 관광 여행을 돌이켜보면서 심한 부끄러움을 느꼈다. 어찌 일본 여행뿐일까. 80년대 초에 처음으로 유럽 구경을 해보고 나서 나는 그쪽 문화뿐 아니라 그쪽 농촌의 풍요한 아름다움에 거의 경도돼 있었다. 그후엔 순전히 나 개인적인 마음 고통의 돌파구로서 자주 그쪽을 여행할 기회를 만들었지만 아직은 기행문 비슷한 것도 쓸 엄두를 못 내고 있다. 그쪽 것을 선망하는 마음은 우리의 초라한 문화와 엉망으로 훼손되고 오염된 자연에 대한 혐오감과 표리를 이루고 있었기 때문에 선불리 남 앞에 드러내기가 싫은 것이다. 그러나 우리 것에 대한 이 정도의 개안이라도 할 수 있었던 것도 생각해보면 여행 덕이었다. 미국은 뭐 볼 게 있을까 싶어 별로 가보고 싶어하지 않았는데도 거기 사는 딸 때문에 두 번씩이나 가보게 되었다. 처음에 가보고 놀란 건 과연 잘사는 나라구나 하는 거였다. 딸네가 잘사는 것도 아니고 물론 부자동네도 아니었는데 잘산다는 걸 실감한 건 그 풍부한 종이와 일회용품의 씀씀 때문이었다. 공공장소에서나 집에서나 새하얗고 부드러운 휴지가 지천이어서 아이들을 기르는 것하며, 소풍 갈 때뿐 아니라 설거지하기 귀찮을 때마다 아낌없이 내 쓰는 일회용 식기하며, 어느 하나 그 편리함과 풍족함이 놀랍지 않은 게 없었다. 천 달러 미만의 장학금으로 사는 유학생 살림이 이러니 부자는 도대체 얼마나 잘살까 상상이 안 됐고, 그 넓은 땅의 일부를 며칠 여행해보고 더 질리게 됐다. 면화밭이면 면화밭이, 오렌지밭이면 오렌지밭이 온종일 달려도 끝이 안 보이게 계속되면서 사람의 그림자는 하나도 안 보인다. 땅에 떨어진 오렌지나 레몬이 누렇게 땅을 덮어도 줍는 사람 하나 없다. 정원수로도 오렌지나무는 흔해빠졌다. 채소밭이나 편편히 노는 땅의 광활함도 재 넘어 사래 긴 밭을 언제 갈려 하느냐는 우리의 상상력을 초월한다. 넓이가 그쯤 되면 그건 인력의 몫이 아니라 기계의 몫이라는 게 쉽게 수긍이 간다. 과연 모든 사람이 그 정도 낭비해선 끄떡도 없는 나라구나 싶었다.

그게 불과 몇 년 전인데 최근에 다시 한번 미국에 갈 기회가 있었다. 가서 또 한번 놀란 것은 그들이 그동안에 더 잘살게 돼서가 아니었다. 그들의 종이와 일회용품의 낭비가 이젠 조금도 놀랍지 않은 나 자신에게 놀라고 만 것이다. 그들은 그대로인데 우리의 소비수준이 그동안에 그들과 거의 맞먹어 그들 사는 게 조금도 신기하지 않았다. 나는 자주 자주 거기가 미국이라는 걸 잊어버렸다. 그동안 수입이 배가 된 딸네가 되려 더 쩨쩨하게 굴 때마다 아아, 여기가 참 미국이지 하고 겨우 깨달을 정도였으니까 우리가 그동안 얼마나 통 큰 부자가 됐나 알 만했다. 우리는 정말 그렇게 부자인가. 기 죽게 그 흔한 국민소득 비교할 거 없이 그동안 수단 방법 가리지 않고 열심히 벌었으니 한번 본때 있게 써보는데 누가 뭐랄 거냐는 배짱도 좋다. 하긴 그런 배짱이 오늘의 경제 발전을 이룩했다고도 볼 수 있다. 개같이 벌어서 정승같이 쓰란 말도 있다. 그러나 누울 자리 보고 다리 뻗으란 말도 있다. 아무의 눈치도 볼 거 없다 해도 자연의 눈치만은 봐야 하는 것은 인간의 최소한의 법도다. 흐르는 큰 강물에는 양심의 가책 없이 오줌을 깔길 순 있지만, 하루 한 통이나 고일까 말까 한 옹달샘 물에 오줌을 누는 것은 짐승만도 못한 짓이다. 나라마다의 문화와 생활양식은 그 나라의 자연환경의 산물임은 말할 것도 없다. 지구가 한가족처럼 좁아지고 코즈모폴리턴을 자처하는 사람도 늘어난다. 나쁘지 않은 일이다. 이 나라가 답답하면 넓게 살 수 있는 방법도 다방면으로 열려 있다. 그러나 이 나라에서 몸담아 사는 한은 이 나라의 자연과 더불어 살지 않으면 안 된다. 이 나라의 자연처럼 아기자기하게 아름다운 자연은 지구상에 어디에도 없다. 신이 온갖 좋은 것을 다 모아다가 공들여 꾸민 정원 같다. 하나도 넘치게 준 게 없이 다만 조화롭게 주었을 뿐이다. 거기 몸담고 사는 사이에 인성 또한 근면 절약하지 않고는 먹고 살기 힘들게, 협동하고 배움에 힘쓰지 않으면 나라를 보전할 수 없도록 형성됐다. 이런 고상한 인품이야말로 어떤 풍요보다 은혜로운 자연의 혜택이다. 가장 후졌다는 시골이 보석처럼 빛나 보였던 것도 인간과 자연의 그러한 그지없이 아름다운 조화 때문이 아니었을까.

이번 미국 여행중 요상한 악몽처럼 남아 있는 라스베이거스 얘기로 이 두서없는 중언부언을 마무리해야겠다. 라스베이거스는 누구나 알다시피 도박과 환락의 도시다. 그러나 미국은 워낙 땅덩이가 크니까 이런 환락가도 저멀리 네바다 사막 한가운데다 격리를 시켜놓았다. 도무지 인가가 나타날 것 같지 않게 끝도 없이 계속되는 사막을 달려 라스베이거스에 당도했을 때는 밤이 이슥할 무렵이었다. 멀리서도 하늘이 온통 오렌지빛으로 물들어 보일 정도로 그 도시의 전기 불빛은 현란했다. 도시가 온통 깜박이고 돌고 춤추는 요상하고 휘황한 불빛으로 돼 있어서 정신이 돌 것 같았다. 얼이 빠진 김에 슬롯머신에다가 이십오 센트를 있는 대로 처넣는 짓거리까지 해보았다. 다음날 아침 맨정신으로 네온의 불빛 대신 햇빛에 드러난 이 도시를 바라보는 느낌은 참혹했다. 도깨비에 홀렸다 깨어나도 이보다 더 황당하진 않으리라. 아무리 호화 호텔도 외부에 얽히고설킨 불 꺼진 네온의 잔해 때문에 폐허처럼 보였다. 도시 둘레는 풀 한 포기 안 나는 사막이고 라스베이거스는 그 한가운데 서 있는 추악한 폐허에 불과했다. 어리둥절한 황당감이 가시자 공포감이 엄습했다. 우리가 조금 잘살게 됐다고 자본주의의 악의 꽃만 들입다 수입해다 정신없이 즐기다가 어느 날 문득 불빛이 사위어 주위를 돌아보았을 때 사막화된 황무지 한가운데 서 있을지도 모른다는 불길한 예감 때문이었다.

면죄부

나는 내가 한 번도 부자로 살아본 적이 없다고 여기고 있었다. 그러나 근래에 비록 타의에 의한 소극적인 행동이긴 하지만, 남을 돕는 일에 두어 번 관여해보고 나서 생각이 크게 달라졌다. 육십 평생에 돈을 꾸러 다닌 적이 없었으면 부자로 산 게 아닌가 싶은 생각이 들었다. 한번은 아프리카 어린이 돕기였고 또 한번은 정신대 할머니 돕기였는데 일은 뜻대로 안 됐지만 나라는 위인이 남의 주머니에 있는 돈을 얻어내는 데 얼마나 소질이 없다는, 주제 파악 정도는 확실히 하게 되었다. 아프리카 어린이들 돕기는 유니세프의 문화예술인 모임의 한 사람으로 직접 아프리카에 가볼 기회도 있었고 해서 지면을 통해서 그쪽 어린이들의 참상을 알리려고 노력은 했어도 모금에 참여할 엄두는 내지 못했었다. 다만 홍보를 위한 사랑 잔치를 할 때 입장권을 팔아보려고 애쓴 적은 있는데 한 장에 삼천원짜리도 쉽게 팔 수 있는 게 아니었다. 팔아주는 사람이고 안 팔아주는 사람이고 한결같이 투덜거리기를, 왜 우리나라에도 빈곤으로 고통받는 어린이가 많은데 남의 나라 어린이를 돕자고 나서느냐는 것이었다. 상대방이 그렇게 나오면 아프리카 어린이 문제는 민족적인 문제가 아니라 지구적인 문제로 해결할 수밖에 없더라는 설득을 해야 하는데 그러기가 싫었다. 그가 우리나라 어린이 문제에 관심이 있어서가 아니라 팔아주기가 싫어서 대는 핑계로구나 싶어서 많은 돈도 아닌데 구차한 핑계를 대는 게 정 떨어져 더는 말도 붙이기가 싫어졌다. 그까짓 거 내가 다 사버리지 하는 오기도 생겼다. 그건 굉장히 잘못된 오기다. 그런 모임의 입장권이란 수익에만 목적이 있는 게 아니라 취지를 널리 알리는 데 있기 때문이다. 또 한번은 정신대 할머니 돕기 모금 운동이었다. 처음에 그 모임의 운영 위원이 돼달라는 부탁이 왔을 때, 취지에 동의하고 있었으므로 차마 싫다고는 못했다. 정신대 할머니들에게 일정한 생활 기금을 마련해주기 위한 모금의 일차적 방법은 운영 위원들이 책임지고 각각 십만원 이상씩의 도움을 줄 수 있는 이를 공동위원으로 천거하는 거였다. 십만원 이상이면 삼천원짜리 입장권과는 댈 것도 아닌 거금이었고, 또 입장권도 소화시키기 어려웠던 때의 경험도 있고 해서 신중을 기하기로 했다. 우선 친구 중에서도 부자일 뿐 아니라 집치장이나 옷치장에 돈을 아끼지 않는 이를 골라서 넌지시 말을 붙여보았다. 그러나 부자는 부자답게 더 당당한 핑계를 가지고 있었다. 다들 다달이 고정적으로 돕는 데가 있다는 것이었다. 한두 군데 도우면 됐지 도와달라는 대로 다 돕다가는 수입을 다 내놓아도 모자랄 거라고 했다. 얼마씩이나 돕는지는 모르지만 자선단체의 후원 회원이라는 게 그들의 다달의 화려한 씀씀이의 면죄부가 돼주고 있었다. 내가 뭐관데 그렇게 확실한 면죄부를 갖고 있는 이들의 양심을 건드릴 수가 있단 말인가. 결국은 내가 책임져야 할 공동위원 천거를 반수밖에 못 채웠는데 그것도 부자들의 도움을 받은 게 아니라 내 말이면 거절을 못할 것 같은 친구에게 나를 도와주는 셈 쳐달라고 반 강요 끝에 얻어낸 구차스러운 성과였다.

며칠 전 정신대 할머니를 위한 모금 운동은 당초의 목표 십억원을 팔 분의 일가량밖에 못 채우고 막을 내렸다. 그닥 적극적으로 나서보지는 못했지만 남의 주머니에서 돈이 나오게 하는 게 얼마나 어렵다는 걸 절감하고 돈을 안 꾸고 살아온 것만도 크게 복 받은 것처럼 느꼈지만, 그만하면 부자로 살아왔다고까지 생각한 건 단지 그 때문만은 아니었다. 내가 도움을 청하고 거절당하는 과정에서 접촉한 부자들의 얼굴에서 나의 얼굴을 보았기 때문이다. 나도 몇 군데 후원하는 데가 있는데 사실 액수로 봐서는 얼마 되지가 않는다. 십여 년을 계속해온 것도 있는데 십여 년 전에 약정한 걸 한 번도 올리지 않았다. 또한 돕고 있는 단체가 실제로 무슨 일을 하는지 관심을 가져본 적도 없고, 물론 방문해본 적도 없다. 요는 약정한 일정액 외에는 내가 돕고 있는 불우한 사람들에 대한 관심이나 애정이 거의 없었다는 얘기다. 그럼 왜 도왔을까? 나 역시 안일한 나의 일상에 대한 면죄부가 필요했던 게 아닐까. 내가 모금 운동에 전혀 소질이 없었던 것도 내 친구들이 나빠서가 아니라 내 태도에도 문제가 있었다. 나는 도움에 인색한 부자들에게 터무니없이 조급하고 당당하게 굴었고, 속으로는 경멸까지 했다. 그토록 남의 인색한 인심에서 나를 제쳐놓고 생각할 수 있었던 것도 나에게 깃든 면죄부 때문이었다.

쓰고도 슬픈 커피맛

전철역 구내에 있는 자판기에서 젊은 엄마가 커피를 뽑고 있었다. 엄마 치마꼬리엔 두 돌이나 지났음직한 아이가 매달려 칭얼대고 있었다. 아이가 달라는 시늉을 하니까 엄마는 잠시 곤란한 표정을 지어 보이더니 율무차를 한 잔 더 뽑았다. 곧 전동차가 들어와서 엄마는 아이를 앞세우고 양손에 종이컵을 들고 어렵게 올라탔다. 한산한 낮시간이어서 엄마와 아이는 자리를 잡을 수 있었다. 엄마가 아이에게 율무차를 주고 자기는 커피를 마시려는데 아이는 도리질을 하면서 엄마 것을 달라고 떼를 썼다. 단순히 어른이 가진 게 더 좋아 보여서 달라는 게 아니었다. 아이는 분명한 의사 표시를 했다. "꼬오피, 꼬오피"라고. 그 소리가 어찌나 영악하고 높은지 사람들이 다 웃고, 엄마도 따라 웃으면서 종이컵을 바꾸었다.

우리 아이들이 중고등학교에 다니던 70년대에만 해도 중고등학생이 다방에 들어가면 큰일나는 줄 알았다. 선생님한테 들키면 성인용 영화를 보다 걸린 것 이상의 엄벌을 감수해야 했다. 그럴 수밖에 없는 것이 대개의 다방은 어둑시근하고 불건전한 분위기였다. 느글느글하게 생긴 중년 남자가 한복을 입은 얼굴마담을 옆자리에 앉히고 수작을 붙이거나 지나다니는 레지 아가씨를 슬쩍슬쩍 만져보는 것은 보통이었다. 다방에서 제일 비싼 것은 위스키 티라는 것이어서, 그것을 줄여서 '위티'라고 카운터에다 대고 호기 있게 외치는 남자를 보면 아, 돈푼깨나 있구나, 알아줄 정도였다.

중고등학생이 다방 출입을 못했을 뿐, 커피 마시는 것까지 성인이 될 때를 기다린 것은 아니다. 커피는 잠을 쫓는다고 해서 나도 우리 아이들이 시험 공부하다 꾸벅꾸벅 졸면 커피를 타가지고 들어가 깨우곤 했다. 지금은 먹고 마시는 것이 건강에 이로우냐 해로우냐를 유난히 따지지만 그때만 해도 커피는 꽤 비싸고 멋스러운 외래 음료여서 그걸 하루 몇 잔씩 마신다고 하면 지적 허영심까지 충족되는 그 무엇이 있었다. 나도 그 무렵에 커피맛을 알았달까, 글을 쓰기 시작한 것과도 겹쳐서 하루 몇 잔씩 마셔댔었다. 근래엔 잠 안 오는 것도 겁나고,

건강에 해롭다는 설에도 영향을 받아 하루 한 잔이면 족하다. 그러나 원고가 도저히 안 써져 죽을 맛일 때는 그놈의 것을 한 잔 들고 앉았으면 마음이 한결 가라앉곤 한다. 그런 건 버릇이라 쳐도, 기름진 음식을 포식하고 나면 불현듯 커피맛이 간절해지는 건 또 무슨 조화인지 모르겠다. 기름진 음식도 몸에 해롭다니, 독을 독으로 제하려는 건지도 모르겠다.

근래엔 다방 분위기가 완연히 달라졌다. 다방이라는 구식 이름대신 혀 꼬부라진 체인점 이름을 달고 있고 거리에 나앉은 것처럼 밝고 개방적이다. 젊은이 취향이고 중고등학생 또래도 많지만 개방적 분위기 때문에 괜찮아 보인다. 되려 늙은 이가 들어가려면 눈치가 보인다. 내가 처음 다방이란 데를 들어가본 것은 전쟁중이었다. 스무 살이 넘어서였는데도 전쟁중의 퇴폐적인 분위기 때문인지 어른이 되는 통과의례를 치르는 것처럼 흥분했었다. 커피맛을 처음 본 것은 그보다 앞선 열다섯 살 때, 해방되던 해였다. 바로 동네 국민학교에 미군이 주둔해 있었다. 밀가루 등 구호물자로 허기는 면했어도 늘 입이 궁금한 아이들은 부대 주변을 맴돌며 먹을 걸 달라는 시늉을 했다. 그렇게 해서 얻은 미제 군용 식량이 동네에 퍼져 온갖 향긋하고 누릿하고 새콤달콤한 미제 물건의 맛을 알게 되었다. 나는 직접 먹을 걸 달라기엔 너무 커버린 나이였지만 부대가 가까운 덕으로 조금씩 얻어먹어본 것 중 작은 봉지에 든 갈색 가루의 맛은 기가 막혔다. 코코아 가루였던 것이다. 그러나 같은 맛이려니 하고 핥아보니 기절하게 쓴맛이 나는 게 있었는데 그게 바로 인스턴트커피 가루 맛이었다. 올 봄엔 에티오피아를 방문한 적이 있는데 오랜 내전과 가뭄으로 극심한 식량난과 식수난을 겪고 있다는 것은 전부터 들어서 알고 있었지만 직접 목격한 참상은 상상을 초월한 것이었다. 또 하나 가보고 처음 안 것은 커피의 원산지고 지금도 중요한 수출품의 하나라는 것이었다. 원두 커피라기보다는 원조 커피라 할 만한 것을 맛보고 그 너무도 쓴맛에 질려서 거기 머무는 동안 다시는 커피를 안 마시고 지냈다. 커피란 역시 기름진 음식과 짝이 돼야 제맛이 나는 것인지, 혹독한 기아의 땅의 커피맛은 쓰고도 슬펐다. 열다섯 때의 첫 커피맛이 설마 그렇게 슬프고 썼을까. 내 입맛을 거친 수많은 커피맛을 생각할 때마다 자신을 나이보다 몇 곱절 더 늙게 느끼곤 한다.

| 작가 연보 |

1931년 10월 20일 경기도 개풍군 청교면 묵송리 박적골에서 출생. 아버지 박영노朴泳魯, 어머니 홍기숙洪己宿. 열 살 위인 오빠 있음.

1934년 아버지 별세. 어머니는 오빠만 데리고 서울로 떠남. 조부모와 숙부모 밑에서 어린 시절을 보냄.

1938년 서울로 와서 살게 됨. 매동국민학교 입학.

1944년 숙명여고 입학.

1945년 소개령疎開令이 내려져 개성으로 이사, 호수돈여고로 전학. 고향에서 해방을 맞음. 서울로 와 학교를 계속 다님. 여중 5학년 때 담임을 맡은 소설가 박노갑 선생에게서 많은 영향을 받음.

1950년 서울대학교 문리대 국문과 입학. 6월 초순에 입학식이 있어서 학교를 다닌 기간은 며칠 되지 않음. 전쟁으로 오빠와 숙부가 죽고 대가족의 생계를 책임지게 됨. 미군 부대에 취직, 미8군 PX(동화백화점, 곧 지금의 신세계백화점 자리)의 초상화부에 근무. 거기서 박수근 화백을 알게 됨.

1953년 호영진扈榮鎭과 결혼, 이후 1남 4녀의 자녀를 둠(1954년 원숙, 1955년 원순, 1958년 원경, 1960년 원균, 1963년 원태).

1970년 「나목」으로 『여성동아』 여류장편소설 공모에 당선.

1975년 남편이 사기사건에 연루되어 옥바라지를 함. 「도시의 흉년」을 『문학사상』에 연재.

1976년 첫 창작집 『부끄러움을 가르칩니다』(일지사) 출간. 「휘청거리는 오후」를 동아일보에 연재.

1977년 남편의 옥바라지 체험을 바탕으로 전해에 발표했던 단편 「조그만 체험기」에 얽힌 기사가 일간지에 실렸는데, 개인의 명예를 생각하지 않고 검찰측의 입장만 밝혀서 문제가 됨. 『휘청거리는 오후』(창작과비평사, 전2권), 중편집 『창 밖은 봄』(열화당), 산문집 『꼴찌에게 보내는 갈채』(평민사), 『혼자 부르는 합창』(진문출판사) 출간.

1978년 창작집 『배반의 여름』(창작과비평사), 장편 『목마른 계절』(원제 『한발기』, 수문서관), 산문집 『여자와 남자가 있는 풍경』(한길사) 출간.

1979년 『도시의 흉년』(문학사상사, 전3권), 『욕망의 응달』(수문서관. 이 책은 1985년 같은 출판사에서 『인간의 꽃』으로, 1989년 원제대로 우리문학사에서 재출간), 창작동화 『달걀은 달걀로 갚으렴』 출간(샘터, 『마지막 임금님』으로 재출간).

1980년 「그 가을의 사흘 동안」으로 한국문학작가상 수상. 전해부터 동아일보에 연재했던 『살아 있는 날의 시작』(전예원) 출간. 「오만과 몽상」을 『한국문학』에 연재.

1981년 「엄마의 말뚝 2」로 제5회 이상문학상 수상. 제5회 이상문학상 수상작품집 『엄마의 말뚝 2』, 창작집 『도둑맞은 가난』(민음사, 「나목」이 재수록되어 있음), 콩트집 『이민가는 맷

돌』(심설당) 출간. 20년간 살던 보문동 한옥을 떠나 강남의 아파트로 이사.

1982년 10월, 11월 문공부 주최 문인해외연수에 참가하여 유럽과 인도를 다녀옴. 단편집 『엄마의 말뚝』(일월서각), 장편 『오만과 몽상』(한국문학사, 1985년 고려원에서 재출간), 산문집 『살아 있는 날의 소망』(주우) 출간. 「그해 겨울은 따뜻했네」를 한국일보에 연재.

1984년 7월 1일 영세 받음. 풍자소설집 『서울 사람들』(글수레) 출간.

1985년 11월에 '일본 국제기금재단'의 초청으로 일본을 여행함. 장편 『서 있는 여자』(학원사, 『떠도는 결혼』과 동일 작품), 작품선집 『그 가을의 사흘 동안』(나남) 출간.

1986년 산문집 『서 있는 여자의 갈등』(나남), 창작집 『꽃을 찾아서』(창작사, 1982년에서 1986년 사이에 창작한 중·단편을 수록) 출간.

1988년 남편과 아들을 연이어 잃음. 서울을 떠나는 일이 많아짐. 미국 여행을 다녀옴. 『문학사상』에 연재하던 「미망」을 10월부터 다음해 6월까지 쉼.

1989년 「그대 아직도 꿈꾸고 있는가」를 여성신문에 연재. 장편 『그대 아직도 꿈꾸고 있는가』(삼진기획) 출간.

1990년 『미망』(문학사상사, 전3권) 출간. 이 작품으로 대한민국문학상 우수상을 수상. 산문집 『나는 왜 작은 일에만 분개하는가』(햇빛출판사) 출간. 『그대 아직도 꿈꾸고 있는가』의 성공으로 출판사 주최 성지순례 해외여행을 다녀옴.

1991년 회갑 기념 소설집 『저문 날의 삽화』(문학과지성사), 콩트집 『나의 아름다운 이웃』(작가정신) 출간. 장편 『미망』으로 제3회 이산문학상 수상 .

1992년 『그 많던 싱아는 누가 다 먹었을까』(웅진출판사), 『박완서 문학앨범』(웅진출판사) 출간.

1993년 「꿈꾸는 인큐베이터」(『현대문학』 1월호)로 제38회 현대문학상 수상. 제38회 현대문학상 수상작품집 『꿈꾸는 인큐베이터』(현대문학사) 출간. 제19회 중앙문화대상(예술 부문) 수상. 장편 『휘청거리는 오후』를 제1권으로 『박완서 소설전집』(세계사) 출간 시작. 소설전집 제2·3·4·5권으로 장편 『도시의 흉년』(상·하), 『살아 있는 날의 시작』 『욕망의 응달』 출간.

1994년 「나의 가장 나종 지니인 것」(『상상』 창간호, 1993)으로 제25회 동인문학상 수상. 제25회 동인문학상 수상작품집 『나의 가장 나종 지니인 것』(조선일보사), 창작집 『한 말씀만 하소서』(솔), 창작동화 『부숭이의 땅힘』(한양출판사), 소설전집 제6·7·8·9권으로 장편 『목마른 계절』, 소설집 『엄마의 말뚝』, 장편 『오만과 몽상』 『그해 겨울은 따뜻했네』 출간.

1995년 장편 『그 산이 정말 거기 있었을까』(웅진출판사), 산문집 『한 길 사람 속』(작가정신) 출간. 「환각의 나비」(『문학동네』 봄호)로 제1회 한무숙문학상 수상. 소설전집 제10·11권으로 장편 『나목』 『서 있는 여자』 출간.

1996년 소설전집 제12·13권으로 장편 『미망』(상·하) 출간.

1997년 티베트, 네팔 여행기 『모독冒瀆』(학고재), 동화집 『속삭임』(샘터) 출간. 장편 『그 산이 정말 거기 있었을까』로 제5회 대산문학상 수상.

1998년 산문집 『어른 노릇 사람 노릇』(작가정신) 출간. 보관문화훈장(문화관광부) 받음. 소설집 『너무도 쓸쓸한 당신』(창작과비평사) 출간.

1999년 묵상집 『님이여, 그 숲을 떠나지 마오』(여백) 출간. 『너무도 쓸쓸한 당신』으로 제14회 만해문학상 수상. 『박완서 단편소설 전집』(문학동네, 전5권) 출간.

2000년 장편소설 『아주 오래된 농담』(실천문학사) 출간. 제14회 인촌상 수상.

2001년 단편소설 「그리움을 위하여」로 제1회 황순원문학상 수상.

2005년 기행산문집 『잃어버린 여행가방』(실천문학사) 출간.

2006년 『박완서 단편소설 전집』 개정판(문학동네, 전6권) 출간. 서울대학교 명예문학박사학위 수여. 제16회 호암상 예술상 수상.

2007년 산문집 『호미』(열림원), 소설집 『친절한 복희씨』(문학과지성사) 출간.

2009년 『세 가지 소원』(마음산책), 『이 세상에 태어나길 참 잘했다』(어린이작가정신) 출간. 『문학동네』 가을호에 단편소설 「빨갱이 바이러스」 발표.

2010년 산문집 『못 가본 길이 더 아름답다』(현대문학) 출간.

2011년 1월 22일, 담낭암 투병중 향년 81세를 일기로 별세. 1월 24일, 정부로부터 '금관문화훈장'을 추서받음.

2012년 산문집 『세상에 예쁜 것』(마음산책), 소설집 『기나긴 하루』(문학동네) 출간.

2013년 『박완서 단편소설 전집』 개정판(문학동네, 전7권), 짧은 소설집 『노란집』(열림원) 출간.

2014년 티베트, 네팔 여행기 『모독』, 산문집 『호미』 개정판(열림원), 그림동화 『엄마 아빠 기다리신다』(어린이작가정신) 출간.

2015년 『박완서 산문집』(문학동네, 전7권), 그림동화 『이 세상에서 제일 예쁜 못난이』 『7년 동안의 잠』(어린이작가정신) 출간.

2016년 대담집 『우리가 참 아끼던 사람』(달) 출간.

2017년 소설집 『꿈을 찍는 사진사』(문학판), 그림동화 『노인과 소년』(어린이작가정신) 출간.

2018년 『박완서 산문집』 제8 · 9권 『한 길 사람 속』 『나를 닮은 목소리로』(문학동네), 대담집 『박완서의 말』(마음산책) 출간.

2020년 『프롤로그 에필로그 박완서의 모든 책』(작가정신) 출간.

박완서(1931~2011)
1931년 경기도 개풍 출생. 1970년 불혹의 나이에 『나목裸木』으로 『여성동아』 장편소설 공모에 당선되어 문단에 나온 이래 2011년 영면에 들기까지 40여 년간 수많은 걸작들을 선보였다. 『부끄러움을 가르칩니다』 『배반의 여름』 『엄마의 말뚝』 『그해 겨울은 따뜻했네』 『그 많던 싱아는 누가 다 먹었을까』 『그 산이 정말 거기 있었을까』 『친절한 복희씨』 『기나긴 하루』 등 다수의 작품이 있고, 한국문학작가상 이상문학상 대한민국문학상 이산문학상 중앙문화대상 현대문학상 동인문학상 한무숙문학상 대산문학상 만해문학상 인촌상 황순원문학상 호암상 등을 수상했다. 2006년, 서울대 명예문학박사학위를 받았다.

박완서 산문집 8
한 길 사람 속

1판 1쇄 2018년 1월 20일
1판 6쇄 2023년 11월 17일

지은이 박완서
책임편집 김봉곤 | 편집 김영수 강윤정
디자인 김현우 유현아 | 저작권 박지영 형소진 최은진 서연주 오서영
마케팅 정민호 서지화 한민아 이민경 안남영 왕지경 황승현 김혜원 김하연 김예진
브랜딩 함유지 함근아 고보미 박민재 김희숙 박다솔 조다현 정승민 배진성
제작 강신은 김동욱 이순호 | 제작처 한영문화사

펴낸곳 (주)문학동네 | 펴낸이 김소영
출판등록 1993년 10월 22일 제2003-000045호
주소 10881 경기도 파주시 회동길 210
전자우편 editor@munhak.com | 대표전화 031) 955-8888 | 팩스 031) 955-8855
문의전화 031) 955-2696(마케팅) 031) 955-8864(편집)
문학동네카페 http://cafe.naver.com/mhdn
인스타그램 @munhakdongne | 트위터 @munhakdongne
북클럽문학동네 http://bookclubmunhak.com

ISBN 978-89-546-5001-4 04810
978-89-546-3452-6 (세트)

www.munhak.com